Ralf Kramp

Totentänzer

KBV
KRIMI

Originalausgabe

www.kbv-verlag.de
E-Mail: info@kbv-verlag.de
Telefon: 0 65 93 - 99 86 68
Fax: 0 65 93 - 99 87 01
Umschlagillustration: Ralf Kramp
Redaktion: Dorothee Steuer, Sankt Augustin
Satz: Volker Maria Neumann, Köln
Druck: Grenz-Echo AG, Eupen
www.grenzecho.be
Printed in Belgium
ISBN 3-937001-62-X

Für Simone und Thomas.
Für Sabrina und Patrick.
Richtige Richtung. Weiter so.

Ich glaube daran, Watson, und dieser Glaube gründet sich auf Erfahrung, dass die niedrigste und düsterste Straße in London keine schrecklicheren Geheimnisse birgt

als diese lieblich lächelnde Landschaft.

Sherlock Holmes in »Das Haus bei den Blutbuchen«

There was a man who saved a fortune that was splendid,
then he died the day he planned to go and spend it,
shouting: Live while you're alive, no one will survive.
Life is sorrow, here today and gone tomorrow!

Mel Brooks, »The twelve chairs«

Prolog

Hinter dem großen, strohblonden Mann schloss sich die Metalltür mit einem dumpfen Knall. Es donnerte durch den Abend. Der Verkehr floss ruhig, und es klang wie Gischt, wenn die vorbeifahrenden Fahrzeuge durch die Pfützen rollten. Ein hässlicher Nieselregen tanzte durch das kraftlose Licht der Straßenlaternen.

Als er damals reingekommen war, hatte es geregnet wie aus Eimern. Auf dem Weg vom Auto zum Eingang war ihm das Wasser in den Nacken geronnen.

In der Nässe klangen die Handschellen anders. Blecherner. Stumpfer. Er hatte das Gefühl noch wochenlang an den Handgelenken verspürt. Als sie ihm die Handschellen angelegt hatten, war alles besiegelt gewesen. Er hatte sich noch tagelang wieder und wieder die Handgelenke gerieben.

Der Regen wurde stärker. Es klang wie Applaus. Willkommen zurück auf der Bühne des Lebens.

Als er damals reingekommen war, war er eigentlich richtig froh gewesen, endlich aus den Klamotten zu kommen. Er kriegte neue, mit hartem Stoff und steifen Nähten. Etwas Trockenes. Endlich.

Jetzt, wo er wieder raus war, regnete es wieder. Vielleicht würde sogar Schnee kommen. Kalt genug war es dafür.

Dieselben Klamotten wie damals. Jetzt würden sie schon wieder nass werden. Es würde ihm wieder in den Kragen regnen. Das Hemd, die Jeans, sie waren scheinbar größer geworden, hingen schlabberig an ihm runter, schlenkerten um seine Beine, als er die Stufen runterging. Sieben Jahre hatten seinen Körper hart gefordert.

Wahrscheinlich waren seine Klamotten mittlerweile völlig aus der Mode gekommen.

Was machte er sich überhaupt Sorgen um das, was er anhatte? Er hatte wahrhaftig andere Dinge, um die er sich kümmern musste. Er hatte diese Telefonnummer, die ihm nicht mehr aus dem Kopf ging. Er hatte dieses Gesicht, das ihn durch Tage und Nächte, durch Monate und Jahre hinweg nicht losgelassen hatte.

Ein Busfahrplan und Kleingeld für eine Fahrkarte, das war es, was er jetzt brauchte. Und einen Plan. Pläne zu machen, hatte er sich in den letzten Jahren untersagt. Pläne macht man erst, wenn man weiß, was Sache ist. Und wer weiß schon, wie alles aussieht, sieben Jahre später?

Plan, Telefon, Bus, all das brauchte er jetzt.

Und trotzdem kaufte er sich zuerst einen Schirm.

1. Kapitel

Sie saßen in einem kleinen Transporter der Nationalparkforstverwaltung und holperten über den buckligen Weg. Um sie herum lagen die Reste des Schnees in einem bizarren, fleckigen Muster auf der steppenartigen Landschaft. Das alles waren einmal Felder und Äcker gewesen. Groß und scheinbar endlos, voller Vieh und goldenem Getreide. Die meisten von ihnen schwiegen und betrachteten die Ödnis rings umher durch die Autofenster, auf die ihr Atem matte Flecken malte.

Weiter hinten ging es steil ins Tal hinab, zur Rurtalsperre. Dort war der Blick grandios. Das wussten sie noch von früher.

Zwei Enkelchen auf der mittleren Sitzbank kicherten. Es war ein tröstliches Geräusch.

Als sie vor der Kirche hielten, schwiegen auch die Kinder.

Das war Wollseifen.

Ganze sechzig Jahre hatte es gedauert, ehe sie wieder an diesen Ort zurückkehren durften. Sechzig Jahre, in denen die belgischen Truppen ihr Heimatdorf besetzt gehalten und es in unzähligen Übungsgefechten dem Erdboden gleichgemacht hatten. Handgranaten und Gewehrsalven, Pulver und Sprengstoff hatten den Ort langsam und schmerzvoll ausradiert.

Und jetzt war das alles endlich vorbei. Bald sollte hier wieder alles grünen und blühen, bald sollte nichts mehr an das belgische Militär und an den Truppenübungsplatz erinnern, denn seit heute, seit dem ersten Tag des neuen Jahres, gehörte alles zum Nationalpark Eifel.

Margarethe Sampels zog sich den Schal fester um den Hals, als sie aus der Seitentür des Busses kletterte.

Es war bitter kalt. Der Wind pfiff ungehindert über die kahle Höhe und zerrte an ihren Mänteln. Ein Kamerateam vom Fernsehen erwartete sie. Es wurde mit einem Schlag lebhafter.

Sie war in all den Jahrzehnten nur einmal hier gewesen. Am vierzigsten Jahrestag der Vertreibung hatte sie hier mit den anderen Übriggebliebenen und ihren Familien vor der Kirche gestanden und gesungen.

Ein alter Mann erklärte seinen Enkeln, was es mit den schäbigen Baracken auf sich hatte, die die Belgier auf den Fundamenten der zerstörten Dorfgebäude hochgezogen hatten. »Da haben die Schießen geübt«, erklärte er mit zitternder Stimme.

Die Kinder von Margarethe Sampels hatten nie Anteil an ihrer Geschichte genommen. Vielleicht hatte sie ihnen auch nur zu selten Gelegenheit geboten, teilzuhaben. Als sie inmitten der schwatzenden Leute stand und die Hand um den Gehstock klammerte, da fühlte sie sich unsagbar einsam.

Vohsens Hannes und seine Frau aus Berescheid hatten neben ihr gesessen und artig ein paar Worte mit ihr gewechselt. Sie hatte sie kaum erkannt. Dabei hatten sie ihre Jugend im Nachbarhaus verbracht.

»Die ist komisch«, sagte Hannes und bot seiner Frau Elsbeth die Armbeuge zum Griff an. »Die war immer schon komisch«.

»Wo lebt sie?«, fragte seine Frau und blickte ihr nach, als sie einsam in eine andere Richtung ging.

»Ich glaube, irgendwo in der Nähe von Blankenheim. Kaum einer hat Kontakt mit ihr. Hat reich geheiratet, soviel ich weiß. Komm, lass uns in die Kirche gehen.«

In der Kirche hatte der Wind den Schnee durch die Löcher in den gelblichen Bruchsteinmauern hereingewirbelt, die einmal die Fenster gewesen waren. Über ihnen baumelte ein Glockenseil. Hannes schossen die Tränen in die Augen.

Allen schossen die Tränen in die Augen. Und die Kameras versuchten gierig, alles einzufangen.

Hannes erzählte seiner Frau später, dass er Messdiener beim Pastor Heßler gewesen war und dass sie heimlich Messwein getrunken hatten.

Als sie die Kirche verließen, wurde Heups Karl interviewt. Er versuchte das ganze Elend der Vertreibung in drei Sätze hineinzupacken. Er erzählte, dass zu Anfang alle geglaubt hatten, man könne bald wieder nach Hause zurückkehren.

»Als der Kirchturm in Brand geschossen wurde, da war es mit der Hoffnung vorbei«, murmelte Hannes und klammerte seinen Arm fest um seine Frau. Sie war eine aus Kall. Sie konnte nur ahnen, was er für Schmerzen gelitten hatte. »Ich bin froh, dass ich dich hab.«

Eine Wandergruppe unter der Leitung eines weiteren Rangers stieß aus der Richtung Walberhof zu ihnen. Es wurde lauter. Thermoskannen wurden aufgeschraubt, Zigarettenrauch stieg in den milchweißen Himmel.

Sie gingen zum Schulhaus. Wie durch ein Wunder hatte es überdauert. Die Belgier hatten das Dach erneuert. Genau wie bei der Kirche. Stabil, zweckmäßig, schmucklos deckte es das längliche, flache Gebäude. Die Wände waren über und über von kleinen Kratern übersäht, die die Geschosse in die Mauern genagelt hatten.

Auch hier waren die Fenster leer und hatten den Winter herein gelassen. Das Glas war hier vor Jahrzehnten genauso schnell gebrochen wie Glück.

»Da vorne hab ich gesessen«, sagte Hannes, und ein Lächeln zuckte um seinen faltigen Mund. »Neben Rangs Erich.« Er trat zögernd in den Raum hinein. »Rangs Erich konnte gut zeichnen. Der hat immer Bilder von nackigen Mädchen gemalt. Jungejunge, da war was los, als der Lehrer Lehner das rauskriegte.«

»Da vorne, wo das Loch ist?«

»Genau da.«

An der Fensterseite war der Boden weggebrochen. Das Wetter der letzten sechzig Jahre hatte ihn mürbe gemacht und eine kreisrunde Fläche von etwa zwei Metern Durchmesser ins Nichts sacken lassen.

»Dass das nicht gesichert ist«, murmelte Hannes und hielt seine Frau sanft mit dem ausgestreckten Arm zurück. »Das ist ja gefährlich.«

»Hannes«, flüsterte seine Frau. »Siehst du das?«

»Was meinst du, Liebchen?« Seine Erinnerung schien ihn davongetragen zu haben.

»Da unten ...«, hauchte sie und klammerte sich an seinen Arm.

Im Zwielicht des Winternachmittags konnte man die Tiefe des Loches nur erahnen. Der Kellerraum, dessen diffuse Dunkelheit das Tageslicht schluckte, war nur in mattschwarzen Schemen zu erkennen. Eine Ahnung von Mauern, die in die Tiefe glitten, das Schattenspiel des von Schutt bedeckten, unbefestigten Bodens, und mittendrin, fast leuchtend, ein Körper. Ein heller Wintermantel, viele kleine, schneeweiße Löckchen auf einem kleinen, elfenbeinfarbenen Schädel, zwei Hände ebenso fahl, als sei kein Fleisch um die gekrümmten Fingerknochen.

Ein Gehstock, der halb vom Körper begraben war.

Die beiden alten Leute blieben wie erstarrt stehen, während hinter ihnen geschäftig lärmend das Kamerateam in das alte Gebäude polterte.

2. Kapitel

Vorsicht, auf der A1 zwischen Münster und Osnabrück liegt ein Rasenmäher auf der Fahrbahn. Wir melden es, wenn die Gefahr vorüber ist.« Herbie drehte das Radio ab und zog grimmig die Mundwinkel nach unten.

Jedes Mal, wenn er das Gebäude betrat, breitete sich augenblicklich ein flaues Gefühl in Herbies Magen aus. Eigentlich schon vorher, wenn er genauer darüber nachdachte. Am Ortsrand von Zingsheim ungefähr. Oder vor Antritt der Fahrt, oder sogar am Abend vorher, wenn er ganz genau nachdachte.

Das mit dem »Genau nachdenken« vermied er, wenn er seine Tante in der Klinik besuchte, in der sie jetzt schon acht Tage lang residierte, nachdem ihr das morsche linke Hüftgelenk durch ein prächtiges neues aus kostbarem Platin ersetzt worden war. Das Teuerste, was zu kriegen war. Nachdenken machte die Sache eigentlich nur noch schlimmer.

Wenn er in der Ferne das klobige Gebäude inmitten der schneebedeckten Eifellandschaft im Berghang liegen sah, hätte er am liebsten das Steuer herumgerissen und auf der Stelle kehrtgemacht, doch die regelmäßigen Besuche bei Tante Hettie waren nun einmal unerlässlich.

Wo Tante Hettie war, da war auch sein Geld. Kraft Gesetzes war sie nun einmal zu seinem Vormund bestimmt worden und achtete darauf, dass er von den durchaus üppigen Finanzen, die ihm eigentlich zustanden, höchstens dann und wann mal ein paar schäbige Euros zu sehen bekam. Sein Leben war ein steter Kampf um ein paar mickrige Brosamen.

Was bringst du ihr diesmal mit? Klebrige Pralinen? Ein paar schlappe Nelken? Gift?

Die Stimme kam von Rücksitz. Herbie reckte den Kopf, um die Gestalt seines Begleiters besser erkennen zu können. Groß und prall gerundet zeichnete er sich als finsterer Schatten vor der grellen Winterlandschaft ab, die durch das Rückfenster zu sehen war.

Da saß er, der Grund für seine Misere. Julius, sein ständiger Begleiter. Für niemanden zu sehen oder zu hören außer für Herbie, ein Garant für erstklassigen Slapstick, für Herbies Freunde, für Herbies Psychiater aber dennoch ein massiver Grund, ihn als *Spinner* seiner Tante zu überantworten.

Julius war groß, fett, bärtig, trug edlen Zwirn und zeichnete sich durch glänzende Manieren und eine ausgeprägte Schwäche für schlechte Witze aus, mit der er Herbie immer wieder zur Weißglut zu treiben pflegte.

Das breite Grinsen von Herbies Begleiter strahlte fast so grell wie die Wintersonne. Julius hatte in den vergangenen Tagen eine diebische Freude an diesen bevorstehenden Krankenhausbesuchen entwickelt. Da konnte Herbie das Autoradio noch so laut aufdrehen, das alberne Gepfeife, das Julius aus seinen prallen Backen entließ, ließ sich durch nichts unterdrücken.

»Guck dir die Gesichter an«, knurrte Herbie, ohne die Lippen zu bewegen aus dem Mundwinkel, als sie das Foyer der Eifelhöhenklinik betraten.

Die Frau in der Empfangsloge, die Bediensteten, einige der Patienten, sie alle bedachten ihn mit einem Nicken und einem freundlichen Lächeln, das im selben Moment einem bedauernden Kopfschütteln oder Stirnrunzeln wich, in dem er an ihnen vorbeigetrottet war, eine Tüte Trauben und ein paar zusammengerollte Rätselhefte in den Händen.

»Toi, toi, toi!«, rief der alte Herr Pauli ihm aus dem Bistro zu und reckte die Krücke zum Gruß in die Höhe. »Halt die Ohren steif, Kerlchen!«

Aus einer anderen Ecke streckte ihm Frau Opitz mit verkniffenem Gesicht die fest gedrückten Daumen entgegen.

Deine Tante hat sie mit ihrem angeborenen Charme schon alle um den Finger gewickelt, wie mir scheint. Sicherlich ist sie großzügig mit Trinkgeldern und lädt jeden Abend alle zu einem Cognäkchen ein.

»So wird es sein«, brummte Herbie kaum hörbar, als sich die Aufzugtür hinter ihnen schloss. Jetzt waren sie allein. Eine Seltenheit in diesem Haus. Besonders im Aufzug.

»Ach, Julius, es gibt so viele Rehakliniken in Deutschland. Warum ist sie hier? Direkt vor meiner Haustür gewissermaßen?«

Heimatnähe nennt man das beim Militär, glaube ich. Ihr geliebtes Schoßhündchen ist ganz in der Nähe. Daran wird es liegen.

»Warum haben sie nur die Hüfte ausgetauscht? Warum nicht die ganze Tante?«

Kein schlechter Gedanke. Die Medizin vollbringt in der Tat heutzutage Erstaunliches. Aber stell dir nur mal vor, irgendein eifriger Doktor hätte sie geklont!

Herbie schüttelte sich. Mit einem leisen Glöckchenton hielt der Aufzug im vierten Stock des Gebäudes, das in den Siebzigern terrassenförmig in den Hang gebaut worden war und dessen Fluchtpläne, die in den Fluren aushingen, wie ein Querschnitt durch die Cheopspyramide anmuteten. Ein Aufzug nur für sie beide allein – das war ihm hier noch nie passiert.

Im Flur begegneten sie wieder einer Angestellten im weißen Dress. Herbie kannte sie. Elke oder Silke oder so ähnlich. Ein heiteres Mädchen. Sah sie jetzt nicht verheult aus? Kam sie nicht aus Tante Hetties Zimmer? Es würde ihn nicht wundern.

Die vierte Türe rechts. Herbie atmete tief durch.

Normalerweise war es erträglich. Seine Tante wohnte in Bad Münstereifel und er in der Vulkaneifel. Zwischen ihnen lag eine gute halbe Stunde Autofahrt. Und ein Auto hatte er bis dato nicht einmal besessen. Es war also so eingerichtet, dass er höchstens einmal im Monat die umständliche Prozedur der Eisenbahnfahrt auf sich nahm, um für Schönwetter zu sorgen. Zugfahren in der Eifel ist etwas für Leute, die ihre Zeit gestohlen haben.

Jetzt aber war alles anders. Tante Hettie war chronisch unterbeschäftigt. Sie zitierte fortwährend ihre Günstlinge in die Klinik und bestand auch darauf, dass ihr Neffe mindestens alle zwei Tage zum Rapport antrat. Sie sorgte sich sehr um ihre völlig verzogene Pudeltöle, die sich in Hundeferien im Nachbarhaus in Bad Münstereifel befand. Herbie musste antanzen, da konnte geschehen, was wollte. Dass das Örtchen Zingsheim noch nicht einmal über eine Zuganbindung verfügte, war ihr in diesem Zusammenhang völlig gleich.

Dass Herbie aber nun seit genau zweieinhalb Stunden ein eigenes Auto besaß, wusste seine Tante noch nicht. Er hatte keinen blassen Schimmer, wie er es ihr beibringen sollte.

»Sie wird wissen wollen, wo ich das Geld her habe«, hatte Herbie mit zerfurchter Miene gemurmelt, als er zum ersten Mal den Schlüssel ins Zündschloss gesteckt hatte.

Sag ihr, du hast es im Preisausschreiben gewonnen.

»Bei welchem Preisausschreiben gewinnt man einen neunzehn Jahre alten VW-Golf, bei dem die Ersatzteile das gesamte Farbspektrum des Regenbogens widerspiegeln?«

Mach dir keine Gedanken. Wenn du zum Parkplatz zurückkehrst, ist es sowieso längst weggerostet.

Herbie holte noch einmal ganz tief Luft und klopfte.

Es verstrichen Sekunden bitterer Stille.

Tante Hetties »Herein!« klang ungewohnt sanft.

Das wiederum flößte ihm auch schon wieder Angst ein. Mit einem letzten Seufzer öffnete er die Tür und zwang sich zu einem Lächeln.

Julius wankte hinter ihm her zu Tante Hettie ins Zimmer.

Sie thronte auf einem Sessel und blickte durch die auf der Nasenspitze positionierte Lesebrille, an der rechts und links ein goldenes Tragekettchen herunterbaumelte, auf ihre funkelnde Armbanduhr.

Ein schweres Damenparfüm nahm ihm beinahe den Atem. Es roch, als habe seine Tante darin gebadet.

»Siebzehn Uhr vier«, schnarrte sie tonlos. »Siehst du, Josefine, auf meinen Neffen ist nun einmal kein Verlass. Ganz, wie ich es dir gesagt habe.« Jetzt blickte sie endlich auf. Ihre grellrot geschminkten Lippen kräuselten sich und zeigten widerspenstig ein klebriges Lächeln.

Auf einem Stuhl der winzigen Sitzgruppe saß eine weitere Person.

Die Frau war klein und verschrumpelt und sah mit ihrem steifen grünen Lodenmantel beinahe aus wie eine Schildkröte. Ihr Gesicht verschwand nahezu völlig hinter einer Hornbrille, deren Gläser die Größe von Dessertschälchen hatten.

Ihre Lippen waren schmal und blass, und ihre Haare verschwanden bis auf ein paar knappe Strähnen unter einer graumelierten Pelzmütze.

Als Herbie ihr die Hand zum Gruß reichte, erhob sie sich von ihrem Stuhl, und er bemerkte, dass sie kaum größer war als im sitzenden Zustand.

»Das ist meine alte Freundin, Frau Doppelfeld«, sagte Tante Hettie und zog die dünnen Linien ihrer Augenbrauen in die Höhe. »Sie hat extra solange gewartet, bis du kommst. Sie *könnte* seit einer Dreiviertelstunde weg sein.«

Herbie war nicht der Größte, aber Josefine Doppelfeld musste den Kopf in den Nacken legen, um ihm ins Gesicht zu blicken.

Herbie drückte ihre Hand.

Mach sie nicht kaputt!

»Du musst deiner Tante nicht so viel Kummer machen«, sagte die alte Frau heiser. »Sie sorgt sich sehr um dich.«

»Sicher«, erwiderte Herbie säuerlich lächelnd. »Tante Hettie ist so fürsorglich.«

»Groß bist du geworden«, sagte sie lächelnd. »Als ich dich zuletzt gesehen habe, warst du noch so groß.« Die Angabe, die sie mit der flachen Hand machte, deutete darauf hin, dass Herbie zu diesem Zeitpunkt etwa zwei Wochen alt gewesen sein musste.

»Jetzt muss ich gehen.« Sie tätschelte noch einmal seine Hand. »Pass auf dich auf, Junge. Die Welt ist schlecht.« Sie roch nach irgendetwas, was Herbie nicht definieren konnte. Es versuchte, sich gegen die blümerante Wolke von Tante Hetties Parfüm zu behaupten, die alles überlagerte.

Sie zeigte auf Tante Hetties Geldbörse, die auf dem Nachttisch lag. »Du musst das wegschließen, Hettie. Man kann niemandem trauen in einem solchen Haus.«

»Du hast natürlich recht, Finchen, aber so etwas versucht hier keiner, glaub mir.«

Nicht nur im Islam werden Hände abgehackt. Deine Tante ist da sicher auch nicht allzu zimperlich.

»Ich würde dich noch zur Tür bringen, meine Liebe«, flötete Henriette Hellbrecht. »Aber meine Hüfte ...«

Sie ist noch neu, und ich verwahre sie für sonntags.

»Bemüh dich nicht. Schon dich lieber. Wie gut, dass der Junge jetzt da ist.« Die Besucherin hauchte ihr einen flüchtigen Kuss auf die Wange und watschelte wie ein Pinguin zum Zimmer hinaus.

Die Tür wurde sanft zugezogen.

Tante Hetties Gesichtsausdruck änderte sich abrupt.

»Du weißt, was Pünktlichkeit bedeutet?«

»Natürlich, Pünktlichkeit ist, wenn ...«

»Red kein Blech!«, fuhr sie dazwischen und zog sich langsam mit Hilfe ihrer kostbaren orientalischen Krücke in die Höhe, bis sie schließlich auf wackligen Beinen vor ihm stand.

»Es ist neuer Schnee angekündigt worden. Der Doktor sagt, ich soll laufen! Also werden wir laufen. Das wird dir auch guttun.« Sie wies zum Fenster. Die Wintersonne warf ihr wärmendes Licht auf einen Park, der hinter der Klinik angelegt worden war. Einige Objekte und Skulpturen waren dort entlang eines kleinen Spazierpfads positioniert worden, und auf einem kleinen Teich glänzte das Licht.

»Wir könnten aber auch ...« Herbie verkniff sich ein stolzes Grinsen. »Wir könnten aber auch eine *Spazierfahrt* machen.«

»Womit?«, kam es schroff zurück.

»Mit meinem Auto.«

»Deinem Auto?«

»Meinem Auto.«

Jetzt fragt sie nach dem Geld.

»Woher hast du das Geld?«

»Ich verdiene es mir.«

»Du machst was?«

Herbie wurde jetzt sehr eifrig. »Das Auto und das Geldverdienen hängen in diesem Fall ganz eng zusammen, Tantchen«, erklärte er. »Ich brauche das Auto für den Job, weißt du? Es ist so, dass ich in Zukunft viel unterwegs sein werde. Ich habe dann viel mit Menschen zu tun, komme viel rum und so. Das Auto ist dazu unerlässlich. Sei froh, dann kann ich dich demnächst viel öfter mal be...«

»Du bist im Außendienst?«

»Gewissermaßen. Weißt du, das ist ein toller Job. Ich habe endlich was zu tun, eine Aufgabe, ich ...«

»Dann ist das ein Firmenwagen?«

Er kniff ein Auge zusammen. »Nun ja, so ähnlich. Also eigentlich stelle ich den Wagen, und ...«

»Was für ein Beruf ist das?« Ihr Tonfall bekam etwas Drohendes. »Du bist doch kein Vertreter oder so was?«

»Neiiin!« Herbie wehrte entrüstet ab. »Sagen wir mal so: Es ist eine kulinarische Sache.« Er registrierte verunsichert, dass Julius hinter seinem Rücken laut losprustete.

»Kulinarisch?«

»Ja, versteh mich richtig, ich ...«

»Ku-li-na-risch?«

»Ja, *kulinarisch* bedeutet, es geht um Essen, und ...«

»Himmelherrgott, ich weiß, was kulinarisch bedeutet! Was für ein Job ist das?« Sie hatte ihm die Spitze der Krücke auf die Brust geheftet.

»Pizza-Taxi.«

Sag ihr, dass das eine ganz saubere Sache ist. Nichts Ehrenrühriges und nichts Anstößiges.

»Das ist weder ehrenrührig noch anstößig, Tantchen, es ist ...«

»Ein Pizzabote!« Für einen Moment stand sie starr da und hatte den grellroten Mund geöffnet. Ein bizarres Bild. Dann warf sie die Hände in die Luft und verfehlte mit der Krücke nur knapp sein Ohr. »Ich kann es nicht glauben!« Es klang, als habe er eine Laufbahn als Pornostar eingeschlagen. Sie schwankte bedrohlich. Im Geiste sah Herbie schon das neue Hüftgelenk aus der Pfanne springen.

Sag ihr, dass du ihr dann in Zukunft weniger auf der Tasche liegst.

»Dann liege ich dir in Zukunft weniger auf der Tasche, Tantchen.«

Sag ihr, dass die beileibe nicht jeden nehmen.

»Die nehmen nicht jeden, Tantchen. Oh, nein, nun wirklich nicht!«

Sag ihr, dass viele Politiker und Philosophen als Pizzaboten angefangen haben!

»Berühmte Leute haben beim Pizzadienst angefangen!«

Sag ihr, dass ich auch denke, dass das Richtige für dich ist.

»Julius meint auch, dass ...«

Mit einem Mal war es totenstill geworden. Tante Hetties Hand krampfte sich um den Knauf ihrer Krücke. »Wer?«, fragte sie drohend und trat näher auf ihren Neffen zu. »Welchen Namen hast du gerade genannt?«

»Ich ... ich ... äh ...« Er wich zurück. Julius schenkte ihm ein triumphierendes Grinsen.

Es schmerzt mich nun mal, dass du mich wieder und wieder vor deiner Tante versteckst, mein Teuerster. Noch bevor der Hahn dreimal gekräht hat, wirst du mich wieder mal verleugnet haben!

»Julius? Sagtest du Julius? Du glaubst doch nicht immer noch, dass diese unsichtbare Gestalt bei dir ist, oder?« Ihre Stimme war ein dumpf drohendes Grollen.

Was hatte er nur getan? Seine Tante lebte in dem Glauben, dass der ominöse Julius der Vergangenheit angehörte, dass ihr Neffe zwar völlig lebensuntüchtig, aber trotzdem leidlich gesund war. Und jetzt das!

»Rede! Siehst du Leute, die nicht da sind, Herbert Feldmann?«

»Nein, Tante Hettie. Nein, nein, nein!«

Kikeriki, kikeriki, kikeriki!

3. Kapitel

»Es hätte schlimmer kommen können.« Dieses Resümee zog Herbie nicht sehr oft nach den Besuchen bei Tante Hettie. Gemeinhin lautete sein von Kopfschütteln begleitetes Fazit: »Dass ich da heil wieder rausgekommen bin ...«

Er war mit seiner Tante und irgendwie natürlich auch mit Julius über die vom Schnee befreiten Gehwege entlang der eisernen Vögel und Schmetterlinge des kleinen Skulpturenparks spaziert und hatte versucht, ihr seine Tätigkeit als Pizzabote in den schillerndsten Farben auszumalen. Seine Tante hatte diese Ausführungen mit knappen Zurechtweisungen beendet und nach dem Wohlbefinden ihres Schoßhündchens gefragt. »Es geht Bärbelchen prächtig«, wusste er zu berichten. Er verschwieg, dass das verschlagene Hundevieh Tante Hetties Nachbarn, Dr. Zenkert, bereits eine Tetanusimpfung beschert hatte und sich angeblich weigerte, etwas zu sich zu nehmen, was Frau Zenkert nicht vorgekaut hatte.

Vergiss nicht, ihr zu erzählen, dass die kostbare Briefmarkensammlung von Herrn Dr. Zenkert ihr Erscheinungsbild drastisch verändert hat, seit Bärbelchen im Haus ist. Der Bestand an kleinen bunten Papierfetzen hat sich verachtfacht, und die Zähnung ist seither eine deutlich gröbere.

»Offenbar fühlt sie sich sehr wohl bei Frau Zenkert. Mit meinem Auto könnte ich sie ja mal zu einem kleinen Ausflug hierhin mitbringen.«

Auf einer leckeren dampfenden Pizza con Bello.

Tante Hettie hatte ihn mit wildem Blick angefunkelt. »Du wirst die Finger von meinem kleinen Liebling lassen, hörst du!« Die Erinnerung an ein Abenteuer vor einigen Jahren, bei der die Entführung ihres Augensterns damit endete, dass sein Befreier Herbie der Geisel letztendlich deutlich mehr Leid zugefügt hatte als seine Entführer, brachte sie stets aufs Neue in Rage.

»Ich meinte ja nur ...«

»Du meinst immer nur! Genau wie dein Onkel Erwin, der meint auch immer nur!«

»Onkel Erwin? War er hier?«

»Ich konnte es nicht verhindern. Er durfte gehen, bevor er wieder seine Bettelei anfangen konnte.«

Ihr Bruder Erwin Dorsel war ein umgänglicher alter Zausel, der sich, seit er das Leben eines Globetrotters an den Nagel gehängt hatte, in der stillen Abgeschiedenheit des Wildenburger Ländchens seinen beiden Leidenschaften hingab: Dem Sammeln von exotischen Waffen und der Herstellung von Schnäpsen aus allen möglichen Zutaten, die eigentlich nicht dafür geeignet sind.

»Er hat nach dir gefragt.« Sie blieb stehen und hämmerte mit ihrer Krücke respektlos gegen eines der Metallkunstwerke, sodass der Schnee, den die Sonnenstrahlen zu schmelzen begonnen hatten, herunterpladderte. »Schrott«, murmelte sie verächtlich. Und dann wandte sie sich mit umwölkter Miene zu ihrem Neffen um und sagte: »Lass dich von ihm bloß nicht zu irgendwelchen Schwachheiten überreden.«

»Aber nein, Tantchen.«

Gelbliche Wolken schoben sich vor die Sonne.

»Ihr beide seid mein Grab.«

* * *

»Nein, wirklich, es hätte schlimmer kommen können. Du wirst sehen, Julius, wenn ich erst einmal mit meinem selbst verdienten Geld das Auto abbezahlt habe, wird meine Tante schon erkennen, dass ich auf dem richtigen Weg bin!« Die ersten Schneeflocken wirbelten durch die Luft, der Wind wurde stärker. Herbie ließ unternehmungslustig den Autoschlüssel in seiner behandschuhten Hand klimpern, bevor er ihn ins Schloss steckte.

Für diesen Haufen Altmetall, der mehr Schweißnähte hat als ein Karnevalsschnittmuster Linien, hat dir dein angeblicher Freund Köbes tatsächlich die Unsumme von fünfhundert Euro abgeschwatzt. Es ist eine Ungeheuerlichkeit.

»Ich kann es *peu à peu* abbezahlen.« Nachdem er sich auf den Fahrersitz geworfen hatte, drehte Herbie den Schlüssel im Zündschloss, und der Motor erwachte mit einem Geräusch, das klang, als habe man einen Pürierstab in ein Päckchen Dachpappennägel gehalten.

Bis der abbezahlt ist, sind noch drei Währungsreformen mit Vollgas an uns vorbeigerauscht.

»Stänker nicht rum, Julius. Genieß die Fahrt!«

Er verdrängte den Gedanken an fehlende Winterreifen. Noch waren die Straßen schneefrei. Winterreifen würden die nächste Investition sein.

Wenn er auseinanderfällt, kannst du ihn in Einzelteilen im Klinikgarten ausstellen.

Das Radio dröhnte auf, Manfred Mann's Earth Band legte los, und Herbie grölte mit: »Herbie's on the road again!«

Er beschloss, den Heimweg auf der landschaftlich schöneren Strecke über die Dörfer anzutreten. Dass er mit seinem neuen Gefährt in Wirklichkeit noch der Autobahn misstraute, verschwieg er tunlichst.

Sie durchquerten Marmagen, ein besonders hübsch herausgeputzter Ort im Nettersheimer Sprengel und fuhren durch den angrenzenden Fichtenwald, auf dessen gewaltigen Zweigen der Schnee lag und alles in ein Postkartenidyll verwandelte.

Nach wenigen Minuten erreichten sie den Kreisverkehr am Milzenhäuschen.

Das große Gebäude, das hier als ewige Baustelle an exponiertem Posten mitten im Wald stand, hatte eine lange wechselvolle Geschichte hinter sich. Nachdem es ehedem als Schankwirtschaft jahrzehntelang ein beliebter Ausflugsort gewesen war, in den es immer wieder die Vereine Marmagens zu fröhlichen Festen gezogen hatte, hatte irgendwann das Rotlichtmilieu hier Einzug gehalten. Knapp bekleidete Damen servierten und boten gepflegte Unterhaltung, und gegen ein gewisses Handgeld war man auch bereit, in einem der zahlreichen Gästezimmer die letzten Millimeter Stoff abzulegen. Das Milzenhäuschen lag herrlich abseits. Wer immer sich hier vergnügte, konnte es völlig unbeobachtet tun.

Dann aber war das Geschäft mit der käuflichen Liebe irgendwann abgeflaut, und das Haus stand lange Zeit leer und drohte zu verfallen.

Was dann folgte, war ein Sterben auf Raten. Das Haus wurde verkauft, und zur Freude aller Beteiligten sollte dort eine Großtierpraxis in Verknüpfung mit einer EDV-Fachfirma ihren Betrieb aufnehmen, aber bei dem dafür notwendigen Bau einer zusätzlichen Halle kam es zum Streit mit den Behörden. Und so kam es, dass das Milzenhäuschen mitten in der Umbauphase zur Ruine wurde. Hier wurde längst nicht mehr gefeiert und gesungen. Weder in Schützenuniform noch textilfrei.

Der Schnee fiel nun dichter, der Himmel hatte sich dramatisch schnell verfinstert.

Herbie fuhr in den Kreisverkehr ein und wollte gerade die dritte Ausfahrt in Richtung Blankenheim nehmen, als er plötzlich angestrengt den Blick nach rechts richtete und kurz entschlossen zu einer weiteren Runde ansetzte.

Dir ist früher schon immer auf dem Karussell übel geworden. Denk an die kostbaren Ledersitze und das Armaturenbrett aus poliertem Wurzelholz.

Herbie hatte jemanden gesehen. Aus dieser Entfernung sah sie noch mehr aus wie ein Pinguin. Tapfer watschelte die kleine Gestalt mit dem Pelzmützchen und dem Wintermantel am Milzenhäuschen vorbei durch den Schnee am Straßenrand.

Das war Josefine Doppelfeld, kein Zweifel.

Herbie bog kurzerhand in ihre Richtung auf die Straße nach Schmidtheim ab und hielt den Wagen auf ihrer Höhe an.

Sie wich ängstlich ein paar Schritte in den knöcheltiefen Schnee zurück. Ihre Augen hinter den riesigen Brillengläsern waren weit aufgerissen.

»Ich bin's, Frau Doppelfeld! Ich bin's, Herbert!« Die Beifahrerscheibe klemmte. Herbie schaffte es nur, sie halb herunterzukurbeln.

Die alte Frau presste ihre verbeulte Handtasche fest vor die Brust und stapfte weiter. Sie beschleunigte ihren Schritt und er versuchte, mitzuhalten.

Sie hat Angst vor dem Auto. Wundert mich nicht.

»Blödsinn.« Herbie war wieder auf gleicher Höhe mit der kleinen Frau, die mit Pelzmütze gerade mal so groß war wie der Golf. »Hallo, Frau Doppelfeld! Ich bin's, Herbert. Der Neffe von Tante Hettie!«

Jetzt huschte ein Glanz des Erkennens über das Gesicht der Frau. Sie beugte sich vor.

»Herbert?«

»Genau! Steigen Sie ein! Ich bringe Sie nach Hause! Es schneit ja wie verrückt!«

Noch immer zögerte sie. Ein Blick in den Himmel bewirkte endlich eine Entscheidung. Sie öffnete die Tür und stieg ein.

»Es ist zwar nicht weit«, sagte sie und rückte auf dem Sitz hin und her, »aber es schneit doch sehr.«

»Sind Sie den ganzen Weg zu Fuß hierhin?« Herbie half ihr, den Gurt anzulegen.

»Das ist doch gar nichts. Ihr jungen Leute wisst ja gar nicht mehr, was man zu Fuß alles schaffen kann.«

Er wird es schon noch erfahren, der junge Mann, wenn dieser Blechberg demnächst in irgendeinem gottverlassenen Tal der Eifel sein Leben aushaucht.

»Ich habe das Auto ganz neu.« Herbie drehte den Motor hoch und fuhr los.

Sie ließ den Blick durch den heruntergekommenen Innenraum wandern. »Schön. Pflege es gut, dann hast du lange was davon.«

»Sie sollten sich demnächst ein Taxi nehmen. Das ist zu anstrengend für Sie.«

»Das ist sehr teuer.«

»Aber Sie sollten trotzdem ...«

»Teuer und gefährlich. Vorigen Winter ist in Schleiden ein Taxifahrer ermordet worden.«

»Ja ja, aber das war ja, wie gesagt, der Taxifahrer, der da getötet wurde und nicht ... Ach, ist ja egal.«

Sie drehte den Kopf über die Schulter. »Das war immer was Besonderes, das Milzenhäuschen. Der Husche Nickla, der hatte da die Wirtschaft. Einmal, im Sommer, da war hier das Wasser knapp. Da war es so trocken, dass die Wasser mit Bierfässern herbringen mussten. Da war sogar das Fernsehen da.«

Und im Winter war es so kalt, dass sie Schnee in Weinflaschen da hinbringen mussten. Was erzählt die alte Dame für einen Unsinn?

»Wo mussen Sie denn hin?«

»Nicht mehr weit. Vor dem Ortseingang von Schmidtheim, gleich links.« Sie fuchtelte mit einem schrumpeligen Finger durch die Luft. »Da hinten links!«

Herbie lenkte sein Fahrzeug brav von der Straße in einen Feldweg zur Linken. Ein einzelnes Gebäude wurde zwischen den kahlen Baumstämmen sichtbar.

»Halt lieber hier«, beschied sie. »Du fährst dich sonst fest.« Jetzt begann sie, geräuschvoll in ihrer Handtasche zu kramen. Darin schienen unglaublich viele lebenswichtige Dinge zu schlummern. Es raschelte und klimperte. »Du bekommst zwanzig Cent von mir.«

»Aber nicht doch!«

Nimm es. Wer weiß, ob dir der Pizzamann mehr bezahlt.

»Ist das nicht genug?« Hinter ihren Brillengläsern weiteten sich die Augen wieder.

»Ich möchte nichts haben, bitte. Die paar Meter ...«

»Aber das Benzin ist so teuer. Ihr jungen Leute seid so verschwenderisch.«

»Neineinein, kommt gar nicht in Frage. Bitte lassen Sie das.«

Es schien ihr nicht recht zu sein, denn als sie die Tür aufstieß, brummte sie mit verkniffener Miene: »Solange die jungen Leute sich noch fertigen Pudding in Plastikbechern kaufen können, möchte ich kein Gejammer mehr hören!«

Von draußen sagte sie noch: »Und besuch deine Tante öfter. Sie freut sich immer so, dich zu sehen.«

Er versprach es, und sie verabschiedete sich. »Pass auf dich auf, Junge.«

Als er hinter ihr her blickte, wie sie so auf das schmucklose, etwas heruntergekommen wirkende Haus zuwackelte, schüttelte er den Kopf.

Da geht sie hin, die Pelzmütze mit Beinen. Kein Rauch im Kamin. Sie heizt bestimmt erst ab zwanzig Grad minus.

Erst als sie um die Hausecke verschwunden war, setzte er zurück und gelangte wieder auf die Straße.

»So, mein Lieber, jetzt habe ich also auch meine gute Tat für heute vollbracht. Jetzt fahren wir nach Kerpen, ins *Kleine Landcafé*, da trinke ich ein Landbier, du guckst mir dabei zu, und ich parke mein Auto direkt vor dem Eingang.«

Und schwuppdiwupp hat es ein Schrotthändler aufgeladen.

Der Wagen schlingerte bedenklich, aber Herbie ließ sich nicht beirren. Mit einer Energie, die sein Besitzerstolz nährte, schaffte er es, den Wagen auf dem Schneefilm, der sich mittlerweile auf der Fahrbahn bildete, einigermaßen in der Spur zu halten.

»Morgen fahre ich zum Pizzabäcker, und dann geht es los mit dem Geldverdienen.« Eher durch Zufall warf er kurz vor dem Ortsschild von Schmidtheim einen Blick nach rechts, weil ihm die Frage durch den Kopf ging, warum sein Begleiter den Rücksitz vorzog.

Dort lag im Fußraum ein Briefumschlag, der vorhin noch nicht da gelegen hatte.

Da ist ihr was aus der Tasche gefallen, der Frau Doppelfeld.

Für einen Augenblick verließ ihn seine Aufmerksamkeit, und als er den Blick wieder nach vorne richtete, kam ihm ein Auto entgegen und betätigte aggressiv die Lichthupe, weil der Golf zu weit auf die linke Fahrbahn geraten war. Er riss mit einem kleinen Aufschrei das Lenkrad herum, und der Wagen drehte eine elegante Pirouette, wobei er in Gegenrichtung zum Stehen kam. Der Motor erstarb mit einem Röcheln.

Dein Auto ist eine Blech-gewordene Kati Witt, weißt du das?

»Wir haben uns noch nicht aneinander gewöhnt, der Wagen und ich«, murmelte Herbie und versuchte, das Auto wieder zu starten. Wieder und wieder drehte er den Schlüssel bis zum Anschlag. Es erklangen rasselnde Geräusche in den verschiedensten Tonlagen, die aber allesamt irgendwann abrupt abbrachen.

»Das darf doch nicht wahr sein!«

Kann ich helfen?

»Wir müssen ihn an den Straßenrand schieben.«

Ach weißt du, bei diesem Wetter ist mir gar nicht so danach.

Herbie blickte in das Flockengewirbel hinaus und verzog missmutig den Mund. »Ich gehe die paar Schritte zurück zu Frau Doppelfeld. Ich hoffe, sie hat ein Telefon. Da kann ich dann Köbes anrufen.«

Denkst du etwa, er wird das Auto zurücknehmen? Nie im Leben, mein Bester. So einen Käufer wie dich findet er nie wieder.

»Köbes kann mir helfen, ihn wieder in Gang zu setzen.« Herbie stieg hinaus in den Schnee. Der kalte Wind kroch ihm fast augenblicklich in den Kragen und unter die Schöße seiner viel zu dünnen Jacke.

Es dauerte eine Weile, weil er immer wieder mit den Schuhen wegrutschte, aber irgendwann hatte er es tatsächlich geschafft, den Golf so weit an den Straßenrand zu rollen, dass er kein Verkehrshindernis mehr darstellte.

Julius' Gestalt war undeutlich auf dem Rücksitz zu erkennen.

Herbie suchte eine Weile vergeblich nach dem Warndreieck und beschloss, dass es in diesem speziellen Fall auch ohne funktionieren müsse. Als er ins Wageninnere griff und den Briefumschlag aufhob, las er darauf in einer kleinen, krakeligen Altfrauenschrift *Tierheim Blankenheimerdorf*. Er steckte ihn in die Innentasche seiner Jacke und sagte: »Komm, Julius, Schneewanderung!«

Julius schnaufte unbestimmt und verließ das Auto.

Es war kein weiter Weg zurück. Nach einer lang gezogenen Kurve konnten sie bereits das Haus der alten Frau erahnen. Der schwache Schimmer einer grauen Gebäudefassade im diffusen Gewirr aus Schnee und Geäst.

Herbie stolperte vorwärts. Seine Schuhe und auch der Rest seiner Kleidung waren nicht unbedingt den Witterungsverhältnissen angepasst.

Ich denke, man sollte in der Eifel immer mit allem rechnen. Mit Hagel, Blitz, mit Schnee ...

»... mit großen, dicken, bärtigen Männern, die keiner sehen kann ...« Herbie lachte und bog keuchend in den Weg ein, der sie geradewegs auf das Haus zuführte.

Die Flocken wirbelten ihm fett und nass ins Gesicht. Er hatte Mühe, nicht fortwährend auszurutschen. Ein Weg aus großen Bruchsteinplatten führte von einem kleinen Holztor, das beim

Öffnen geräuschvoll quietschte, auf das Haus zu. Auch ohne Schnee war er sicherlich nicht weniger glitschig. Das Haus war dicht umstanden von Buchen, Fichten und wildem Gestrüpp. Der Weg bog um die Hausecke. Kein Licht war zu sehen, nichts, was ihnen den Weg durch die hereinbrechende Dämmerung erleichtert hätte. Als er um die Ecke bog, konnte er ein paar Stufen entdecken, rechts und links eingefasst von einer kleinen Mauer.

Ein Empfangskommando. Wie reizend.

»Was meinst du? Ach die da!« Herbie sah Schatten huschen, er sah Augen, in denen der letzte Rest Licht des zu Ende gehenden Tages aufblitze. Zwei Katzen schickten ihr klägliches Jammern durch die Stille. Herbie erkannte zwei Tiere. Als sie ihn entdeckten, wurde ihr Miauen lauter, fordernder. Ob sie Julius auch sehen konnten?

Herbie schlingerte wieder gefährlich. »Streusalz ist Luxus. Kein Pudding aus dem Becher und kein Salz auf den Gehweg.«

Er stützte sich an der Hauswand ab und tastete sich vorwärts auf die Katzen zu, die ungeduldig vor der Tür hin und her sprangen.

Dann sah er etwas, was bisher der kleine Mauervorsprung verborgen hatte. Auf den Stufen vor der hölzernen Haustür, an der ein Schlüsselbund baumelte, war ein weiterer Schatten. Er bewegte sich nicht. Es war ein dunkelgrünes Bündel. Herbie erkannte eine Pelzmütze, die in den Schnee gekullert war. Er erkannte schemenhaft zwei kleine weiße Flecken, die wie kleine Tiere aussahen, deren Gesichter aus dem dunklen Stoff hervorlugten. Es waren zwei Hände.

»Oh, mein Gott, Julius!« Herbie hielt inne. Nur für einen kurzen Moment. Dann schoss er nach vorne, ruderte mit den Armen in der Luft und fiel auf die Knie. Der Schmerz schoss ihm durch die Beine, ohne dass er ihn wirklich richtig registrierte. Vor ihm lag der Körper Finchen Doppelfelds, halb auf den Stufen, halb auf der letzten Gehwegplatte. Ihre Hände waren nicht mehr viel wärmer als die Winterluft, die sie umgab. Er zwang sich, in ihrer Halsbeuge nach dem Puls zu tasten. Aber da war nichts. Kein Anzeichen dafür, dass in diesem Körper noch Leben schlummerte. Auf der Haut ihres Gesichts blieben die ersten Schneeflocken liegen, und die Brillengläser waren bereits von weißem Reif bedeckt.

Herbie drehte sich zu Julius um, aus dessen rundem Gesicht zwei geweitete Augen durch den Flockentanz sorgenvoll zu ihm hinunterblickten.

4. Kapitel

Trotz des kleinen Wuchses hatte der leblose Körper der Frau ein beeindruckendes Gewicht. Schwer atmend schleifte Herbie ihn durch die Haustür in das Innere des Gebäudes. Dass die beiden Katzen währenddessen aufgeregt und offensichtlich hungrig um ihn herumtanzten, erleichterte die Sache nicht eben.

Was tust du? Warum schleppst du sie ins Haus?

»Was denkst du, was ich tun soll? Sie auf den Stufen liegen lassen, bis sie zugeschneit ist?«

Du solltest einen Rettungsdienst alarmieren oder die Polizei. Das macht man in solchen Situationen ganz gerne so.

»Das tue ich auch, das tue ich auch, aber erst einmal ins Haus mit ihr.« Er schrammte mit dem Ohr an dem Schlüssel vorbei, der in der Haustür steckte. Das Schlüsselbund tanzte klimpernd unter dem Türknauf, und Herbie verlor beinahe das Gleichgewicht. Die Stufen waren spiegelglatt. Alles war hier spiegelglatt! Er ließ den Körper halb zu Boden sinken und hielt eine Hand an sein schmerzendes Ohr.

Herbie hielt inne. »Hörst du das, Julius?«

Ein Klingeln im Ohr? Das ist der Schlüsselbund.

Ein kleiner Windfang wurde vom Rest des Hauses durch eine Tür abgetrennt, in die ein Milchglasfenster eingearbeitet war. Dahinter war es dunkel. Und doch waren in dieser Dunkelheit Bewegungen zu erkennen. Schatten huschten hin und her. Geräusche erklangen gedämpft. Unmenschliche Geräusche.

Jetzt nahm Herbie auch wieder den Geruch wahr, den Frau Doppelfelds Kleidung ausgeströmt hatte. Hier war er intensiver, ätzender. Eine bange Ahnung beschlich ihn. Herbie und Julius sahen sich an. »Was glaubst du, was das ist?« *Höhere Säugetiere. Felidae, vermute ich, zuzuordnen der Ordnung der Carnivora. Über die Menge indes weiß ich nichts zu sagen.*

Herbie bettete die alte Frau auf den Steinfußboden und öffnete die Tür.

Ein Sturm brach los.

So wie der Schnee zur Haustür hereinwirbelte, so tanzten durch die Wohnungstür Katzen auf ihn zu. Sie sprangen und taumelten übereinander, ihre Körper kullerten um seine Füße, sprangen an ihm hoch, ihre Krallen gruben sich in seine Beine. Sie waren gestreift oder pechschwarz, weiß, grau, rötlich, fleckig. Er erkannte perforierte Ohren, verstümmelte Schwänze und leere Augenhöhlen. Es waren mindestens zwei Dutzend, wie er mit panisch hin und her fliegenden Blicken abzuschätzen versuchte.

Einige von ihnen sprangen ins Freie, aber Herbie bemerkte, dass sie gleich wieder zurückkamen. Die maunzenden Klagelaute waren mitleiderregend.

Die Reinkarnation der Fischer-Chöre kreischt den »Gefangenenchor« aus Nabucco.

Sie hatten ganz offensichtlich Hunger.

Herbie schloss die Haustür. Wenigstens der Schnee war jetzt ausgesperrt.

»Mein Gott, Julius, wenn wir nicht aufpassen, knabbern sie die alte Frau an.«

Unsicher, was zuerst zu tun sei, taumelte Herbie in die Wohnung. Sollte er zuerst die Polizei rufen oder die Katzen füttern? Konnte er die alte Frau so einfach im Windfang liegen lassen?

In der Wohnung war es kalt. Die Einrichtung spartanisch zu nennen, wäre die Untertreibung des Jahres gewesen. Stühle, Tisch, Sofa, Ofen – allesamt Sachen, die nicht mal mehr das Möbellager der Caritas genommen hätte. Über allem hing der süßliche Gestank von Katzenpisse.

Wie kam es, dass diese Frau, die in solch schäbigen Verhältnissen lebte, zum Freundeskreis seiner Tante gehörte? Das war eine Sache, der er unbedingt bei Gelegenheit auf den Grund gehen musste.

In der angrenzenden Küche sah es nicht anders aus. Um das Ofenrohr herum war die gelbliche Raufasertapete voller brauner Schlieren, am alten Küchenschrank fehlte die rechte untere Klappe.

Noch immer tanzten die Katzen einen furiosen Tanz um ihn herum, und Herbie kam kaum vorwärts, weil er Angst hatte, über sie zu fallen. Ihr Schreien schien lauter zu werden und ihr Tanz immer hektischer. Er schien sich dem Zentrum ihres Interesses zu nähern.

Wärmer ... es wird langsam wärmer ... gleich bist du da. Heiß ... heiß!!!

Im spärlichen Licht des Winterabends, das zum Fenster hereinfiel, erkannte er eine Dosenpyramide in einem grotesk schiefen Holzregal zur Rechten.

Die Katzen schrien im Falsett.

»Es sind Laschen dran, Julius! Laschen zum Öffnen. Juhu, Julius! Ich brauche keinen Dosenöffner!« Triumphierend wie ein Schiffbrüchiger, dem das gütige Schicksal eine Dose Ravioli an den Strand gespült hat, riss er an der Lasche, und augenblicklich hing eine Traube von Katzenleibern an seinem Arm, und polternd verschwand die Dose im Gewühl. Er dankte dem Himmel, dass er Handschuhe trug.

Vorsichtshalber öffnete er gleich noch eine weitere Büchse. Und noch drei hinterher. Alle ließ er ängstlich und mit gebührendem Abstand einfach in das Gewimmel zu seinen Füßen plumpsen.

Stell dir vor, es wäre Tante Hetties verhasster Pudel, der da im Katzengewühl verschwindet.

»Schöne Vorstellung.«

Der Sturm ließ augenblicklich nach, das Schreien machte jetzt einem pulsierenden Schnurren und einem unablässigen Schmatzen Platz.

Herbie verließ die Küche und tastete im Wohnzimmer nach einem Lichtschalter. An der Decke flackerte ein Lämpchen auf und warf ein schummriges Licht über die trostlose Szenerie.

Vor der Haustür lag immer noch der Körper der toten Frau. Herbie hatte gehofft, sie habe sich inzwischen aufgerappelt und würde ihm verhalten lächelnd bei einer Tasse Kaffee von einer Muskelstarre berichten, die sie von Zeit zu Zeit überfiel und sie minutenlang wie tot aussehen lasse. Aber nichts dergleichen geschah.

Die Frau ist tot. Richtig tot. Du hast sie zwar nicht umgebracht, aber du hängst mal wieder mittendrin, mein Teuerster.

Herbie fand das Telefon auf einem kleinen Tischchen. Gleich daneben war ein Zettel mit honiggelbem Tesafilm auf die Platte geklebt. *Polizei* stand darauf, und eine Schleidener Telefonnummer. Darunter stand »*Tierheim*« und darunter *Christa und Achim*.

Das Telefon war grau und mit Wählscheibe, das Kabel am Hörer mit schwarzem Isolierband geflickt.

Anstatt die 110 zu wählen, wie es bei solchen Gelegenheiten üblich war, las Herbie die Nummer der Polizei vom Zettel ab. Es war schwierig, mit den groben Handschuhen in die Löcher der Wählscheibe zu greifen.

Es rasselte lange in dem Hörer, bis die Nummer durchgewählt war, und Herbie musste plötzlich an sein Auto denken, das vermutlich längst vom Schnee verschüttet worden war.

Vielleicht hat sich ein Räumfahrzeug erbarmt und hat es einfach mit der großen Schaufel von dieser Welt getilgt.

Die Verbindung wurde hergestellt.

»Frau Doppelfeld!« Herbie erschrak. Die Männerstimme klang übellaunig. »Frau Doppelfeld, was ist es denn diesmal? Schleicht wieder mal einer ums Haus? Sind da wieder Fremde an Ihrer Tür? Das ist für heute schon das zweite Mal, Frau Doppelfeld. Jeden Tag dasselbe. Unsere Geduld ist langsam zu Ende, hören Sie!«

Herbie brachte nur ein heiseres Krächzen heraus. Das reichte dem Mann am anderen Ende aber offensichtlich. Besänftigt fuhr er fort: »Rufen Sie doch lieber morgen noch mal an. Da haben wir vielleicht wieder Zeit für ein kleines Schwätzchen. Heute ist die Hölle los. Lauter Irre mit Sommerreifen sind unterwegs, und dauernd knallt es irgendwo. Morgen wieder, ja?«

Wieder krächzte Herbie ein paar Töne.

»Gehen Sie schön schlafen.« Dann wurde das Gespräch unterbrochen.

Und jetzt?

Energisch griff Herbie erneut nach dem Telefon und wählte eine andere Nummer. »Für mich ist das jetzt hier gelaufen«, knurrte er, während er auf die Verbindung wartete.

Zuerst erklang laute Orchestermusik. Köbes war bekannt für seine beiden größten Leidenschaften: Schrott und Filmmusik. Wobei es geteilte Meinungen gab, ob dies nicht manchmal ein und dasselbe war. Eine Stimme brüllte: »Moment. Muss die Musik leiser drehen!« Unter das orchestrale Getöse mischten sich Geklapper und Geschepper und die Worte: »Wo ist denn die blöde Fernbedienung, Mensch?« Dann herrschte mit einem Mal Stille, und Herbie dachte schon, die Leitung sei unterbrochen. »So, Stecker rausgezogen«, erklärte Köbes kurz. »Wer ist denn da?«

»Mein Auto, Köbes ... mein neues Auto ...«

»Sagenhaftes Teil, oder?« Wenn es um den Verkauf von Fahrzeugen ging, war Köbes kein ausgekochtes Schlitzohr, sondern eher ein gnadenloser Optimist. Er glaubte, was er erzählte. »Voll schade, dass ich es weggeben musste. Hab ich nicht gerne getan.«

»Es springt nicht an.«

»Springt nicht an? Warum nicht?«

Wenn du jemals an einer dieser Quizsendungen teilnimmst, solltest du keinesfalls diese traurige Gestalt als Telefonjoker hinzuziehen.

»Es springt nicht mehr an, Köbes, ich brauche deine Hilfe.«

»Kein Problem. Ulrike ist beim Kegeln, und im Fernsehen läuft sowieso nur Schrott. Ich kann kommen. Wo biste denn?«

5. Kapitel

Das Auto sprang an. Es schien schon Respekt zu haben, als Köbes nur mit dem Schraubenschlüssel winkte, so konnte sich Herbie später erinnern. Julius behauptete sogar, der Golf habe um die Scheinwerfer herum einen ängstlichen Zug angenommen.

Im Anschluss an die Rettungsaktion überredete Herbie seinen alten Kumpel zu einem Eifeler Landbier im Café in Kerpen.

»Ich möchte jetzt nicht unbedingt allein sein«, erklärte er.

Na, danke schön.

Als er dann eine gute halbe Stunde später lustlos an einem an sich köstlichen Flammkuchen herumknabberte, erzählte er Köbes die ganze Geschichte, wobei er Wert darauf legte, dass er nur wenige Dinge hätte anders machen können.

»Ich hatte einfach keine Wahl!«

Du hast dich dazu entschlossen, die alte Frau im Hausflur aufzubahren und den Schlüssel von außen stecken zu lassen, und du behauptest, du hättest keine andere Wahl gehabt?

»Ich bin ein Opfer der Umstände. Irgendjemand wird sie finden! Spätestens morgen früh der Postbote!«

Köbes machte ein säuerliches Gesicht. »Und wenn sie keine Post kriegt?«

Verärgert stürzte Herbie den Rest seines Bieres hinunter und winkte Thea mit dem leeren Glas. »Dann eben ... na ja ... Irgendwer eben!«

»Und noch mal die Polizei anrufen?«

»Wie soll ich das denn erklären? Die Alte hat offensichtlich andauernd angerufen und ihre wilden Einbrecher-Fantasien zum Besten gegeben. Nachher bin ich dieser Einbrecher! Nein, es darf keiner wissen, dass ich da war. Ich kann von Glück sagen, dass mich keiner gesehen hat.«

»Einbrecher ... Hm ... So wie du das beschrieben hast, scheint da nicht viel zu holen gewesen zu sein.«

»Bittere Armut, Köbes. Da hätte man höchstens ein paar Rabattmarken klauen können.«

»Weißt du was?« Köbes klopfte ihm aufmunternd auf die Schulter. »Ich werde morgen mal da lang fahren und die Augen offenhalten. Das wird sich schon wieder einrenken!«

»Du bist ein echter Freund«, murmelte Herbie und prostete ihm halbherzig zu.

Als Thea mit einem neuem Bier kam, zog Köbes eine CD aus der Tasche. »Hier, gib die mal dem Günter, für die Anlage. Das ist Filmmusik. Aber richtig bis zum Anschlag aufdrehen, ja?«

Thea lächelte ihr diplomatischstes Lächeln. »Später vielleicht, Köbes. Später, wenn nicht mehr so viele Gäste da sind.«

Später, wenn alle raus sind, das Licht ausgeschaltet ist und die Türen abgeschlossen sind. Wenn es in der Hölle schneit.

»Guck mal hier!« Köbes hatte mit der CD noch einen Stapel Polaroidfotos hervorgeholt. Sie zeigten allesamt schier unglaubliche Ansammlungen von verbogenen Metallgegenständen, vernarbt von Schweißnähten, verrostet und verbeult.

»Und was könnte das sein?« Herbie runzelte die Stirn.

Wenn er noch vier Räder dran dübelt, nennt er es Auto.

»Kunst!« Köbes lehnte sich selbstzufrieden auf seinem Stuhl zurück und plinkerte mit den Fingerspitzen an seinem Bierglas. »Wenn ich mal keine Autos zu reparieren habe, schweiße ich das restliche Metall zu Kunstwerken zusammen.«

»Schrott?«

»Metall«, sagte Köbes mit Nachdruck. »Kunst. Metallkunst.«

Lobe ihn! Sensible Künstler brauchen das!

»Das ist ... mal was anderes.« Er ließ die Fotos wieder und wieder durch die Hände wandern und rang sich ein anerkennendes Nicken ab.

»Das war mal ein Kühlergrill von einem Mazda.«

»Was ist es jetzt?«

»Sieht man doch.«

»Ein Saurier?«

»Eine Muttergottes!« Köbes nahm ihm resignierend die Fotos weg und ließ sie wieder in der Tasche verschwinden. »Keinen Sinn für Musik und keinen Sinn für Kunst.«

»Morgen fange ich mit der Arbeit an«, sagte Herbie matt. »Das wird mich ablenken.« Er griff in die Innentasche seiner Jacke, die über dem Stuhl hing, um Köbes ein Faltblatt der Pizzeria zu zeigen, die ihn nach seiner eigenen Einschätzung sicherlich schon im März zum Mitarbeiter des Monats küren würde.

»Ach du Schande«, murmelte er. »In der Hand hielt er den Briefumschlag, den Josefine Doppelfeld dem Tierheim in Blankenheimerdorf zugedacht hatte. »Habe ich völlig vergessen.«

»Mach mal auf.«

Herbie reckte empört den Kopf in die Höhe. »Na, hör mal. Das gehört mir doch gar nicht!«

Er wog den Briefumschlag in der Hand und dachte an zwei Dutzend zufrieden schnurrende Katzen, die jetzt vermutlich das Futter verputzt hatten. Er hatte nirgendwo in dem verwahrlosten Haushalt ein Katzenklo gesehen, allerdings hatte er sich auch einen Blick in die anderen Räume erspart.

»Tierheim. Hm. Ich stecke ihn weg. Vielleicht kann ich ihn meiner Tante unterjubeln und so tun, als hätte sie ihn bei ihrem Besuch verloren.«

Er fand den Flyer der Pizzeria und reichte ihn seinem Kumpel über den Tisch. »Sieht gut aus, oder?«

Sieht nach einem x-beliebigen Pizzaservice aus. Margherita und Quattro stagioni. Was ist das schon Besonderes? Zugegeben, es sind zweihundertvierzehn Rechtschreibfehler drin anstatt der üblichen hundertachtundneunzig.

»Fährt Julius dann jedes Mal mit?«, fragte Köbes mit einem geradezu unverschämten Grinsen.

Herbie nickte bedächtig. »Das wird er wohl.« Ihn schien heute nichts mehr richtig aufheitern zu können.

* * *

Als er seine Wohnung am Graf-Mirbach-Platz erreicht hatte, grübelte er zum ersten Mal darüber nach, wo er wohl in Zukunft sein Auto würde parken können. Kein einfaches Unterfangen.

Er schloss auf und ging die Treppe zu seiner Wohnung hinauf. Im Halbdunkel schloss er die Wohnungstür auf und stolperte über eine Tüte voller Brötchen in seine Behausung. Seine Vermieterin, die alte Frau Leyendecker, hatte irgendeinen mysteriösen Deal mit dem Bäcker, der ihr offensichtlich immer Backwaren vom Vortag für lau überließ. Irgendwie schien Herbie ihr den Eindruck zu vermitteln, er habe dringend ein paar Lebensmittel nötig. Manchmal baumelte auch eine Plastiktüte voller Wurstreste von Edeka Konz an seiner Klinke, die normalerweise schon mal gerne für den Hund gekauft wurden.

Weißt du noch, als du kürzlich im Dunkeln in ihren Nudelauflauf getreten bist?

Oh, ja, er erinnerte sich noch.

Er hatte gerade die Brötchen wieder von seiner Fußmatte aufgesammelt und in der Tüte verstaut und wollte nach dem Lichtschalter tasten, als jemand aus der Finsternis hinter ihm zischte: »Kein Licht!«

Herbie fuhr herum, und die Brötchen wirbelten erneut durch die Luft.

Hochverehrtes Publikum, Herbie der Clown und seine entfesselten Dreikornbrötchen! Tataaa!

»Wer zum Teufel ist da?«, fragte Herbie mit bebender Stimme. Sein Nervenkostüm hatte an diesem Tag ordentlich gelitten. Er war jetzt nicht mehr zu Späßen dieser Art aufgelegt.

Der blank polierte Glatzkopf seines Onkels reflektierte die spärliche Flurbeleuchtung. »Bloß kein Licht, Junge!«, zischte er erneut und huschte an Herbie vorbei in die Wohnung.

Herbie hörte, wie er in der Finsternis von Herbies Junggesellenbude gegen diverse Möbel stieß und fluchte. Dann ratterten die Rollläden nach unten.

»So, jetzt kannst du das Licht anmachen!«

»Na, da danke ich aber schön«, murmelte Herbie und stopfte das letzte Brötchen in die zerfledderte Tüte zurück. »Schön, dich zu sehen, Onkel Erwin, komm doch rein ...«

Erwin Dorsel blinzelte ins Licht und rieb sich das Knie, das er sich offensichtlich gestoßen hatte.

Er zauberte aus einer Ledertasche eine Flasche. »Komm Kamerad, wir trinken einen auf das Wiedersehen.«

Herbie kannte Onkel Erwins Leidenschaft für die Schwarzbrennerei. Er brannte Früchte, Zapfen, Blätter und anderes zu Schnäpsen, die von ihrer molekularen Beschaffenheit Kerosin sehr nahekamen. Sein Leitspruch lautete, dass da kein Ding auf Erden sei, das man nicht zu Schnaps destillieren könne. Vielleicht hatte er recht damit, aber man musste es ja nicht jedes Mal ausprobieren.

»Schafgarbengeist«, sagte er und ließ die Augenbrauen vielsagend in die Höhe tanzen.

»Schafgarbengeist? Onkel Erwin, das trinkt man doch nicht, das ist doch ...«

»Quatsch, du kleiner Hosenscheißer.« Sein Onkel unterbrach ihn und kramte im Küchenschrank nach Trinkgefäßen.

Sag ihm, dass er nicht die Plastikbecher nehmen soll. Die sind nicht säurefest.

»Ich hatte auch noch einen leckeren Klaren aus Rote Bete, den habe ich aber zu Hause vergessen.« In diesem Augenblick umwölkte sich seine Miene. »Zu Hause ...« Er schüttete die Flüssigkeit mit der undefinierbaren Farbe in zwei kleine Schnapsgläser.

»Sag mal, was soll das, Onkel Erwin? Es ist ja schön, dass du mich besuchst und so, aber guck doch bitte mal auf die Uhr, ich meine ... Und was soll überhaupt der Unsinn mit den Rollläden und dem Licht? Spielst du Verdunklung oder was? Alte Kriegserinnerungen?«

»Spotte nicht, Neffe. Das mit der Verdunklung damals war eine schlimme Sache. Da haben die Tommys uns ganz schön die Suppe versalzen. Aber das hier ...« Er huschte wieselflink zur Wohnungstür und lauschte einen Moment lang mit ernstem Gesicht in die Stille. »Das hier ist auch schlimm.«

Dein Onkel hat nachhaltig einen an der Mütze, mein Teuerster. Das scheint tatsächlich in der Familie zu liegen.

»Ach, Julius, hör auf mit ...« Herbie zuckte augenblicklich zusammen. Sein Onkel sah ihn panisch an. »Wer? Ist noch jemand hier? Niemand darf davon wissen, Bürschchen, hörst du? Niemand.«

Herbie ließ sich seufzend auf einen Küchenstuhl sinken und roch an seinem Schnapsglas. »Nein, nein, Onkel Erwin, keine Sorge. Hier ist niemand außer uns. Sei mir nicht böse, aber ich bin wirklich fix und fertig. Es wäre mir lieb, wenn du mir schnell erzählst, was du auf dem Herzen hast, und dann fährst du hübsch nach Hause und kommst ein anderes Mal wieder, wenn ich mehr Zeit habe.«

Sein Onkel kam zum Küchentisch und stützte sich schwer atmend mit den Händen auf. Dann führte er seine krumme Nase, in deren Löchern sich kleine, weiße Haare krauselten, ganz nah an die von Herbie. Sein linkes Augenlid zuckte nervös, und seine Stimme war leise und rau.

»Pass mal auf, du Pimpf, ich habe heute extra den schweren Gang zu meiner Schwester in die Klinik gemacht, weil ich gehofft hatte, dich dort anzutreffen.« Es folgte eine ausgedehnte Kunstpause, in deren Verlauf er sich darauf verlegte, diverse Gesichtsmuskeln theatralisch spielen zu lassen. »Ich fürchte, ich kann nicht mehr nach Hause.«

»Ach, und wieso nicht?« Auch Herbie flüsterte nun unwillkürlich.

»In meiner Tasche da vorne sind eine Zahnbürste und ein Schlafanzug. Zu Hause bin ich nicht mehr sicher.«

»Wie meinst du das ... Nicht mehr sicher?«

Onkel Erwin machte eine bedeutungsschwangere Pause.

»Ich befinde mich in Gefahr, Jungchen.« Er drückte Herbie das Schnapsglas in die Hand.

6. Kapitel

Etwa gegen vier Uhr wurde Herbie wach. Warum hatte er nicht ein paar nette, harmlose Verwandte, die sich zu seinem Geburtstag meldeten und ihn zu Ostern und Weihnachten zum Essen einluden? Einen Vetter in der Toskana vielleicht, eine Oma in Südfrankreich ...

Stattdessen hatte er diese Landplagen. Onkel Erwin war kein schlechter Kerl, aber seine lange Militärzeit und die Jahre in der Fremdenlegion hatten ihn ein bisschen ... nun ... neben die Spur geraten lassen. Auch der Alkohol mochte seine Schuld daran haben.

Alkohol. Es waren seine Kopfschmerzen, die ihn geweckt hatten. Es fühlte sich so an, als stehe jemand mit einem Pfennigabsatz auf seiner Schläfe. Jemand vom Ausmaß seines Freundes Julius.

Er tapste an Julius vorbei, der neben der Schlafzimmertür an der Wand lehnte, in die Küche.

»Wasser«, röchelte Herbie. »Ein Hektoliter dürfte genügen.«

Er schläft wie ein Baby. Julius deutete auf das Sofa, auf dem schemenhaft die Umrisse eines Körpers zu erkennen waren. *Und er schnarcht wie ein Grizzly.*

In der Tat dröhnte Onkel Erwins Gesäge wie Donnerhall durch die Wohnung. Herbie betrachtete den alten Mann, der mit weit offenstehendem Mund dalag, als könne er kein Wässerchen trüben. Man glaubte, sein Zäpfchen flattern sehen zu können.

Eine Hand hatte er unter dem Sofakissen, auf dem sein kahler Kopf gebettet lag. Und Herbie wusste auch, was er mit dieser Hand selbst im Schlaf umklammert hielt.

Es war kalt im Zimmer. Die Gardinen wurden sanft vom Winterwind gekräuselt, der durch das einen Spalt breit offene Fenster hereinhauchte. Auf dem kleinen Küchentisch lag, schneeweiß und geradezu jungfräulich leuchtend, der Briefumschlag.

Herbie schlang die Arme um die Schultern. Er zitterte. Onkel Erwin war ein Frischluftfanatiker, ein Bursche von echtem Schrot und Korn, der selbst am Südpol bei offenem Fenster geschlafen hätte. Herbie hingegen vergrub sich mit Vorliebe unter einem Plumeau, das nahezu einen halben Meter dick war, und vermied es seit jeher, unnötige Frischluft in seine Wohnung zu lassen.

Diese alte Frau ließ ihm einfach keine Ruhe. Wieder und wieder hatte er versucht, einzuschlafen, aber immer sah er das leblose faltige Gesicht, auf dem sich langsam der Schnee sammelte, vor sich,

Er fror und hatte Durst. Eine unselige Kombination. Die Milch im Kühlschrank war sauer, und die halbe Flasche Orangensaft hatte auch ihre besten Tage längst hinter sich. Linderung brachte schließlich der Wasserhahn. Als sich Herbie den Mund mit einem Spültuch trocken wischte, fiel sein Blick erneut auf Onkel Erwin, dessen Mund sich in diesem Moment erneut ein schrecklich gurgelndes Geräusch entrang.

Der Dolch.

Er sah ein bisschen so aus wie ein billiges Bühnenrequisit. Glanzloses Metall, ohne schmuckvolle Ziselierungen oder glitzernde Edelsteinintarsien. Aber alles an diesem Stück war echt, wie Onkel Erwin mit ehrfurchtsvoll bebender Stimme erklärt hatte.

»Wenn du nur den Hauch einer Ahnung hättest, wie kostbar dieses einzigartige kleine Kunstwerk tatsächlich ist, würdest du es keine Minute lang in deiner Wohnung dulden.« Sein Finger war zitternd über die mattgraue Klinge gewandert.

»Du lässt ja gar nicht zu, dass ich es nicht dulde«, hatte Herbie erwidert. Es hatte eher desinteressiert geklungen. Onkel Erwins Leidenschaften waren ihm im Grunde genommen reichlich egal. Ganz gleich, ob teuflische Alkoholika oder exotische Waffen, ihn trieben im Moment andere Dinge um.

»Sie suchen ihn überall. Sie sind in ein Haus eingebrochen. Sie haben mein Auto geknackt. Jetzt ist es in der Werkstatt. Weißt du, was es bedeutet, in der Eifel ohne Auto unterwegs zu sein? Nein, weißt du nicht! Ich sage dir, sie suchen ihn und suchen ihn, und sie geben nicht eher Ruhe, bis sie ihn gefunden haben. Aber ich trage ihn immer bei mir. Er ist das kostbarste Stück meiner Sammlung.«

»Wo hast du ihn her?«, hatte Herbie müde gefragt.

»Eine Adresse in Belgien. Es ist besser, wenn du sie gar nicht kennst.« Mit einem metallisch schleifenden Geräusch war der Dolch in seine unscheinbare Scheide zurückgeglitten. »Er gehört der Fürstenfamilie Kurbskij. Eine einflussreiche Sippe im Moskau des achtzehnten und neunzehnten Jahrhunderts. Fürst Aljoscha Dmitrijew Kurbskij war einer der drei adligen Attentäter, die in der Nacht vom 11. März des Jahres 1801 die Schreckensherrschaft des Zaren Paul I. beendeten.« Seine Augen zuckten nervös, und er wog den Dolch in der Hand.

»Damit?« Herbie deutete ungläubig auf die Waffe. »Mit diesem Ding ist ein russischer Zar ...«

»Nein, der Zar wurde erwürgt und erschlagen. Aber diese Waffe gehörte nachweislich einem der drei Attentäter. Hier im Griff ist das Wappen zu sehen. Und hier ...« Onkel Erwin nestelte einen reichlich ramponierten bräunlichen Briefumschlag aus der Innentasche seines Jacketts. »Hier ist eine Expertise des Historischen Museums Moskau.«

»Das hätte ich auch nicht gewollt ... Ein Dolch in meiner Wohnung, mit dem ein Zar abgemurkst worden ist ...«

»Aber er war ein Tyrann!«

»Auch dann nicht. Und wer will das Ding zurückhaben? Die Familie Klumpski?«

»Kurbskij!«

»Kurbskij eben. Lebt da noch einer?«

Erwin Dorsel zuckte mit den Schultern. »Keine Ahnung. Sie haben sich nicht vorgestellt. Es sind zwei Mann. Finstere Typen, dunkle Mäntel, dunkle Bärte ...«

Aber nicht gerade helle Köpfchen, wenn es ihnen bislang nicht mal gelungen ist, deinem Onkel ihr Gemüsemesser wieder abzuluchsen.

»Woher weißt du, dass sie hinter dem Dolch her sind? Vielleicht ist einer ihrer Verwandten erblindet, als du ihn auf einen Gummibaumschnaps eingeladen hast.«

»Ich habe noch nie Gummibaumschnaps gebrannt.«

»Ach, Onkel Erwin, du brennst aus allem Schnaps. Du machst aus Rindfleischsuppe Schnaps und aus alten Hörgeräten, wenn du nichts anderes findest!«

»Herbert, das ist großer Quatsch, ich ...«

Herbie hatte entnervt abgewunken. »Gut, gut, Onkel Erwin. Die Russen wollen ihren Dolch, mehr will ich nicht wissen. Warum schaltest du nicht die Polizei ein? Immerhin bedrohen dich diese Typen doch!«

»Polizei ... och, weißt du ...«

Dein Onkel ist nicht nur ein passionierter Schnapsbrenner. Ich könnte mir vorstellen, dass er es auch mit den Gepflogenheiten im internationalen Zollverkehr nicht allzu genau nimmt. Frag ihn mal, ob er einen Kassenbon für seine Mordwaffe hat.

Julius hatte natürlich recht. Herbie hatte stumm den Kopf geschüttelt und hatte den Rest seines Schnapses im Glas hin und her geschwenkt, wobei er darauf achtete, dass nichts überschwappte und Löcher in die Tischplatte ätzte. Dann hatte er gemurmelt: »Bleib meinethalben heute Nacht und ruh dich auf dem Sofa aus. Ich habe heute schreckliche Dinge erlebt und brauche meinen Schlaf!«

Und jetzt konnte er kein Auge mehr zutun.

Er betrachtete seinen schlafenden Onkel und dachte an die Polizei. Dass ein Anruf aus dem Haus von Finchen Doppelfeld so wenig ernst genommen wurde, berührte ihn unangenehm. Und dennoch ließen die Worte des Beamten darauf schließen, dass ein Anruf dieser Art von diesem Telefon in der Vergangenheit offensichtlich alles andere als eine Seltenheit gewesen war. »Unsere Geduld ist langsam am Ende, hören Sie!«, hatte der Beamte gebrummt. War die alte Frau womöglich tatsächlich bedroht worden?

Denk an den Pudding aus dem Becher. Ich finde, das erklärt einiges.

»Aber Onkel Erwin wird auch bedroht. Vielleicht ging es ihr ja genauso!«

Natürlich. Sie hat kostbare Raufasertapete an den Wänden, die schon bei Wilhelm Zwo in Schlafzimmer klebte.

Herbies Hände hatten wie von selbst den Brief gefunden. Er wendete ihn hin und her. Von einem Tierheim in Blankenheimerdorf hatte er noch nie was gehört. Vielleicht gab es dort eine Möglichkeit, Tante Hetties Pudel verschwinden zu lassen. Sein Schmunzeln ging in ein Gähnen über.

An einer Ecke war augenscheinlich die Gummierung nicht richtig angefeuchtet worden. Die Verschlusslasche klebte nicht richtig fest.

Herbies Finger glitt darunter.

Jetzt riss das Kuvert ein bisschen ein. Herbie runzelte die Stirn. Richtig gut festgeklebt war das alles nicht. Man musste nur ein bisschen ... Er bohrte weiter mit dem Finger. Eigentlich wollte er den Umschlag gar nicht öffnen, aber jetzt riss er noch ein bisschen mehr ein, und er konnte ein zusammengefaltetes, kariertes Blatt im Inneren erkennen.

»Wenn das wirklich so geheim wäre, hätte sie es bestimmt besser verpackt«, murmelte er.

Julius runzelte die Stirn. *In einem Stahlkuvert? Mit Strom dran? Sagt dir der Ausdruck Briefgeheimnis etwas?*

»Briefgeheimnis, natürlich, du hast recht ... Aber, guck doch mal, mein Finger hängt ja drin fest!« Unschuldig sah er Julius an. Als er den Finger umständlich aus dem Loch im Papier herauszog, rupfte er den dünnen Umschlag vollends auf, und das zusammengefaltete Blatt glitt heraus.

Herbie und Julius sahen sich an.

»Ich werde das lesen und entscheiden, ob es wichtig ist. Vielleicht geht es um die Horde von Katzen, die jetzt elternlos ist. Dann ist es wichtig. Vielleicht wollte sie aber im Tierheim Nachschub bestellen. Dann ist es jetzt nicht mehr wichtig.«

Herbie las die Titelzeile: *Einzugsermächtigung*. Die Schrift war dieselbe wie auf dem Umschlag. Eine zittrige kleine Altfrauenschrift.

Hiermit ermächtige ich das Tierheim Blankenheimerdorf, meine monatlichen Mitgliedsbeiträge des Vereins zum Schutz misshandelter und herrenloser Tiere e.V. von folgendem Konto abzubuchen. Der freiwillige Mitgliedsbeitrag beträgt EUR 600,-. Josefine Doppelfeld, Schmidtheim.

Dann folgte das Datum des gestrigen Tages.

Herbie schüttelte ungläubig den Kopf. »Sechshundert Kröten pro Monat für herrenloses Viehzeugs? Ich fasse es nicht!«

So viel kriegst ja nicht mal du!

»Ich bin ja auch nicht misshandelt und herrenlos.«

Noch nicht, mein Bester, noch nicht!

Onkel Erwin ließ ein eruptives Schnarchen vernehmen.

»Da ist ja noch was drin.«

Ein Bündel Scheine, zusammengehalten von einem Haushaltsgummi, rutschte aus dem Umschlag. Zwölf Fünfzig-Euro-Scheine, die Herbie mit zitternden Fingern auffächerte. Ein kleines Zettelchen war beschriftet mit *Spende Januar*.

7. Kapitel

Zufrieden drehte Herbie am nächsten Morgen drei Runden um sein Fahrzeug, bevor er damit begann, die Scheiben vom frisch gefallenen Schnee zu befreien. Der Wagen hatte offensichtlich in der Nacht keinerlei Schaden unter der dicken weißen Haube genommen. Beim Starten sprang er ohne nennenswertes Mucken im dritten Anlauf an. Herbie zitterte wie ein Lämmerschwanz, bis die Heizung am Ortseingang von Jünkerath endlich begann, einen lauwarmen Hauch auszustoßen. Er hatte sich ein kleines Guckloch auf der Innenseite der Windschutzscheibe frei geschrubbt und bemühte sich, aus den Mundwinkeln zu atmen, da das Glas sonst in Sekundenschnelle wieder beschlug.

Du könntest Tiefkühlpizza und Gefrierlasagne hiermit transportieren.

Herbie zog den Reißverschluss seines Parkas bis zum Kinn zu und schaltete das Radio ein. Gute Musik würde die Kälte vielleicht erträglicher machen.

»Vorsicht auf der A643 Wiesbaden - Mainz zwischen Mainz-Gonsenheim und Dreieck Mainz liegt ein Bügelbrett auf der Fahrbahn.«

»Kurz nach zehn. Hoffentlich sind die schon da.«

Irgendwo hatte er sich eine Uhrzeit notiert, aber im Halbdunkel des Wintermorgens hatte er ihn in seiner Küche nicht finden können. Klammheimlich hatte er sich aus der Wohnung gestohlen und hatte erst im Treppenhaus die Schuhe angezogen, um Onkel Erwin nicht zu wecken.

Allein das Wissen um den Eindringling, der seine Wohnung okkupiert hatte, brachte seinen Tag gehörig durcheinander. Zwischen Jünkerath und Stadtkyll kam ihm ein Streufahrzeug entgegen, und das Salz, das gegen die Flanke seines Autos prasselte, ließ ihn die Stirn runzeln.

Auf dem Rücksitz presste Julius die Lippen zusammen und verkniff sich einen Kommentar.

Auch am Ortseingang von Stadtkyll rückten emsige Bürger dem Schnee auf den Bürgersteigen zu Leibe. Schneeschaufeln wurden geschwungen. Die grauen Hügel am Straßenrand wuchsen ständig an.

Herbie fand einen Parkplatz in der Nähe der Sparkasse. Den würde er sich merken. Hier würden demnächst seine kulinarischen Botenfahrten ihren Ausgangspunkt haben.

Die Pizzeria *Da Baffo* lag mitten im Ort an der Hauptstraße, gleich gegenüber von der Kirche. »Baffo«, so hatte Herbie bei seinen Erkundigungen herausgefunden, hieß Schnurrbart. Vor seinem geistigen Auge hatte der Padrone des Etablissements bereits ein freundliches rundes Gesicht mit buschigem schwarzen Schnauzbart und strahlend weißem Lachen bekommen.

Als er die Stufen zum Eingang hochsteigen wollte, konnte er gerade noch einem Schwall graubrauner Putzbrühe ausweichen. Die Putzfrau war keine Italienerin, so viel war sofort klar.

»Nass jeworden?«

Er schüttelte zuerst die feuchten Hosenbeine und dann den Kopf. »Nicht der Rede wert.«

Sie strahlte ihn mit erdnussgelben Zähnen an. »Sauerei mit dem Streusalz. Isch könnt viermal am Tach putzen.«

Herbie erklomm tapfer die nassen Stufen. »Küsche is aber wohl noch net auf.«

»Ich bin der Neue«, strahlte Herbie die Frau mit den auffallend dunklen Rändern unter den Augen an. »Der neue Fahrer.«

Andere kriegen bei Amtsantritt einen roten Teppich ausgerollt und du eben einen Eimer Dreckwasser.

»Fahrer? Da weiß isch nix drübber. Vielleischt der Maurizio ... Maurizio!!!« Sie brüllte in das Halbdunkel des Ladenlokals hinter ihr und ließ Herbie eintreten. Es roch nach kaltem Fett, nach abgestandenem Qualm und nach sehr viel Knoblauch.

Maurizio kam aus der Küche. Auch er strahlte, und auch sein Strahlen war kein ungebrochenes.

Mit der Zahnpflege scheinen die's hier alle nicht so zu haben.

»Ich bin der neue Fahrer«, wiederholte Herbie brav sein Sprüchlein.

»Ah! Bene! Baffo is noch in Bett. Kommt so gegen vier Uhr.«

»Baffo ... ich meine, Herr ...« Er hatte den Namen am Telefon kaum verstehen können. »Herr ...«

»Alle nur sagen Baffo. Baffo, wenn gut drauf iss. Wenn nicht so gut, dann Berlusconi, und wenn ganz, ganz sschlechte Tag, dann isse er der Duce!« Maurizio rieb sich die Hände an einem Spültuch sauber, dessen Muster nur noch schemenhaft erkennbar war.

Berlusconi oder Duce ... Bist du eigentlich in der Gewerkschaft?

»Vier Uhr, hm ...« Herbie sah auf die Uhr. »Ich dachte, weil Sie ja schon mittags aufhaben ...«

»Mittags macht Uli die Fahrerei. Du dann erst abends. Mittags nix so viel zu fahren.«

»Tja.« Herbie zuckte mit den Schultern. »Dann komme ich am Nachmittag wieder. Kein Problem. Es kann ja auch gleich losgehen. Ich habe ein vollgetanktes Auto.«

»Handy?«

»Handy?«

Maurizio spreizte kleinen Finger und Daumen ab und führte die Hand zum Ohr. »Handy. Telefon für unterwegs ...«

»Ach, so.« Ratlos kratzte sich Herbie am Hinterkopf. »Das wusste ich gar nicht. Brauche ich das?«

»Brauchssu unbedingt.«

»Nun ja, dann werde ich versuchen, eins aufzutreiben. Ist ja ohnehin nützlich.«

Maurizios immer noch fettglänzende Hand glitt unter seine Schürze und kramte in der Hose herum. Als sie wieder auftauchte, hielt sie ein kleines quietschgelbes Mobiltelefon umklammert. Maurizio ließ mit einer flinken Bewegung seines Ringfingers den unteren Teil des Geräts aufschnappen, und das Display leuchtete auf. Eine vollbusige Blondine rückte ihre beiden sekundären Geschlechtsmerkmale in den Vordergrund.

»Siebzig Euro. Isse gesschenkt.«

»Siebzig Euro?« Nervös lachte Herbie auf. »Ich bin eigentlich hierhin gekommen, um Geld zu verdienen, und nicht, um es auszu...«

»Fümpfunsesszig.« Er drückte es Herbie in die Hand. »Polyphone Klingeltöne.« Seine Finger tippten auf der Tastatur herum, und eine Bossanova plärrte blechern aus einem winzigen Lautsprecher.

Na prima. Dein Radio kannst Du abmelden.

»Aber es ist deins.«

»Ische abe eine neue, verstehssu?« Wieder glitt seine Hand unter die Schürze, diesmal an der anderen Seite.

Frag ihn bitte nicht nach Handy drei und vier.

Das andere Gerät war Nachtblaumetallic und leuchtete beim Einschalten so hellblau wie eine Sonnenbank.

»Aber fünfundsechzig Euro ...«

»Sesszig. Letzte Preis!« Maurizio drückte jetzt den Rücken durch und wuchs fast um einen ganzen Kopf. »Du willsse nicht ssagen, dass sesszig zu viel?«

»Zu viel, neinein! Es ist ein schönes Handy ...«

»Geile Farbe, eh?«

»Ganz geil, ganz geil ...«

»Alsso?«

»Sechzig. Naja, warum eigentlich nicht ...« Die letzte Silbe des knappen Satzes war kaum verklungen, als Maurizio ihm mit der Rechten in die flache Hand schlug.

»Gute Gesschäft. Wirklich, gute Gesschäft!«

Julius war anscheinend derselben Meinung.

Ein gutes Geschäft. Das Handy sieht aus, als habe er es in einem Überraschungsei gefunden. Es passt übrigens farblich ganz gut zu deinem Auto.

Herbie betrachtete stirnrunzelnd das kleine Gerät.

»Wie viel wohl so eine Telefonkarte kostet?« Die Kosten summierten sich. Eigentlich hatte er sogar gehofft, in der Pizzeria ein verspätetes Frühstück schnorren zu können oder ein frühes Mittagessen oder eine Kombination von beidem.

Neben dir liegt ein Umschlag mit sechshundert Euronen, mein Teuerster. Du bist reich.

Der Umschlag ...

»Das ist nicht mein Geld.«

Na hör mal, alter Knabe. Die alte Frau ist tot. Wer weiß schon, dass du im Besitz dieses Umschlags bist?

Was zog Julius denn da für eine Nummer ab? Spielte er jetzt den diabolischen Einflüsterer rechts im Hintergrund? Würde jetzt gleich links hinten ein Duplikat von Julius mit Heiligenschein und Engelsflügelchen auftauchen und mit salbungsvoller Stimme flöten: *Bleib auf dem Weg der Tugend, mein Bübchen*? Ein fürchterlicher Gedanke!

»Lass mich in Ruhe, Julius! Das Geld muss zu diesem Tierheim, da führt kein Weg dran vorbei. Am besten erledige ich das sofort. Ich will diesen Umschlag nicht mehr bei mir haben!«

Mit dem Drehen des Zündschlüssels hustete sich der Motor wieder warm.

Eine Viertelstunde später hatte er sich in einem Elektrogeschäft eine Telefonkarte für zwanzig Euro gekauft und sich wegen seines Handys verlachen lassen. Dass Julius hinter seinem Rücken feixte und meinte: *Irgendwie sieht es auch aus wie ein Duftspender für die Gästetoilette,* hatte den Handel nicht eben reibungsloser ablaufen lassen.

Wieder im Auto hatte Herbie dann das Handy aktiviert und die Telefonnummer von Köbes eingetippt, aber am anderen Ende hatte sich nur Köbes' Anrufbeantworter gemeldet. Köbes sagte, zu den Klängen von Dr. Schiwago: »Ich bin nicht da. Ich rufe zurück.« Dann hinterließ Herbie seine neue Handynummer ... Er brannte darauf, zu erfahren, ob sein Freund tatsächlich wie versprochen beim Haus der toten Frau vorbeigefahren und etwas herausbekommen hatte.

Dann pötterte der Golf in Richtung B51. Ein strenger Wind trieb ihnen ab und an ein paar vereinzelte Schneeflocken entgegen, die auf der Höhe von Hammerhütte von den Bäumen rieselten.

Das Radio spielte Eros Ramazotti. Wie würde es erst sein, wenn Pizzaduft den Wagen erfüllte? Oregano, Knoblauch und Käse. Herbies Magen knurrte gegen das Motorengeräusch an.

Die LKWs auf der B51 überholten ihn gleich reihenweise und ließen den Schneematsch gegen die Fahrerseite pladdern.

Als sie Blankenheimerdorf erreichten, setzte wieder leichtes Schneetreiben ein, aber auch hier waren ein paar Unerschrockene dabei, ihre winterliche Sisyphusarbeit fortzusetzen und Schnee zu schaufeln.

Drei von ihnen konnten Herbie weiterhelfen, um den Weg zum Tierheim zu finden. Er fuhr den Treuter Weg, der aus dem Ort heraus an Aussiedlerhöfen vorbei in die Richtung des Blankenheimer Neubaugebietes auf dem Erschberg führte.

Ganz unvermittelt tauchte auf der rechten Seite am Waldrand ein Gebäude auf, dessen gesamte Größe zunächst nicht zu erkennen war, weil es von Buschwerk umstanden und von Zäunen und Gattern umringt war. Die Einfahrt war nicht gleich zu erkennen, so unübersichtlich gestaltete sich der gesamte Komplex. Herbie hielt mit laufendem Motor mitten auf der Straße.

Was ist?

»Einen Moment, Julius, ich muss mich sammeln.«

Sammeln?

»Lass mich mal einen kurzen Augenblick nachdenken. Weißt du, dieser Umschlag mit dem Geld, die alte Frau. Was ist, wenn man mich mit ihrem Tod in Verbindung bringt?«

Wegen des Umschlags?

»Wegen des Umschlags. Genau.«

Herbie drehte sich zu seinem Begleiter um. »Ich fahre sechshundert Euro spazieren, die der Toten gehört haben.«

Und wenn du sie brav ablieferst, wird niemand auf die Idee kommen, dass du sie gestohlen haben könntest. Julius setzte einen verächtlichen Blick auf, für den andere monatelang üben mussten. *Eine solche Dämlichkeit würde man nicht mal dir zutrauen.*

»Trotzdem ...« Herbie fuhr an dem Anwesen vorbei, weiter die Straße entlang, die sich schon nach wenigen Metern in einen Wirtschaftsweg verwandelte und sich im Schnee verlor. Er parkte sein Auto in der ersten Einmündung, die rechter Hand des Weges zwischen einer kleinen Ansammlung von Fichten auftauchte.

Als er ausstieg, schüttelte Julius den Kopf. *Was soll das nun wieder werden?*

»Ich habe im Vorbeifahren einen Briefkasten gesehen. Da werden wir den Umschlag einwerfen und es hübsch vermeiden, von irgendwem gesehen zu werden.«

Eine völlig blödsinnige Idee. Und wie bei all deinen blödsinnigen Ideen werde ich nicht einmal den Anflug eines Versuchs machen, dich an deinem Vorhaben zu hindern, weil ich weiß, dass es nichts nützt.

Sie stapften durch den Flockenwirbel zurück zu dem Tierheim, das still und finster in der Winterlandschaft lag wie ein Gefangenenlager in Sibirien.

Der kurze Fußweg erinnerte Herbie an den gestrigen Tag und an seine Autopanne, die ihn zurück zu Finchen Doppelfelds Haus geführt hatte.

Herbies dünner Parka schlotterte ihm um die Hüften, und er verfluchte den Umstand, dass er sich nicht einmal im Besitz einer ordentlichen Winterbekleidung befand.

Willkommen in Sing Sing. Julius ließ den Blick über das Gelände schweifen wie ein Truppenkommandant.

Das Tor zu dem Areal, auf dem sich undeutlich hinter den Gitterkäfigen ein dunkelgrün gestrichenes Barackengebäude mit Flachdach abzeichnete, war geschlossen. Es hing zur Linken in zwei Scharnieren, die an einer der beiden Betonsäulen befestigt waren, die die unbefestigte Zufahrt begrenzten. An der rechten Seite war eine Kette mit Vorhängeschloss um den Pfeiler geschlungen. Gleich daneben hing tatsächlich ein chromglänzender Briefkasten schief an einem Maschendrahtzaun.

»Wir haben offensichtlich Glück. Scheint keiner da zu sein.« Herbie fingerte den Briefumschlag aus der Tasche, den er mit Tesafilm wieder zugeklebt hatte. Gerade als er mit dem Zeigefinger der Linken die Blechklappe nach innen drückte und mit der Rechten den Umschlag hineinschob, wurde Motorengeräusch laut, und ein Auto näherte sich vom Ort.

Nun schau mal an, wir bekommen Besuch. Was hältst du davon?

Herbie vollendete atemlos seine Lieferung. Der Briefkasten klappte zu. Im selben Moment wurde Lärm in einem der Hundezwinger laut. Kehliges Kläffen und tief dröhnendes Bellen erklangen und breiteten sich in Sekundenschnelle über das ganze Gelände aus.

Herbie wirbelte herum und lief zurück zu seinem Auto. Er wollte auf jeden Fall vermeiden, dass ihn jemand zu Gesicht bekam. Er zog sich die Kapuze seines Parkas tief ins Gesicht. Das Motorengeräusch kam näher und näher.

Der Wagen hielt jedoch nicht am Tor des Tierheims, wie Herbie es erwartet hatte, da die Straße ja ansonsten ins Nichts führte, sondern beschleunigte stattdessen.

Es war ein dunkelroter Twingo, ein kleines Gefährt, das sich tapfer durch den Schnee kämpfte und plötzlich an ihm vorbeischoss.

Herbie sah ein paar Meter vor sich die Bremslichter grellrot aufleuchten, und der Wagen kam schlingernd zum Stehen. Die Beifahrertür wurde mit Wucht aufgestoßen und eine Gestalt sprang ins Freie.

Zuerst dachte Herbie an Onkel Erwins Russen.

Russische Mordbuben fahren nicht im Twingo spazieren.

Dann erkannte er, dass es eine Frau war, die in grobe Winterkleidung gehüllt war. Sie war groß und kräftig, eine Wollmütze bedeckte fast ihren ganzen Kopf, und ihre Füße steckten in Gummistiefeln.

Oder vielleicht doch?

»Das war das letzte Mal, Freundchen!«, brüllte die Frau und stellte sich ihm breitbeinig in den Weg.

Herbie breitete, um seine Unschuld zu unterstreichen, die Hände aus und setzte an, um zu sagen: »Ich kann das alles erklären.«

Er kam allerdings nur bis zum zweiten Wort, da die Frau ihre geballte Faust auf sein Kinn zufliegen ließ. Als sein Kopf in den Nacken geschleudert wurde, sah er noch für einen Augenblick den schneegrauen Himmel über sich und verspürte einen höllischen Schmerz, bevor er das Bewusstsein verlor.

8. Kapitel

Trotz ihres grobschlächtigen Äußeren konnte sie ausgesprochen sorgenvoll gucken. Sie hatte große graue Augen, und zwischen ihren blassen, rauen Lippen steckte eine Zigarette, die bei jedem Zug zwei Zentimeter kürzer wurde.

»Ich bin die Elfi«, sagte sie mit belegter Stimme. »Die Elfi Auel. Das tut mir unheimlich leid.«

Herbies Kinn fühlte sich taub an. Er bewegte den Kiefer hin und her und tastete mit dem Finger vorsichtig nach Schwellungen oder Frakturen.

Schöner bist du durch die Behandlung nicht geworden, mein Bester. Julius stand an der Seite der besorgten Frau und schüttelte den Kopf wie jemand, der ein besonders hässliches abstraktes Gemälde begutachtet.

»Ist das die übliche Art der Begrüßung für Postboten und Paketzusteller?«, fragte Herbie ächzend.

Eine nasse Zunge bohrte sich in sein linkes Ohr. Es schmatzte und tropfte. Herbie schrie auf.

Die Frau, die sich Elfi Auel nannte, brüllte: »Platz, Bronco, Platz!« Sie tat das in demselben Tonfall, in dem sie ihn kurz zuvor angeherrscht hatte, bevor ihre Faust ihr Ziel erreicht hatte.

Ein gewaltiger Koloss von einem Hund ließ von seinem Ohr ab.

Herbies Augen wanderten durch den Raum. Er lag auf einem alten Sofa, das mit einer groben, grauen Decke behängt war. Es war warm, auf einem braunen Emailofen setzte ein Wasserkessel zum Pfeifen an. An den Wänden hingen großformatige Schwarzweißfotografien von nackten Menschen. Eine Wand war beinahe vollständig mit einem Bücherregal zugestellt, aus dessen Etagen Bücher und Magazine herausquollen wie der Belag aus einem mehrstöckigen Sandwich.

Am Fenster tobte eine Handvoll buntester Vögel durch einen Metallkäfig und machte einen Heidenlärm.

Von draußen ertönte vielstimmiges Bellen, und auf der Fensterbank lag eine getigerte Katze, die aussah, als sei sie ausgestopft, weil sie sich so energisch bemühte, die Vögel und ihr aufreizendes Treiben zu ignorieren.

Er war im Inneren des Tierheims zu Gast.

Der Gulag von innen. Wer das sieht, muss sterben.

»Wie gesagt, es tut mir schrecklich leid«, sagte die Frau und wich jetzt Herbies Blick aus, indem sie den Wasserkessel vom Ofen nahm und den Inhalt in eine bereitstehende Teekanne goss. »Ich habe Sie verwechselt. Schrecklich peinlich, so was ... Ihr Parka, wissen Sie. Der Schnee ...«

Bronco, der Hund, schlich an Julius vorbei. Er war ein großer, schwarzer Neufundländer, der unbeirrt von dem rauen Ton seiner Herrin fröhlich mit dem Schwanz wedelte.

»Mit wem haben Sie mich denn verwechselt?« Herbie stützte sich auf die Ellenbogen. Sein Nacken schmerzte fürchterlich. »Ich meine, wer hat denn so was verdient?«

Herbie erinnerte sich an seine Jugend in Bad Münstereifel. Da hatte ihn eines Winters der Vater eines Schulfreunds bei Einbruch der Dämmerung am Schlafittchen vom Spielplatz weg in sein Auto gezerrt, weil die beiden Jungen denselben Schneeanzug trugen. Der Vater hatte während der folgenden Fahrt lange auf ihn eingeschimpft. Erst fünf Minuten später hatte er gemerkt, dass das nicht sein Sohn war, der da auf dem Beifahrersitz kauerte.

Die Frau schwieg beharrlich und verschwand in einem Nebenraum. Er hörte Geschirr klimpern.

»Es ist ihr Exmann.«

Herbie schrak zusammen. In dem Sessel, vor dem der Hund immer noch mit wedelndem Schwanz stand, saß eine weitere Person. Eine junge Frau.

»Entschuldigen Sie. Ich wollte Sie nicht erschrecken. Ich bin Elfis Freundin.«

»Alle entschuldigen sich bei mir. Das mag ich. Ich komme jetzt öfter.«

Sie war jung und gertenschlank. Ihr Haar war rotblond und kräuselte sich um ihren Kopf wie wildes Kraut. Auf der hellen Haut ihres Gesichts wimmelte es nur so vor Sommersprossen. Herbie schätzte sie auf Anfang dreißig.

Irgendetwas veranlasste ihn, sich aufzurichten, eine halbwegs solide Position einzunehmen. Vor dieser jungen Frau wollte er nicht flachliegen wie ein Invalide.

Er tippte auf seinen Unterkiefer. »Sieht es sehr schlimm aus? Ich habe das Gefühl, ich habe jetzt ein Kinn wie Kirk Douglas.«

Sie zeigte ihm ein scheues Lächeln und kraulte den Hund nun eine Spur intensiver. »Ach was, man merkt es kaum. Ich habe gesehen, wie Elfi zugeschlagen hat. Jungejunge ...«

Julius stand während des Wortwechsels stumm und unbeweglich an der Seite neben einem meterhohen Aktportrait eines jungen Mannes und ließ den Blick hin und her fliegen. Das beunruhigte Herbie ungemein. Eine ungewöhnliche Spannung hing in der Luft, ohne dass Herbie sich erklären konnte, was genau sie auslöste.

Der Hund hatte sich vor dem Ofen zusammengerollt. Kleine Dunstwölkchen stiegen von seinem nassen Fell auf.

Elfi kam aus der Küche. Gegen ihre Freundin sah sie aus wie ein Hüne. Sie trug drei Teetassen. »Fred macht mir seit unserer Scheidung den größten Stress. Erst vor zwei Monaten hat er ein paar Tiere laufen lassen, und seit drei Wochen macht er Telefonterror. Der Briefkasten, an dem Sie vorhin standen, als wir vom Einkaufen kamen, ist nagelneu. Den alten hat er angezündet. Vielmehr die Post von zwei Tagen, die drin war. Alles verkokelt.«

»Warum tut er das?«

»Er hat 'nen Riss in der Marke.« Sie goss Tee ein. »Ist immer wieder wochenlang abgehauen, und dann habe ich ihn vor anderthalb Jahren vor die Tür gesetzt. Seit etwa einem halben Jahr ist die Scheidung durch, und da kann er sich anscheinend nur ganz schwer mit abfinden.«

Die grünen Augen ihrer Freundin leuchteten aus dem Halbdunkel zu Herbie hinüber.

»Ich habe sogar durch meine Rechtsanwältin bewirkt, dass er sich dem Heim bis auf fünfhundert Meter nicht mehr nähern darf.«

»Und hält er sich dran?«

Sie zuckte mit den Schultern. »Vorhin dachte ich jedenfalls, dass er es nicht täte. Das mit dem Schlag ist mir sehr peinlich, wirklich.«

Das sollte dir viel peinlicher sein, Herbert Feldmann. K.O. durch eine Damenhand. Wenn ich das in deinem Rugbyclub erzähle!

»Wir haben die Schnauze voll von den Männern, was? Die können uns alle mal gestohlen bleiben, diese Typen!« Elfi strahlte ihren weiblichen Gast an und zeigte die geballte Faust.

Das zierliche rothaarige Wesen lächelte vielsagend.

»Ich heiße übrigens Herbert«, sagte Herbie nach einem verlegenen Räuspern. »Oder besser Herbie ... Feldmann ... Herbie Feldmann.«

»Und das hier?« Elfi wedelte mit dem Briefumschlag, der alles ausgelöst hatte. »Das ist von Oma Finchen? Sollten Sie das bei mir abgeben?« Das Tesafilm flatterte lose. Sie hatte den Umschlag bereits geöffnet.

»Sie ist eine Freundin meiner Tante. Ich habe sie gestern in der Eifelhöhenklinik getroffen. Da ist meine Tante Hettie zu Gast.«

Keine Silbe gelogen. Und doch kilometerweit an der Wahrheit vorbei. Im Rausreden bist du unübertroffen, das muss man dir lassen.

»Sie ist unsere spendabelste Wohltäterin, die Oma Finchen«, sagte Elfi und lächelte still in sich hinein, während sie Herbie eine Tasse dampfenden Tees reichte. »Hätte ich doch nur mehr davon.«

Die Tatsache, dass sie in der Gegenwartsform sprach, zeigte, dass sie noch nichts von dem Todesfall gehört hatte.

»Spendabel?« Er konnte Finchen Doppelfelds immense Spendenfreude immer noch nicht mit den ärmlichen Verhältnissen in Einklang bringen, die er bei ihr zu Hause vorgefunden hatte. »Hat sie viel gespendet?«

»Oh, ja!« Elfi nickte. »Sie ist wirklich die Güte in Person. Und sie nimmt immer wieder Katzen bei sich auf.«

»Ich hatte den Eindruck, sie sei eher sparsam.«

»Sparsam? Na klar, natürlich.« Elfi blickte in ihre Teetasse, und ein nicht zu deutendes Lächeln umspielte ihre Mundwinkel. »Sie weiß, was wirklich wichtig ist. Gott sei Dank. Das wird vieles erleichtern.«

»Erleichtern?«

»Ach, Oma Finchen ist eine vorausschauende Frau, und ich habe mit meinem Zirkus hier stürmische Zeiten vor mir. Und da wird sie mir hilfreich zur Seite stehen, wie's aussieht.«

Wieder leuchteten die Augen der jungen Frau auf dem Sessel auf. Herbie registrierte, dass es ihn nervös machte. Warum nur? Was war mit ihr?

Was ist mit ihr? Warum wirst du denn so nervös? Julius beugte sich ganz dicht zu Herbies Ohr hinunter. *Zählst du ihre Sommersprossen? Dazu musst du aber näher an sie rangehen, mein alter Knabe.*

»Waren Sie schon mal bei ihr zu Hause?«, fragte Herbie heiser.

»Nein. Sie?«

Hastig schüttelte er den Kopf.

Ein quäkender Discosound aus Herbies Hosentasche ließ alle zusammenzucken. Das zitronengelbe Handy plärrte und vibrierte wie ein Kinderspielzeug, das an den Starkstrom angeschlossen worden war. Herbie fingerte es panisch aus der

Hosentasche, während die beiden Frauen, Hund, Katze und sämtliche Vögel zusahen. Es entglitt seiner Hand und polterte weiterhin munter dudelnd über den Laminatboden.

Die junge Frau im Sessel beugte sich vor und griff danach. Ihre Finger waren ebenso hell und zart und fast durchscheinend wie der Rest von ihr. Mit hochgezogenen Augenbrauen betrachtete sie das vollbusige Wesen auf dem leuchtenden Display. Als sie es Herbie reichte, begegneten sich ihre Blicke.

Und da wusste Herbie, was ihn so nervös machte. Es war nicht ihr Blick. Es waren nicht ihr Mund oder ihre Haut, nicht ihre fröhlich gelockten Haare oder der leicht pudrige Duft, der von ihr ausging und den er erst jetzt wahrnahm, als er vor ihr kniete. Es war die Summe von allem.

Na endlich! Ich dachte schon, ich müsste es dir aufmalen. Manchmal weiß ich wirklich nicht, was ich mit dir machen soll!

Das Handy plärrte einem Kollaps entgegen. Herbie klappte die Sprechmuschel des Handys auf und hob es ans Ohr, ohne den Blick von der jungen Frau abzuwenden.

»Ja«, sagte er tonlos. »Wer ist da?«

»Herbie? Bist du es? Ich bin's, Köbes!«

Dein Freund hat wirklich ein sagenhaftes Timing!

»Mann, du hast jetzt ein Handy? Granate! Hör mal, Herbie! Man hat deine tote Oma gefunden! Ich habe mit der Uschi gesprochen. Die fährt den Bäckerwagen. Und die hält auch immer bei der Oma Doppelfeld, so hat sie erzählt. Und was glaubst du, was sie findet, als sie heute Morgen zum Haus geht? Da liegt die alte Frau mausetot auf ihrer Treppe. Völlig zugeschneit. Der Schlüssel steckt noch in der Haustür. Du kannst dich also entspannen, Sportsfreund. Die Frau ist gefunden, die Katzen sind gerettet, kein Mensch spricht von Herbie Feldmann. Herbie? Bist du noch da? ... Hallo? ... Herbie?«

Im Film folgten an solchen Stellen für gewöhnlich schnelle Zusammenschnitte vorangegangener Schlüsselszenen. Was

Herbie verwunderte, war, dass es tatsächlich auch in der Realität passierte. Er sah die alte Frau im Schnee liegen. Er sah Onkel Erwin, der mit dem Dolch wedelte. Er sah eine Faust auf sich zufliegen, und er sah das gelbe Gebiss der Pizzaputzfrau. Er sah deutlich, wie er die alte Frau unter den Armen packte und die Stufen zu ihrer Behausung hinaufschleifte. Er sah, wie er sie im Windfang des Hauses auf den Boden bettete, und er sah, wie er die Haustür wieder schloss und den Schlüssel stecken ließ.

Und durch alles hindurch sah er die hellblauen Augen der jungen Frau, die fragend auf ihm hafteten.

»Was Schlimmes?«, fragte sie, und Herbie tauchte wieder aus der Tiefe seiner Erinnerungen auf.

»Was hast du? Ist etwas Schlimmes passiert?« Köbes' Stimme quakte noch immer aus dem Spielzeugtelefon. Herbie nahm es wieder ans Ohr. »Ich rufe dich später noch mal an.« Dann klappte er zu.

»Ich muss weiter«, sagte die junge Frau und zog den Reißverschluss ihrer Jacke zu. »Wir sehen uns vielleicht am Sonntag, Elfi?«

Sie schenkte Herbie ein kurzes, kindliches Winken mit der Hand. »Mach's gut. Vielleicht sehen wir uns ja auch mal wieder. Ich heiße übrigens Lena.«

Diese Augen, dieses Lächeln.

Lena. Gott sei Dank nur vier Buchstaben. Die wirst du dir ja möglicherweise sogar merken können.

Bevor Herbie eine Antwort stammeln konnte, hatte sich hinter ihr die Tür geschlossen, und ein Automotor brummte auf.

Du solltest dich jetzt mal sehen, wie du da stehst, mit offenem Mund. Zwei Meter Feldweg sehen intelligenter aus als du.

»Nettes Mädchen, die Lena, nicht?« Ein Lächeln umspielte Elfi Auels Mundwinkel. »Ich hab sie bei der Scheidung kennengelernt. Eigentlich keine schönen Umstände. Sie arbeitet beim Notar in Blankenheim. Mein Ex hat mitten im Büro mal wieder einen seiner Anfälle gekriegt und Krach geschlagen. Sie hat mich getröstet. Seither gehen wir ab und zu mal ins Kino oder fahren mal zum Shoppen nach Köln oder Trier. Hier fällt mir wirklich manchmal die Decke auf den Kopf.« Sie blickte zur Zimmerdecke und runzelte die Stirn. »Irgendwann passiert's vielleicht wirklich.« Über ihnen an der Decke kräuselten sich gelbliche Kränze in verschiedenen Schattierungen, die eindeutige Rückschlüsse auf die Beschaffenheit des Daches zuließen.

Der eine hat Stuck und Intarsienarbeiten an der Decke, und andere eben Wasserflecken. Das ist das Leben.

»Die Bilder ... Haben Sie die gemacht?«, fragte Herbie, nur um etwas zu sagen, und deutete auf die Aktfotografien.

»Mein Ex. Das konnte er wirklich. Wenigstens das. Gucken Sie sich die ruhig mal an. Diese Ausleuchtung, diese Schattierungen und das ganze Drumherum. Und wahrscheinlich hat er jedes von den Mädels nach dem Shooting auch gleich besprungen.«

»Aha. Die Jungs auch?« Auch nackte Männerleiber wanden sich in theatralischen Posen zwischen Stoffbahnen, auf Kieswegen und in Waldszenarien.

Sie lachte kollernd. »Nee, nee, da war der Fred schon normal eingenordet. Ich übrigens auch. Ich hab deinen skeptischen Blick gesehen, als ich vorhin das mit den Männern gesagt habe. Ich mag schon Männer. Nur passen Männer und Frauen eben irgendwie nicht zusammen, finde ich. Die Bilder habe ich übrigens behalten, weil er mir sonst keinen Heller zahlen kann. Steht alles im Notarvertrag. Und jetzt greint der arme Wicht, weil er angeblich keine Ausstellung mehr machen kann und weil er nichts zum Beißen hat. Pah!« Sie schlürfte Tee.

Im Hintergrund imitierte der fette Julius eine männliche Aktpose, aber Herbie war nicht im Mindesten versucht, sich ablenken zu lassen.

Er musste an Köbes' Anruf denken und an Lena, die er vermutlich so bald nicht wiedersehen würde.

Ihm wurde schwer ums Herz, und wieder einmal wurde er sich seiner Einsamkeit bewusst.

Oh, là, là! Nur kein Trübsal blasen! Du hast doch mich! An dieser Stelle erriet Julius Herbies Gedanken immer sofort. *Und zu Hause wartet dein geliebter Onkel auf dich.*

»Ich müsste dann jetzt auch los«, murmelte Herbie. »Muss ... zur Arbeit.«

Elfi Auel reichte ihm seinen Parka, der gleich neben dem Ofen an einem Haken gehangen hatte und nun erhitzt war und einen feuchtwarmen Duft verströmte.

»Noch mal: Nix für ungut«, sagte Elfi Auel und drückte ihm kraftvoll die Hand zum Abschied. Der Hund leckte freundlich seine Linke.

9. Kapitel

Baffo schrie etwas auf Italienisch.

Julius versuchte halbherzig, seinen Freund zu beruhigen. *Vermutlich deklamiert er ja auch nur laut die Speisekarte.*

Lautstärke und Intonierung legten jedoch den Schluss nahe, dass es sich um ein breit gefächertes Sortiment an wüsten Beschimpfungen handelte.

Das war also Baffo, den sie auch Berlusconi oder Duce nannten.

Sein Schnurrbart war nicht einmal andeutungsweise so buschig, wie Herbie sich das ausgemalt hatte. Er war klein und bleistiftstrichdünn und tanzte an den Seiten gefährlich in die Höhe. Baffo hatte blutunterlaufene, hervorquellende Augen mit tiefschwarzen Pupillen, aus denen sizilianisches Feuer sprühte.

Eine Schilddrüsengeschichte möglicherweise.

Sein Kopf war fast kahl, und an seinem Hals pulsierten munter die Adern zwischen den gespannten Sehnen.

»Stronzo! Testa di cazzo! Pezzo di merda!«

Ähäm ... Ich habe mich möglicherweise geirrt. Das sind keine Antipasti, das sind Schimpfworte.

Ein Backblech flog durch die Luft, und jemand schrie. Es herrschte ein Höllenlärm in den hinteren Räumlichkeiten des *Ristorante Da Buffo*.

Eine Hand fasste Herbie an der Schulter. An seiner Seite war eine hoch aufgeschossene junge Frau aus dem Nichts aufgetaucht, die ein Zigarillo rauchte. Sie betrachtete Herbie mit unverhohlenem Interesse. »Hallohallo! Verlaufen?«, fragte sie mit einem Piepsstimmchen, das zu ihrer Aufmachung passte. Ihr pinkfarbenes Kostüm bedeckte kaum das Nötigste. Ihre blonde Mähne hatte sie zu einem üppigen Knäuel auf dem Kopf aufgetürmt. »Hier ist die Küche.« Als sie das sagte, verzog sie affektiert den bonbonfarbenen Schmollmund.

Maurizio stolperte an ihnen vorbei und bedeckte sein linkes Auge mit einem Tuch.

»Ganz ssschlechte Tag«, brummelte er im Vorbeieilen.

»Ich bin der neue Fahrer«, wiederholte Herbie artig sein Sprüchlein vom Mittag.

»Bastardo! Figlio di putana!«

»Ach, der Fahrer! Na endlich!« Die Blondine zog die Augenbrauen hoch und schrillte los wie eine Sirene: »Baffooooo! Der Fahrer ist endlich da!«

»Ecco!«, brüllte Baffo und kam auf sie zugestürmt. Seine Hände hatte er zu Fäusten geballt.

Es sieht tatsächlich so aus, als käme Qualm aus seinen Nüstern.

Ein paar Schritte vor ihnen machte er Halt, griff zwei voluminöse blassgrüne Styroporbehältnisse von einem Tisch und drückte sie Herbie in die Arme.

Dann brüllte er wieder los.

»Baffo sagt, du hättest schon heute Mittag hier sein sollen. Das geht so aber nicht«, piepste Blondie.

Die Tonlage dieser Frau können normalerweise nur Hunde wahrnehmen.

»Aber ich war doch ...«

»Das wollen wir erst gar nicht anfangen, hast du verstanden, junger Mann. Dann ist es nämlich ganz, ganz schnell vorbei mit uns, capito?« Die Spitze ihres Zigarillos tanzte nach oben, als sie die pralle Unterlippe vorschob, um ihrem Tadel Nachdruck zu verleihen.

»Aber ...«

Baffo verschwand wieder brüllend in seiner Küche. Kessel schepperten und Glas klirrte.

Die Blondine fragte: »Wie heißt du?« und schob sich jetzt zusätzlich zum Zigarillo einen Kaugummi in den Mund.

Sag ihr, dein Name sei Hans-Bert Lohse, und dann fliehst du mit deiner Pizzaladung ins benachbarte Ausland. Das ist kein Umgang für dich, mein Bester.

Sie notierte sich mit einer krakeligen Kleinmädchenschrift seinen Namen und seine Telefonnummer. Dann gab sie ihm einen Zettel, das heißt, sie versuchte es erfolglos, denn seine Hände umklammerten ja die Warmhaltekisten.

»So, jetzt pass mal schön auf, Ernie. Das ist deine Lieferliste. Wenn du das erledigt hast, kommst du ganz, ganz schnell wieder hierhin zurück, klar?«

»Ich heiße ...«

Sie steckte ihm den Zettel zwischen die Zähne und gab ihm einen Schubs, der ihn durch die Pendeltür aus der Küche hinaus beförderte.

»Gaaanz, gaaanz sschlechte Tag«, brabbelte Maurizio, der im Restaurant eine Paprikaschote aus der beleuchteten Salatbar genommen hatte, um damit sein Auge zu kühlen. »Jetzt du hast den Duce kennen gelernt. Und Pamela, seine cicciolina.«

»Mmmh«, machte Herbie und stolperte durch die Eingangstür hinaus in den Winter.

Auf dem Weg zum Auto trabte Julius vergnügt neben ihm her. *Ein munteres Völkchen, diese Pizzabäcker. Temperamentvoll und doch zugleich von einer gewissen – zugegebenermaßen nicht gleich erkennbaren – Besonnenheit.*

Herbie rutschte über den Schneematsch und hatte seine liebe Mühe, die Kisten zu balancieren. Er hatte noch keinen einzigen Blick auf die Liste werfen können, er wusste nicht, welchen Kunden er zuerst anfahren sollte, ihm war ausgesprochen mulmig zumute.

Er verstaute die Kisten im Kofferraum, sprang in den Wagen, und ließ hektisch den Blick über den Zettel huschen: Stadtkyll, Stadtkyll, Jünkerath, Dahlem ... Das war zu schaffen.

»Julius, jetzt geht's los!« Er startete und warf krachend den Rückwärtsgang ein. Der Wagen schoss aus der Parklücke, und im Kofferraum polterte es.

* * *

Später war er sehr stolz darauf, dass er es tatsächlich geschafft hatte, die köstlichen Teigwaren und die leckeren Pizzen ihren jeweiligen Bestimmungsorten zuzustellen. Wo immer er auch auftauchte, empfingen ihn glänzende Augen und knurrende Mägen. Diese beiden Dinge in Addition ergaben blanke Freude gepaart mit tiefer Dankbarkeit. Herbie schätzte die damit einhergehende Spendenfreude überaus.

Nach der ersten Tour hatte er bereits sechs Euro Trinkgeld eingeheimst. Das ließ ihn über den zurückliegenden Handykauf nur noch lachen.

Was ihn allerdings nicht gerade lachen ließ, das war der Gedanke an den Leichenfund, dessen Umstände plötzlich bizarre Ausmaße annahmen.

Ein Anruf bei seinem Freund und Informanten brachte wenig Aufschlussreiches: »Jetzt habe ich mehr Zeit, Köbes. Und nun erzähl mal ganz in Ruhe. Was hat deine Bäckereifreundin gesehen? Ich meine ... Scheiße! Polizei!«

Herbie ließ instinktiv das Handy fallen, als ihm ein Streifenwagen entgegenkam, und tat so, als kratze er sich am Ohr, anstatt zu telefonieren. Eine Freisprechanlage würde möglicherweise die nächste Anschaffung werden.

Dann fuhr er an den Straßenrand und suchte das Telefon im Fußraum.

Köbes war immer noch am anderen Ende.

»Uschi ... Also Uschi Schlossmacher ... Uschi wohnt gleich bei mir um die Ecke, und die arbeitet in der Bäckerei Heinen und fährt das Bäckerauto. Also eine von diesen Terroristen, die einen morgens schon um elf oder so aus dem Bett hupen. Aber lieb. Und superlecker das Brot, und ...«

»Köbes!«

»Die fährt also das Bäckerauto, und immer wenn die an diesem Haus vorbeikommt, dann macht sie extra viel Krach. Lass mal überlegen, was hat die noch immer gekauft ... nicht, dass du denkst, ich hätte nicht ordentlich nachgefragt! Also Aprikosenriemchen und Jreeßmeälstaat und auch immer zwei, drei Milchbrötchen ...«

»Köbes!!!«

»Und heute Morgen ist die Frau nicht gekommen, und da sagt die Uschi, dass das bis jetzt in all den Jahren noch kein einziges Mal vorgekommen ist, dass die nicht rauskam. Und die Uschi hat sich direkt Sorgen gemacht und ist gucken gegangen. Na ja, den Rest kennste ja.«

»Blödsinn, Köbes, der Rest ist eben das, was mich interessiert!« Herbie rollte entnervt mit den Augen. »Was hat deine Uschi denn nun gesehen?«

»Ja, da lag die Frau auf den Stufen. Fast ganz zugeschneit, Pelzmütze noch auf'm Kopp. Und der Schlüssel, der steckte in der Tür. Glasklare Sache, wenn du mich fragst. Ich weiß ja nicht, was du da gestern gesehen haben willst, aber die Frau ist nach Hause gekommen, hat auf der vereisten Treppe einen Salto geschlagen und ist dann ... na ja, tot.«

»Ich verstehe das nicht ...«, brummte Herbie.

»He, Junge. Hör mal, die Musik im Hintergrund! Pass mal auf!« Der Hörer wurde offensichtlich an eine Lautsprecherbox gehalten. Das Handy sprang Herbie fast aus der Hand.

»Die neue Bond-Musik. Und jetzt warte mal ...« Die Musik wurde gewechselt. Herbie beschloss resigniert, die Verbindung zu kappen. Das würde jetzt noch stundenlang so weitergehen.

Eine Leiche, die in den Schnee hinauskrebst, bevor sie endlich zum Stillstand kommt? Das ließ sich ja nicht mal mit postmortalen Nervenzuckungen erklären!

Wenn er nicht gerade Straßenschilder studierte, oder wenn Julius das vorlaute Navigationssystem mit dem näselnden Tonfall spielte, kreisten seine Gedanken um die tote Frau. In was war er da nur wieder hineingeraten?

Und dann schmerzte plötzlich wieder sein Kinn, und er erinnerte sich an zwei Frauen, eine Tasse Tee und eine Menge Viehzeugs.

»Lena«, murmelte er.

Er hat sich erinnert! Meinen Glückwunsch. Deinem Schlagschattengedächtnis hätte ich das nicht zugetraut.

»Ein schöner Name ...«

Nun ja ...

»Überhaupt eine gefällige Erscheinung.«

Ausgesprochen nordische Ausstrahlung. Ein bisschen zierlich vielleicht.

»Gegen dich ist selbst Ottfried Fischer zierlich. Ob ich sie je wiedersehen werde?«

Liefere ihr eine Pizza.

»Ich habe ja nicht mal ihren Nachnamen. Nicht mal ihre Adresse. Eigentlich weiß ich gar nichts über sie.«

Selbst wenn du ihre Adresse hättest, würde dir das vermutlich nichts nützen, mein Teuerster. Du bist jetzt gerade zum dritten Mal am Haus Nummer neun vorbeigefahren, in dem wahrscheinlich gerade ein Elternpaar im Hungerwahn sein unmündiges Kind verspeist, derweil die vor Stunden bestellten Cannelloni in deinem Kofferraum erkalten.

»Nummer neun? Hier? Sicher?«

Voilà – ein viertes Mal.

Es folgten eine zweite, eine dritte und eine vierte Tour von Stadtkyll ins Umland. Er bereiste Kerschenbach, Kronenburg und schließlich noch einmal Jünkerath.

Zwischendurch versuchte er, seine Tante in der Klinik anzurufen, aber die war vermutlich im Hause unterwegs und piesackte das Personal.

»Sie wird sich daran gewöhnen müssen, dass ich jetzt berufstätig bin, Julius. Da kann ich nicht mehr jeden Tag so einfach mal zu ihr hinfahren.«

Hattest du ihr nicht zugesagt, dass mit dem Kauf eines Automobils auch eine Vermehrung deiner Besuche einhergehe?

»Sie wird das verstehen, Julius, sie wird das verstehen. Wer weiß, vielleicht ist sie irgendwann ja sogar ein bisschen ... stolz auf mich ...« Es klang wenig glaubwürdig. Julius ersparte ihm eine Erwiderung und ließ nur geräuschvoll die Luft aus den Backen.

»Was wird sie sagen, wenn sie das von ihrer toten Freundin erfährt? Nur gut, dass sie nicht weiß, dass ich sie nach Hause gefahren habe. Am Ende habe ich wieder Schuld an allem.«

10. Kapitel

Der große, strohblonde Mann betrachtete das freudlose graue Haus zwischen den kahlen Bäumen mit angespanntem Interesse. Immer wieder hielt er das Fernglas an die Augen und holte sich die Details näher heran.

Er bemühte sich, flach zu atmen, und hauchte nur von Zeit zu Zeit in seine rot gefrorenen großen Hände, die er ansonsten in den Tiefen seines Wintermantels vergraben hatte. Bisher hatte ihn niemand bemerkt, und das sollte auch so bleiben.

Er hatte Autos ankommen und wieder davonfahren sehen. Gepflegte Mittelklassewagen, deren glänzend polierter Lack in deutlichem Gegensatz zu der weißgrauen Schmutzkruste stand, die man in diesen Tagen am unteren Rand der Karosserie mit sich herumfuhr.

Er hatte einen Krankenwagen gesehen und einen Leichenwagen. Zwischendurch hatte man Katzen eingefangen. Ein Mensch hatte eine der Katzen erschlagen. Als schlaffes Bündel hatte er sie, so weit es ging, zwischen die Bäume des angrenzenden Waldes in den Schnee geschleudert.

Der große, strohblonde Mann hatte Menschen gesehen, die schweigend durch den Schnee gestapft waren, Menschen, die sich vernehmlich in ihre Taschentücher geschnäuzt hatten und auch Menschen, die sich umarmt hatten.

Was er aber viel interessanter fand, waren die Gesichter, die ein verschämtes, aber dennoch deutlich erkennbares Lächeln zur Schau stellten.

Zwischendurch war er einmal kurz fort gewesen. In Schmidtheim, in der Nähe der Bahnunterführung, hatte er einen Kaffee getrunken und sich kurz aufgewärmt.

Der Ablauf war immer ähnlich, wenn jemand starb. Eine Art festgelegter Choreographie, die nur selten abgeändert wurde.

Der große, strohblonde Mann trank zwischendurch aus seinem Flachmann und tauchte ab und zu in den Schatten eines Baumes, wenn ihm jemand zu nahekam.

Er stand nicht hier, weil er Furcht davor hatte, dass etwas schiefgehen könnte.

Richtig schieflaufen konnte eigentlich nichts. Er hatte sich ein einziges Mal einen Schnitzer erlaubt. Das würde ihm nicht noch mal passieren.

Er musste hier nichts überwachen, er blieb eben nur gerne bei der Sache ...

* * *

Ein bisschen stutzig wurde er schon, als Maurizio ihm abends um elf noch eine Styroporbox mit einer einzelnen Pizza in die Hand drückte und hinter ihm die Restauranttür abschloss.

Herbie hatte noch fragen wollen: »Seid ihr denn gleich noch da, wenn ich zurückkomme?«, als ihm der Wind den federleichten Kasten aus der Hand blies und über den Bürgersteig auf die Straße wehte.

Er hatte noch eine Tankquittung, die abzurechnen war. Immerhin hatte er fast eine komplette Tankfüllung verfahren.

»Darüber habe ich noch gar nicht mit denen gesprochen. Ich denke schon, dass ich das Spritgeld ersetzt kriege, oder was denkst du?«

Sicher, sicher. Julius kicherte still in sich hinein. Er hätte genauso reagiert, wenn Herbie gefragt hätte: »Denkst du, ich kriege ein dreizehntes Monatsgehalt und fünfzig Prozent Überstundenzuschlag und vermögenswirksame Leistungen?«

Die einzelne Pizza ging nach Hallschlag.

Dort angekommen, suchte er vergeblich nach der Wiesentalstraße. An der Bushaltestelle fand er drei Jugendliche mit Bierflaschen, die grinsend den Kopf schüttelten.

»Wiesentalstraße? Nee, da hat dich einer verarscht«, sagte einer der drei. »Gibt's hier nicht.«

»Und was mach ich jetzt?«, fragte Herbie ratlos.

»Was hast'n da drin?« Ein kleiner Dicker deutete auf die Styroporbox, die in Ermangelung einer Kofferraumabdeckung deutlich sichtbar im hinteren Teil des Wagens erkennbar war.

»Pizza Funghi.«

»Geil. Pizza. Weißte was?« Der dritte sah die beiden anderen fragend an. »Wenndese nicht loskriegst, nehmen wir se. Kost'n die?«

»Neun fünfzig«, sagte Herbie hoffnungsfroh.

Die drei legten Münzen zusammen und sagten: »Neun Euro kriegenwer zusammen.«

»Ist okay.« Dankbar nahm er das Geld entgegen, öffnete den Kofferraum und holte die Pizza aus der Box. Die Jungs waren offensichtlich so hungrig, dass sie sich nicht daran störten, dass der Käse komplett am Karton klebte statt auf der Pizza.

»Warte mal!«, rief der erste mit vollem Mund, als Herbie sich anschickte, ins Auto einzusteigen. »Fährste zufällig in Richtung Stadtkyll?«

»Ja. Dahin muss ich zurück.«

»Kannste uns nicht vielleicht mitnehmen?«

Herbie überlegte kurz, blickte seinen ständigen Begleiter an und meinte schließlich: »Klar. Warum denn nicht? Steigt ein.«

Wenige Minuten später waren sie unterwegs nach Stadtkyll. In Kronenburg zischten sie neue Biere auf und drückten Herbie auch eine Büchse in die Hand.

Kurz vor Hammerhütte machten sie Wettrülpsen und ließen den Pizzakarton aus dem Autofenster segeln.

In Stadtkyll bedankten sie sich bei Herbie mit einem freundschaftlichen Schulterklopfen. »Immer schön geschmeidig bleiben, Gevatter!«

»Ihr aber auch!«, rief er und winkte mit der Bierdose.

Dann hörte er noch, wie einer der drei rief. »Geil! Klappt ja wirklich!«

Ein anderer antwortete in beachtlich coolem Tonfall: »Klaro, klaro, klappt immer! Ich fahr nie Bus.«

Julius betrachtete seinen Freund mit einem Gesichtsausdruck, in dem sich Resignation und Geringschätzung vereinten.

Die Pizzeria war natürlich längst geschlossen, als er zurückkehrte. Herbie drückte seine Nase an der Scheibe der Eingangstür platt, aber das Einzige, was in der Dunkelheit zu erkennen war, waren die Guppys, die im trüben Wasser des Aquariums ihre Bahnen zogen.

Das mit der Tankquittung würde sich sicherlich verschieben lassen. Herbie legte sie auf den Beifahrersitz, damit er sie am nächsten Tag gleich als Erstes zur Abrechnung vorlegen konnte.

Es war finster, als er an seinem Zuhause ankam. Am Zunftbaum auf dem Platz vor dem Haus glitzerten die Eiszapfen im Schein der Straßenlaternen.

Im Wohnzimmer war Onkel Erwin vor dem Fernseher eingeschlafen. Auf einem Privatsender wurden die fehlenden Buchstaben in dem Satz »_ign_r H_rd ist Gold_s w_rt« gesucht.

Gemessen am Intellekt der Zuschauer suchen die sicher schon lange. Und vermutlich wird es auch noch ein Weilchen dauern, bis sich die Lösung gefunden hat.

Onkel Erwins linkes Augenlid wurde gelüftet, und eine trübe Pupille wurde sichtbar.

»Ich bin dir völlig egal. Du lässt mich hier verhungern und verdursten, und ich bin dir egal!«, kam es sonor.

Herbie schwenkte eine Plastiktüte. »Hier kommt Lasagne. Habe ich auf Seite geschafft.«

Die Füße in Beton und auf dem Grund des Kronenburger Stausees? Ob es das wert ist?

»Keine Sorge, es ist bezahlt.« Herbie kramte die Pasta hervor und ließ sie aus der Aluverpackung in eine Schüssel gleiten. »Und ab in die Mikrowelle. Ich werde ein kurzes Bad nehmen, bin total durchgefroren.«

Im Badezimmer ließ er dampfendheißes Wasser in die blassgrüne Badewanne und kletterte unter kleinen, spitzen Schreien hinein. Die Wohnung war vor ihm von einer alten Dame bewohnt worden, deren manischer Zwang offenbar darin bestanden hatte, Seifen aus den Kurhotels deutscher Lande und aus den Pensionen des benachbarten Auslandes zu horten. Dazu hatten sie anscheinend wohlmeinende Verwandte und Bekannte zu allen möglichen Festtagen mit *Tosca-* und *4711-*Seifen in praktischen Geschenkpackungen bedacht. Die gesamte Kollektion ruhte unversehrt in einem Wandschrank, dessen Schloss Herbie erst zwei Monate nach seinem Einzug geknackt bekommen hatte.

Seither brauchte er das Kontingent lila- und lachsfarbener Seifen kontinuierlich auf und riskierte dabei, dass er roch wie ein Damenkränzchen auf dem Pfingstausflug.

Um ihn herum hatte sich gerade ein Mittelgebirge aus Schaum aufgetürmt, als Onkel Erwin hereingeschlurft kam und aus der Schüssel Lasagne in sich hineinschaufelte.

Für gewöhnlich teilte Herbie das kleine Badezimmer nur mit seinem Begleiter Julius, der zumeist am Waschbecken lehnte und mit verschränkten Armen und übereinandergeschlagenen Beinen Konversation betrieb.

Jetzt waren es schon zwei, die Herbie beim Entspannungsbad zusahen. Na, fein.

Ungeniert nahm Onkel Erwin auf einem kleinen Plastikhocker Platz und starrte Herbie über die Gabel hinweg an. Kauend murmelte der glatzköpfige alte Mann: »Das geht so nicht weiter. Das macht mich mürbe, hier den ganzen Tag zu sitzen und das blöde Fernsehprogramm anzustarren. Du hast nur drei Programme ohne Schnee. Ich muss hier raus.«

»Aber Onkel Erwin«, sagte Herbie falsch. »Du bist doch gerade erst hier. Du willst doch nicht schon wieder weg?«

»Ach, Knäbchen, das verstehst du nicht. Das ist mir alles zu eng hier. Du hast ne hübsche Bude, aber mir kommt es hier vor wie im Bunker, verstehst du? Ein altes Frontschwein wie ich, das muss in den Schützengraben. Mal bildlich gesprochen.«

»Nun gut, du musst es wissen.« Herbie konnte seine Freude kaum verhehlen. »Von mir aus hättest du ruhig noch ein paar Tage hier bleiben ...«

»Na gut, wenn du meinst«, sagte sein Onkel eilig. »Ist dir wohl zu einsam, was? Dann bleibe ich eben noch ein bisschen bei dir.«

Wunderbare Taktik. Von dir kann ich doch immer wieder noch was lernen.

Onkel Erwin rülpste unterdrückt und fragte: »Hast du noch mehr Lasagne?«

»Das war eigentlich eine Portion für uns beide.«

Als sein Onkel das Badezimmer verließ, spülte sich Herbie das Shampoo aus den Haaren und knurrte: »Jetzt reicht's. Morgen früh werde ich seine blöden Russen aufsuchen. Ich werde sie auftreiben, ganz gleich, wo sie sich auch befinden.«

Und was wirst du ihnen sagen?

»Wenn er ihnen nicht ihren dämlichen Dolch zurückgibt, werde ich ihn ohne mit der Wimper zu zucken an die Bolschewiken ausliefern.«

11. Kapitel

Tante Hettie trug die Nachricht vom Ableben ihrer alten Schulfreundin mit bewundernswerter Fassung.

»Nun ja, sie war immerhin über siebzig. Sie konnte ja wohl kaum noch mal von vorn anfangen.«

»Aber du bist ja auch schon ...« Herbie biss sich auf die Zunge. Es war demütigend genug, wie ein Lakai neben seiner Tante am Beckenrand herzutapsen, während sie Bahn um Bahn im Bewegungsbecken zog.

Jetzt konnte er sich auch noch eine Standpauke anhören.

Sie durchpflügte das Wasser und schickte einen vernichtenden Blick zu ihm hinauf. »Bist du noch ganz bei Trost? Was ist denn das für ein Vergleich? Ich bin in Form!«

»Natürlich, natürlich. Blendend in Form, wie ich sehe.«

Selbst Julius nickte zustimmend. *Wenn du mich fragst, ist sie gesünder als die Ratiopharm-Zwillinge.*

Herbie rollte das Heftchen in den Händen, das ihm der alte Pauli am Eingang zugesteckt hatte. *Mit einem künstlichen Gelenk leben*. Da stand drin, dass es nach der OP angeraten war, drei bis vier Monate auf sexuelle Praktiken zu verzichten, die dazu angetan waren, Schmerzen zu bereiten oder das operierte Bein zu belasten.

Nun, bei seiner Tante bestand in dieser Hinsicht keinerlei Gefahr.

Später dann, als sie sich, in einen Bademantel gehüllt, auf einer der Liegen niederließ, fuhr sie fort: »Sie hat sich gehen lassen, wenn du mich fragst. Josefine war Zeit ihres Lebens immer eine tadellos gekleidete Dame. Schon zu Schulzeiten. Ich habe die Freundschaft zu ihr nie bereut. Eine Tochter aus gutem Hause, die eine wirklich gute Partie gemacht hat.«

»So?«

»Spedition Doppelfeld, Blankenheim, einziger Sohn, 1985 gestorben, Herz, Riesenvermögen geerbt.«

Die Biografen werden wieder Unmengen von Papier verschwenden, und deine Tante schafft es, die Eckpunkte von Frau Doppelfelds Dasein in einem einzigen Satz zu formulieren.

Julius hatte es sich auf der Liege neben Tante Hettie bequem gemacht, und gemeinsam betrachteten sie die alte Dame, die sich eine Hautcreme auftrug.

»Riesenvermögen?«

»Allerdings.« Tante Hettie reagierte auf Herbies kurze Einlassungen wie auf Knopfdruck. Ihr Gesicht glänzte bereits unter einer fetten Cremeschicht. »Zuerst hat sie ihren Kindern alles in den Rachen geworfen. Zwei Versager erster Güteklasse. Das Mädchen hat einen vom Amt geheiratet, der immens hohe Schulden hat, wie ich hörte, und der Junge macht irgendwas Historisches, mit dem man unmöglich Geld verdienen kann. Und dann hatte sie ja noch diese fixe Idee mit dem Tierschutz ...«

»Tierschutz?« Herbie setzte einen unschuldigen Blick auf, gerade so, als habe er dieses Wort gerade zum ersten Mal gehört.

Tierschutz – Der Schutz vor Tieren. Schneckenzäune, Vogelscheuchen, Fliegengitter ...

»Es gibt auf der Nordhalbkugel wahrscheinlich kein Tierheim, das sie nicht unterstützt hat. So eine blödsinnige Verschwendung ...«

»Aber du hast doch auch ein Tier, und ...« Diesmal konnte Herbie sich gar nicht so schnell auf die Zunge beißen, wie die Reaktion erfolgte. Tante Hettie reckte den Hals aus dem Frottee und bäumte sich auf. Ihre Augen sprühten kleine Funken.

»Du redest Stuss! Ich habe an meiner Seite einen gepflegten, reinrassigen Pudel mit einem tadellosen Stammbaum. Ein treues, ergebenes Tier mit vorzüglichen Manieren. Finchen hingegen hat sich um das ganze räudige Gezücht gekümmert, das in diesen Heimen haust. Kannst du mir sagen, wozu das gut sein soll?«

Herbie antwortete nicht, da er es für eine rhetorische Frage gehalten hatte.

»Nun? Deine Antwort?«

»Völliger Blödsinn, was ich da rede, Tantchen. Völliger Blödsinn.«

»Na also. Ich habe erst kürzlich mit ihr darüber gesprochen. Ich habe gesagt: Du verhätschelst die Kinder. Du finanzierst ihnen ja geradezu ihr eigenes Unvermögen!«

»Und was hat sie dazu gesagt?«

»Sie scheint es tatsächlich begriffen zu haben. Ich glaube, sie sagte etwas Ähnliches wie: Das habe ich leider zu spät gemerkt.« Dann fixierte sie ihren ungeliebten Neffen mit einem herablassenden Blick. »Diesem Vorwurf werde ich mich gottlob niemals auszusetzen haben.«

Julius betrachtete vergnügt die Rekonvaleszenten, die schnaufend und prustend ihre Runden im Becken drehten, um ihre Gelenke wieder ordentlich in Schuss zu bringen.

Es ist eine Pracht, beobachten zu dürfen, wie die Menschen hier in diesem Hause wieder zu Kräften kommen. Auch deine Tante wird sich nach ihrer Kur wie neugeboren fühlen, glaub mir, Teuerster. Er verschränkte genüsslich die Arme hinter dem Nacken.

Tante Hettie verschloss mit spitzen Fingern die Cremetube.

»Kann man sich unter Umständen in dein sogenanntes ...« Sie legte eine Kunstpause ein. »... Auto setzen, ohne dass man hinterher Olivenöl oder Zwiebelringe am Mantel kleben hat?«

»Mein Auto ist absolut gepflegt, Tantchen. Ich achte sehr darauf.«

»Nun denn, dann hast du übermorgen die Güte, mich zur Beerdigung der armen Seele nach Schmidtheim zu fahren.«

»Nichts lieber als das, Tantchen.«

Und das meinte er ausnahmsweise einmal ernst. Er würde seiner Tante ein vorbildlicher Chauffeur sein, und er würde sich bei dieser Gelegenheit auch gleich einmal die Familie der verstorbenen Josefine Doppelfeld anschauen.

Seine Neugier, die mysteriösen Umstände des Todes der alten Frau betreffend, war längst entfacht.

* * *

Herbie sah auf die Uhr. »Noch genügend Zeit, bis Baffo den Pizzaofen angefacht hat. Ich werde einen kleinen Abstecher ins Wildenburger Ländchen machen. Kommst du mit, Julius?«

Alles täte ich lieber als das, aber nichts anderes wird mir übrig bleiben.

»Du könntest dich ja einfach für ein, zwei Stündchen verflüchtigen.«

Willst du das wirklich?

»Ja!«

Die Scheibenwischer tanzten einen wilden Tango mit den Schneeflocken. Es war einige Sekunden lang sehr still.

Hättest du wohl gerne.

»Ja!«

Tut mir leid, alter Knabe. Das Leben ist nun mal kein Wunschkonzert.

Herbie mahlte mit den Zähnen. Allmählich wurde ihm das alles ein bisschen viel. Aus der Tiefe seiner Seele spürte er eine gesunde Wut in sich aufsteigen. Wut auf die missliche Situation, in der er sich befand. Er hatte das Gefühl, zwischen einem ganzen Möbellager voller Stühle zu sitzen. Und das war nicht eben bequem.

Es wurde Zeit, dass er eines der vielen losen Enden aufhob und begann, den Faden aufzurollen.

»Wenn diese Russen tatsächlich das Haus meines Onkels beschatten, dann werde ich denen mal auf den Zahn fühlen. Das geht doch nicht. Wir sind doch hier nicht in Tschetschenien. Die können doch hier nicht tun und lassen, was sie wollen, diese Brüder! Also auf zu den Russen!«

Er schaltete das Radio an.

»Achtung. Auf der A1 von Euskirchen in Richtung Köln liegt zwischen Weilerswist und dem Bliesheimer Kreuz ein Rollstuhl auf der Fahrbahn. Wir melden es, wenn die Gefahr vorüber ist.«

Von Marmagen bis zur Wildenburg war es eigentlich nicht sehr weit, aber der Winter in der Eifel war in diesem Jahr ein unbarmherziger Weggefährte. Herbie entschied sich für einen kleinen Umweg. Weil ihm die Aussicht auf schlecht geräumte Straßen zwischen Marmagen und Wahlen wenig attraktiv erschien, beschloss er, über die sicherlich besser geräumte B258 zu fahren. Die Strecke führt durch ein ausgedehntes Waldgebiet und lenkte ihn an der Kreuzung Milzenhäuschen vorbei, an der seine schicksalsschwere Begegnung mit der Freundin seiner Tante stattgefunden hatte.

Auf seinen ausgelutschten Sommerreifen rutschte Herbie durch das Straßendörfchen Krekel und verhinderte die ein oder andere Kollision nur mit knapper Not.

Vor dem *Hotel Schönblick* kam er dann doch gefährlich ins Schlingern, wich um Haaresbreite einem entgegenkommenden Tanklastzug aus, der sein Signalhorn aufröhren ließ, und kurbelte mit weit ausholenden Armbewegungen am Lenkrad, bis er wieder in Fahrtrichtung steuerte.

Weiter so. Auf der anderen Straßenseite ist dann auch gleich der Dorffriedhof. Julius schob den Kopf nach vorne zwischen die Kopfstützen.

Ab Benenberg wurde es noch heikler.

Die Straße wand sich am Hang entlang durch den Wald, und die Schneeflocken schienen jetzt irgendwie übellauniger zu sein. Das war kein munteres Taumeln, das war schon ein bösartiges Gewimmel, mit dem die Scheibenwischer kaum mithalten konnten. Herbie hatte seine Entscheidung von vorhin längst lauthals verflucht, und Julius pfiff munter die *Petersburger Schlittenfahrt*.

Zur Linken tauchte, über dem Tal thronend, der Schatten der Wildenburg aus dem Flockengewirr auf. Zur Rechten lenkte Herbie den Wagen bergan, zwischen die wenigen Häuser des Örtchens Wildenburg.

Eines davon, etwas abseits, am Waldrand gelegen, war das von Onkel Erwin.

Herbie parkte den Wagen am Straßenrand, und als das Motorengeräusch verklungen und die Handbremse angezogen waren, erlaubte er sich endlich, sich den Angstschweiß der hinter ihm liegenden halben Stunde von der Stirn zu wischen.

Man hätte das Haus für ein sporadisch bewohntes Wochenendhaus halten können. Die Rollläden waren heruntergelassen, der Schnee war nicht vom Gehweg geräumt, das kleine Tor im Jägerzaun, das zur Garage führte, war verschlossen.

Herbie ließ den Blick schweifen, und er konnte zunächst nichts Verdächtiges entdecken.

»Kein Auto mit laufendem Motor und kettenrauchenden Finstermännern, kein Zeitungsleser. Siehst du was, Julius?«

Ein Eichhörnchen!

Um dem Gefühl, die zurückliegende Fahrt gänzlich umsonst angetreten zu haben, entgegenzuwirken, stieg Herbie kurz entschlossen aus und zog die Kapuze über.

»Ich werde mal ums Haus gehen«, beschied er und zog die Schultern hoch bis zu den Ohren.

Hast du mal auf die Uhr gesehen? Dein Brotherr wird schon bald seine Spelunke aufsperren und den Pizzateig prügeln. Was soll er dann machen? Die Cannelloni mit der Post schicken? Die Pizza zu den Kunden rüberfaxen?

»Ich gehe nur mal rum!«, herrschte Herbie ihn an. »Nur mal ums Haus, kapiert?«

Er stapfte durch den Schnee und versuchte, mit rot gefrorenen Fingern das Törchen zu öffnen. Als ihm das nicht gelingen wollte, stieg er kurzerhand hinüber.

Aus dem Schornstein kräuselte sich ein blasses Rauchband durch das Flockengewirr in den Winterhimmel.

Die Heizung scheint ja immerhin zu funktionieren.

Auf der Rückseite des Hauses waren ebenfalls alle Rollläden heruntergelassen. Soweit Herbie das erkennen konnte, hatte niemand versucht, einzudringen oder zu randalieren.

»Betrüblich, aber wahr. Erwin Dorsel hat eine Vollmeise. Hier liegt alles friedlich im Winterschlaf, und die Russen sind in Russland.«

Die Kellertür war ebenso verschlossen wie die Feuerschutztür zur Garage. Herbie schaffte es mit einiger Mühe, die vereisten Stufen der Kellertreppe hinunter- und wieder hinaufzusteigen, ohne sich etwas zu brechen.

Pass auf dich auf. Am Ende geht es dir so wie Oma Finchen.

»Bei Oma Finchen glaube ich langsam an etwas ganz anderes.« Herbie hauchte in die Hände und drehte sich auf der schneebedeckten Terrasse ein letztes Mal im Kreis.

Etwas anderes? Ich fürchte, ich kann dir nicht folgen, mein Teuerster.

»Na, ist doch komisch, dieses Rein und Raus von der Leiche. Da hat doch irgendwer nachgeholfen.« Er blickte zu Onkel Erwins Gartenhäuschen hinüber, in dem er die grauslichsten Alkoholika zu brennen pflegte. Es lohnte nicht, dort nachzusehen. Herbie machte sich auf den Weg zurück zum Auto.

Nachgeholfen? Beim »Rein« warst du das immerhin.

»Stimmt, Julius, stimmt. Aber das ›Raus‹, wer war das? Soll ich dir was sagen? Ich vermute, dass das derselbe war, der sie kurz vorher aus dem Verkehr gezogen hat. Da ist doch was faul an der Sache, das kann mir doch keiner erzählen!«

Aus dem Verkehr gezogen?

»Genau. Boing, ein Schlag auf den Hinterkopf, und jeder wird denken, dass sie ausgerutscht ist.«

Und wer sollte das getan haben?

»Weiß der Geier, Julius. Vielleicht ein ungeduldiger Erbe.«

Und was veranlasst dich zu einer solch gewagten Spekulation?

»Mein Gefühl. Ganz einfach.«

Herbie kletterte wieder über das Tor und fischte mit klammen Fingern seinen Schlüsselbund aus der Tasche. Etwa einen Meter vor der Fahrertür entglitt der Schlüsselbund seiner Hand und verschwand im knöcheltiefen Schnee. Herbie fluchte leise und ging in die Hocke.

Soso. Dein Gefühl.

»Ja, mein Gefühl.«

Dasselbe Gefühl, das dir vorhin gesagt hat, es lohne sich nicht, einen Blick in das Gartenhäuschen zu werfen?

»Wieso?« Herbie blickte verwirrt zu Julius auf, der unbeweglich im Flockenwirbel stand und den Blick in die Ferne gerichtet hatte wie ein Kriegerdenkmal.

Als Herbie seinem Blick folgte, sah er die Gestalt, die um die Hausecke bog.

»Ein Russe! Scheiße!«

Der Mann war groß wie ein Bär. In einer Hand hielt er eine Flasche, in der sicherlich einer von Onkel Erwins Unschnäpsen schwamm.

»Guten Tag!«, rief Herbie mit zitternder Stimme. »Ich bin nur zufällig hier.«

Der Russe grunzte zur Antwort etwas Unverständliches.

»Herrn Dorsel kenne ich gar nicht ...« Herbie winkte zaghaft. »... und mit dem Dolch habe ich auch nichts zu tun.«

»Dolch?« Augenblicklich kam Bewegung in den Hünen.

Du solltest ausgestellt werden, mein Teuerster. Im Museum of Modern Dummheit.

Panisch begann Herbie, im Schnee nach dem Schlüssel zu wühlen. Er fühlte nasskalten Asphalt, er ertastete frostige Steinchen, seine Finger schmerzten vor Kälte, und schließlich hatte er den Schlüssel gefunden.

Der Mann war dick vermummt. Er trug eine Kappe, deren Ohrenschützer an den Seiten abstanden wie zwei Hundeohren, die munter im Takt seiner Schritte wippten.

Laut rief er etwas Unverständliches und winkte mit den Händen. Herbie konnte nicht erkennen, ob es Drohgebärden waren oder etwas anderes. Er entschied sich für ersteres und versuchte hektisch, das Autoschloss zu öffnen, was ihm mit seinen zitternden Fingern nur mühsam gelang.

Eigentlich war er nicht wirklich hier, um Kontakt mit den angeblichen Peinigern seines Onkels aufzunehmen. Im Grunde genommen war er in der Hoffnung hierher gefahren, die ganze Geschichte der Beschattung und Bedrohung werde sich am Ende als Rhabarberschnaps- oder Huflattichgeisthalluzination herausstellen. Im schlimmsten Fall, so hatte er sich vorgestellt, würde er hier zwei, drei kleinlauten Russen begegnen, die rote Ohren kriegen, wenn er sie ermahnt, die Finger von Onkel Erwin zu lassen.

Jetzt aber nahm Onkel Erwins Erzählung plötzlich Gestalt an, und das beunruhigte ihn sehr.

»Wenn man tatsächlich sein Auto demoliert hat, wird's jetzt eng, Julius!«

Der Schlüssel glitt endlich ins Schloss, wurde gedreht, und die Autotür schwang auf.

Keine Sorge, keine Sorge. An deinem wird er sich nicht vergreifen. Das ist doch kein Leichenschänder.

Herbie sprang ins Wageninnere, schloss die Tür und drückte die Knöpfchen herunter. Dann versuchte er zu starten.

Das Gesicht erschien am Fenster der Fahrertür. Ein unrasierter Mittvierziger mit zusammengewachsenen Augenbrauen über zwei wasserblauen Augen.

Er hämmerte mit der behandschuhten Hand gegen das Glas und gab in einem fort fremdartige Laute von sich. Es klang nicht sehr freundlich.

»Hilfe«, wimmerte Herbie und drehte erneut den Zündschlüssel. Der Wagen röchelte ein paarmal, ohne wirklich anzuspringen.

Deeskalation, mein Guter. Deeskalation! Stell ihn zur Rede. Ihr seid doch zivilisierte Menschen.

Herbie holte das Handy hervor und drückte die Wahlwiederholungstaste.

Was tust du? Wen rufst du an?

»Köbes!«

Grundgütiger! Was Besseres fällt dir nicht ein? Da kannst du ja gleich Johannes Heesters um Hilfe bitten!

»Verdammte Scheiße! Nur die Mailbox!« Er drehte sich panisch zu Julius um. »Denkst du, er will diskutieren?«

Einen Versuch ist es wert. Ruf einen Dolmetscher an.

Während Herbie mit der Rechten erneut den Zündschlüssel bis zum Anschlag drehte, kurbelte er mit der Linken vorsichtig die Scheibe einen Spalt auf. »Lassen Sie uns doch mal reden wie vernünftige Menschen!« Vorsichtshalber versuchte er weiterhin unbeirrt, den Wagen in Gang zu bringen. »Was wollen Sie von meinem Onkel? Lassen Sie ihn gefälligst in Ruhe. Er ist ein alter Mann, er ...«

Mit Wucht drang in diesem Augenblick der kräftige Arm des Russen durch den entstandenen Fensterspalt in das Innere des Wagens ein. Die wollenen Finger versuchten nach Herbies Parka zu fassen. Sie sahen aus wie eine riesige Vogelspinne.

Herbie schrie panisch auf und duckte sich zur Seite weg. Er versuchte, mit lang gestrecktem Arm, die Scheibe wieder hinaufzukurbeln, aber jetzt klemmte der Mechanismus wieder. Er rüttelte und ruckte, und plötzlich bekam er den Hebel ein paar Zentimeter gedreht, bis die Kurbel erneut hakte.

Der Mann vor seiner Autotür brüllte auf. Sein Arm klemmte fest.

Die Schnapsflasche zerschellte an der Karosserie, und die freie Hand des Russen hämmerte gegen das Blech der Fahrertür. Im Wageninneren klang es wie Donnerhall.

Er wird deinem geliebten Gefährt womöglich doch Schaden zufügen. Ob es in Russland gute Haftpflichtversicherungen gibt?

»Was soll ich tun, Julius? Der bringt mich um!«

I wo. Der tut nichts. Der will nur spielen.

»Julius, hilf mir!«

Wenn er den einen Ausgang besetzt hat, dann nimm doch den anderen.

Die Hand griff immer wieder ins Leere, und der Russe hörte nicht auf, gegen den Wagen zu poltern.

Irgendwann ist das Blech dünn genug. Dann kommt er durch. Beeil dich!

Herbie zog am Griff der Beifahrertür. Schnee wirbelte ins Wageninnere, und er robbte zum Beifahrersitz. Dann kullerte er auf der Beifahrerseite aus der Tür in den Schnee.

In Windeseile hatte er sich wieder aufgerappelt und rannte los. Die Richtung war ihm zunächst egal. Ihm war einzig und allein daran gelegen, eine möglichst große Distanz zwischen sich und den wütenden Mann mit den flatternden Mützenohren zu legen.

Plötzlich sah er Bäume auf sich zurasen. Immer wieder glitt er auf dem verschneiten Untergrund aus, sein Atem ging keuchend.

Das Toben hinter ihm wurde leiser, entfernte sich.

Das Gelände stieg langsam an, der Schnee wurde tiefer. Wieder und wieder sackte Herbie mit seinen Schritten in schier endlose Untiefen im Waldboden ab, und es fiel ihm schwerer und schwerer, sich wieder aufzurappeln.

Dann dachte er plötzlich an die Schritte, denen sein Verfolger mühelos nachspüren konnte, wenn er erst das lästige Auto vom Arm abgeschüttelt haben würde.

Er blieb stehen und beugte sich keuchend nach vorn, die Hände auf die Knie gelegt.

Und nun, alter Trapper? Hast du nicht einen deiner genialen Tricks auf Lager?

Herbie begann, rückwärts zu stapfen. Zuerst langsam, aber als er schließlich den richtigen Tritt gefunden hatte, immer schneller.

Es gelang ihm zwar nicht, die eigenen Fußstapfen millimetergenau zu treffen, aber für einen blindwütigen Berserker wie den, der ihm auf den Fersen war, würde es wohl reichen.

Als er glaubte, Schritte nahen zu hören, sprang er zur Seite ins Unterholz.

Durch den Schnee robbend, hockte er sich schwer atmend hinter verschneites Gesträuch. Das Herz pumpte mit solcher Gewalt in seiner Brust, als habe es Blei durch die Adern zu befördern.

Und dann hörte er das Schnaufen.

Die große, dunkel gekleidete Gestalt kam mit einer Behändigkeit, die Herbie ihm kaum zugetraut hatte, den Berg hinaufgelaufen, den Blick hektisch zwischen den vor ihm liegenden Fußstapfen und der Weite des Waldes hin und her wechselnd.

Gleich würde er vorbeigelaufen sein.

Verwegen, verwegen. Wenn dir das gelingt, werde ich mich nie wieder abfällig über deinen Intellekt äußern, Herbert Feldmann.

Der Russe huschte tatsächlich vorbei, und Herbie spannte all seine Muskeln an. Er würde bis fünf zählen, und dann, so leise es eben ging, den Weg zurück zu den Behausungen nehmen, den er gekommen war.

... vier ... drei ... zwei ...

Quäkend zerrissen lateinamerikanische Tanzrhythmen die Stille des Winterwalds, und Herbie starrte fassungslos auf zwei wippende Brüste im Display seines Handys.

»Köbes?«, flüsterte er in das Gerät.

»Ja, ich bin's! Haste versucht, mich anzurufen?«

Vor Herbie tauchten in diesem Moment fast lautlos zwei Beine im Schnee auf, und als er den Blick nach oben wandern ließ, hing weit oben über ihm ein breites Grinsen in der Luft, und noch weiter darüber eine reichlich dämliche Mütze.

»Ich war in der Werkstatt und hab Kunst gemacht. Orpheus und Euri... Dings ... Also ein Riesending aus einer Kardanwelle und jeder Menge Alufelgen.«

»Hat sich erledigt, Köbes«, murmelte Herbie tonlos und unterbrach die Verbindung.

12. Kapitel

Von einer Sekunde zur nächsten hatte sich um ihn herum eine bizarre Traumwelt ausgebreitet. Ein grellbuntes Kaleidoskop des Kitschs hatte sich entfaltet: Zimmerspringbrunnen aus Porzellan und Muscheln, leuchtende Madonnen und klimpernde Vorhänge aus Perlenschnüren füllten den kleinen Raum bis zum Bersten. Selbst auf den Blättern der Stoffrosen in der perlmuttfarbenen Vase perlten künstliche Wassertropfen.

»Ich sehe Ihren Blick und erkenne gleich, was Sie denken. Glauben Sie nicht den Vorurteilen meinen Leuten gegenüber«, sagte eine freundliche, leise Stimme. »Glauben Sie nicht den Leuten, die uns Kanisterköpfe nennen. Wir sind nicht halb so wild, nicht ganz so versoffen und nicht einmal annähernd so konservativ, wie uns das immer nachgesagt wird.« Ein kaum hörbarer osteuropäischer Akzent schwang mit, und die Melodie der Sätze war weitgehend temperamentarm.

Herbie hatte den Mann ängstlich betrachtet, der ihn in das Zimmer geleitet hatte, bevor ihn das ausufernde Dekor des Raumes in seinen Bann gezogen hatte.

Er war klein, blass und trug eine modische, randlose Brille. Sein Haar war pechschwarz, und er trug ein sportlich geschnittenes graues Sakko über einem pechschwarzen Rollkragenpullover.

»Meine Verwandten lieben bunte Dinge«, sagte er händeringend. »Bitte glauben Sie nicht, dass alle Russen so sind, dass alle das mögen. Diese ... Farbenspiele ...« Er kräuselte die Lippen. Dann rückte er ein paar bestickte Kissen auf einem Sofa zurecht und deutete mit einer geschmeidigen Handbewegung an, Herbie möge Platz nehmen.

Die große Hand des Mützenmannes legte sich von hinten zwischen Herbies Schulterblätter und verlieh der Einladung Nachdruck.

Julius lümmelte sich längst auf dem Sofa herum und betrachtete das schillernde Interieur mit glänzenden Äugelchen.

Da ist jeder deutsche Weihnachtsbaum eine schlappe Nummer gegen. Nur im Chinarestaurant ist es noch ein bisschen bunter.

»Kurbskij ist mein Name. Juri Kurbskij. Aber bitte ... Bitte nehmen Sie doch Platz.« Der kleine Mann buckelte, der große drückte. Herbie setzte sich auf die vordere Kante des Sofas.

»Darf ich Ihnen eine Tasse Tee anbieten?«

Herbie nickte kaum merklich. Tee würde seinen abgefrorenen Zehen nicht mehr helfen können, aber er konnte auch nicht schaden.

Der Mann schenkte Tee in kleine bunte Tässchen und rührte sich selber drei Löffel Zucker hinein.

Es hätte gemütlich sein können. Die Luft roch parfümiert, es war warm und bunt. Nur die Tatsache, dass er nicht freiwillig hier war, berührte ihn unangenehm.

Der große Russe hatte vor ihm im Wald den Mantel aufgeknöpft, und Herbie war das Wort »Vergewaltigung« durch den Kopf geschossen. Selbst Julius war blass geworden. Der Russe aber hatte wortlos auf die Innentasche gezeigt, aus der der Griff einer Pistole ragte, und hatte lockend den Finger gekrümmt. Beide Gesten waren international.

Dann hatte er Herbie am Arm gepackt und aus dem Schnee zu sich hinaufgezogen. Der Arm schmerzte immer noch.

Mutlos war Herbie in sein Auto gestiegen und hatte keinen weiteren Versuch gemacht, dem Mann zu entkommen, der neben ihm auf dem Beifahrersitz Platz nahm.

Nach ein paar weiteren fruchtlosen Versuchen war schließlich sogar der Motor angesprungen, und der Russe hatte ihm den Weg gewiesen, indem er, untermalt von gutturalen Lauten, entweder mit der Hand nach rechts, nach links oder geradeaus gedeutet hatte.

So waren sie zuletzt nach Gerolstein gelangt.

In Gerolstein gab es zahlreiche russische Familien, das wusste Herbie. Er kannte einige von ihnen ganz gut. Die Zahl derer, denen es gelungen war, sich nach ihrer Übersiedlung in die Gesellschaft einzugliedern, war groß. Die, die immer wieder unangenehm auffielen, waren an diesem Vorhaben gescheitert. Sie fühlten sich fremd und würden es vielleicht immer bleiben.

»Wassili ist ein Neffe von mir. Er beherrscht kein einziges Wort der deutschen Sprache ... doch, halt ... er kann Bier sagen.« Der kleine Mann lachte ölig.

»Was wollen Sie von mir?« Herbie schlürfte an seinem bitteren Tee. »Leben Sie hier? Ist das Ihre Wohnung?«

Sie befanden sich am Ortsausgang in Richtung Pelm. Das Gebäude war mehrstöckig, und Herbie hatte den Eindruck, dass mehrere der Mietparteien fremdländischer Herkunft waren.

»Meine Wohnung? Oh, neineinein, wie gesagt, so etwas ...« Er ließ eine Schnur des Glasperlenvorhangs durch seine Finger gleiten. »So etwas ist nicht mein Geschmack. Ich lebe in Moskau. Hier wohnen entfernte Verwandte von mir, die mir für ein paar Tage Obdach gewähren.« Der Mann drückte sich gewählt aus. Er hatte Kultur und Charme gleichermaßen.

»Verwandte ... Obdach ... Das kenne ich.«

Kurbskij griff ins Innere seines Jacketts und holte eine Brieftasche hervor. Mit flinken Fingern fischte er ein Foto hervor. Es zeigte eine atemberaubend schöne Frau in einem eleganten schwarzen Kleid. »Meine Frau Elena. Sie hat eine Gemäldegalerie in Moskau. Junge russische Künstler. Sie ist eine sehr erfolgreiche Frau.«

Ein weiteres Foto folgte.

»Der Salon unseres Hauses.«

Der Raum war riesig, die Böden Parkett, soweit Herbie das erkennen konnte, die Vorhänge, die ausladende Sitzgruppe aus hellgrauem Leder, die riesigen abstrakten Bilder an den Wänden in schwarz und weiß gehalten.

»Sie sehen ...« Sein Lächeln war klebrig, seine Stimme honigsüß. »Ich bin ein Mann, der die schönen Dinge des Lebens liebt.«

Zeig doch auch mal ein paar Fotos von deiner Wohnung.

»Ich habe verstanden, Herr Kurbskij. Ich habe es bei Ihnen mit einem Mann von Kultur zu tun. Das freut mich. Sagen Sie mir jetzt bitte, was Sie von meinem Onkel wollen.« Er zwinkerte vertraulich. »Das ist doch nicht wirklich wegen dieses blöden Dolchs, oder?«

Aus dem Gesicht seines Gegenübers verschwand augenblicklich jegliche heitere Note.

Du wirst es dir doch nicht mit Klumpski verscherzen wollen, oder? Julius schüttelte missbilligend den Kopf.

Kurbskij bemühte sich, beherrscht zu bleiben. Der Klang seiner Stimme hatte an Kälte zugenommen. »Dieser Dolch gehörte meinen Vorfahren. Er ...«

»Aber Herr Klumpski ...«

» Kurbskij!« Das kam kurz und schneidend.

»Verzeihung. Natürlich. Herr Kurbskij, mein Onkel hat mir in groben Zügen die Geschichte Ihres Erbstückchens erzählt. Er hat ihn rechtmäßig erworben, soweit ich das verstanden habe.«

»Rechtmäßig? Nach welchem Recht? Er hat ihn bei einem belgischen Antiquitätenhändler gekauft, der ihn bei einer Auktion in Berlin ersteigert hat, wo er in einem Konvolut alter Waffen aus dem Nachlass eines deutschen Wehrmachtgenerals angeboten wurde. Auf die Art und Weise, wie der deutsche Soldat an unser kostbares Stück gekommen ist, brauche ich wohl nicht näher einzugehen, oder?«

«Ich verstehe ja Ihre Not, aber ist das ein Grund, Gewalt anzuwenden?«

»Gewalt?« Kurbskij schrie das Wort geradezu. »Wer wendet Gewalt an?« Er riss plötzlich die Augen weit auf und ließ die Augenbrauen in die Höhe tanzen, dass sie fast an den Scheitel stießen.

»Nun ja, Sie haben doch ...«

Kurbskij begann sich zu winden. Seine Stimme bekam einen weinerlichen Unterton und seine Finger griffen ineinander, dass die Knöchel weiß hervortraten. »Gewalt, oh, Gewalt ... Ich verabscheue Gewalt, Herr Feldmann.«

»Das Auto meines Onkels ist aufgebrochen worden. In sein Haus ist man eingedrungen ... gewaltsam!«

»Oh!« Kurbskij kniff die Augen zusammen. Sein Oberkörper krümmte sich. »Oh, mein Wassili ist maßlos. Er weiß nicht, wann es Zeit ist, aufzuhören.«

»Mag sein, aber Sie haben ihn geschickt.«

»Er sollte auskundschaften, nachhören, Kontakte herstellen. Was soll ich machen?«

»Kontakte herstellen? Auf russisch ...«

»Ja ja. Das ist das ... wie sagt man in Deutschland ... das Dilemma. Wassili spricht kein Deutsch. Und dann geht es mit ihm durch.« Er rieb sich die Hände. Er wusch sie regelrecht in Unschuld.

Julius legte beide Hände an die Wangen. *So ein Lämmchen.*

»Herr Kurbskij, Wassili hat mir seine Waffe gezeigt.«

»Uuuuh! Waffe!« Kurbskijs Körper zuckte. »Genug. Ich will es nicht hören! Er soll gar keine Waffe tragen. Ich schätze das gar nicht. Ich will nichts davon hören. Gar nichts, gar nichts, gar nichts!«

Njet, njet, njet!

Herbie schnappte empört nach Luft. Wollte der ihn verschaukeln? »Aber er tut es. Er hat einen Revolver in der Innentasche seiner ...«

»Neeeeiiin!« Jetzt fiel Kurbskij fast vom Sofa.

Wassili strahlte die beiden unbeteiligt an. Seine alberne Mütze saß immer noch auf seinem Kopf. Nur die Handschuhe hatte er ausgezogen.

Ich habe das unbestimmte Gefühl, dass der Kleiderschrank ganz genau weiß, wovon ihr beide sprecht. Und schau ihn an: Macht es ihm was aus? Die beiden sind wie Pech und Schwefel. Ein ganz ausgekochtes Gespann.

»Ich gehe jetzt. Wenn ich mich beeile, schaffe ich es noch rechtzeitig zu meiner Arbeitsstelle.« Herbie trank den letzten Schluck Tee, verzog angewidert das Gesicht und schickte sich an, aufzustehen.

Aber Wassilis Hand legte sich bleischwer auf seine Schulter und drückte ihn unsanft zurück in die Brokatkissen.

»Da!« Herbie zeigte auf die behaarte Hand. »Und wie nennen Sie das? Ist das keine Gewalt?«

Kurbskij kniff die Augen fest zusammen und nickte in einem fort. »Sie haben ja recht. Oh, Herr Feldmann, Sie haben ja so recht. Aber was soll ich machen?«

»Sagen Sie ihm, er soll mich loslassen!«

Kurbskij schüttelte den Kopf so heftig, dass es so aussah, als habe er einen Kurzschluss im Schaltzentrum erlitten. »Das nützt nichts! Oh, nein, Herr Feldmann, lieber, guter Herr Feldmann, das nützt nichts, glauben Sie mir.«

Die Hand schloss sich um Herbies Schulter wie ein Schraubstock.

»Ich wünschte so sehr, mein lieber, guter Wassili würde aufhören. Ich wünschte so sehr, es würde nicht schlimmer und schlimmer werden. Er ist so maßlos, ich sagte es ja bereits.«

Meine Güte. Diese Ausdrucksweise. So gewählt. Und er sagt doch eigentlich immer nur dasselbe: Gib mir den Dolch, dann ist Wassili brav.

Kurbskijs Augen funkelten plötzlich, und er flüsterte: »Bringen Sie mir den Dolch, und Wassili wird sich beruhigen.«

Herbie schluckte laut hörbar.

Oder so.

»Der arme Belgier«, schluchzte Kurbskij. »Hätte ich ihm doch nur helfen können.«

»Der Antiquitätenhändler? Was ist mit ihm?« Herbie wurde es mulmig zumute.

Statt einer Antwort sank Kurbskij mit dem Kopf fast bis auf die Tischplatte. Seine Schultern begleiteten zuckend ein unhörbares Schluchzen. Mit der Hand winkte er ab.

»Na gut«, hauchte Herbie. »Das mit dem Dolch regle ich schon irgendwie. Geben Sie mir vier oder fünf Tage.«

Der Griff an seiner Schulter wurde augenblicklich lockerer.

13. Kapitel

Bastardo! Buono a nulla!«

Ist es das, was man gemeinhin als multikulti bezeichnet? Gerade noch von Russen gequält, und jetzt von Italienern beschimpft? Anerkennend zog Julius die Stirn kraus. *Und das in der Eifel. Was kommt jetzt? Von Holländern geschubst, von Franzosen verhauen?*

Selbst Pamela rang um Fassung. Ihr Blick flackerte nervös, als sie Herbie an der Schwingtür der Küche abfing und in die dunklere Ecke des Restaurants schubste, in der das Aquarium vor sich hinblubberte.

»Bist du bekloppt? Mann, Ernie, es ist fast fünf! Hast du verpennt? Der Baffo rastet total aus! Der ist ja jetzt schon total historisch!« Sie kaute auf ihrem Kaugummi wie eine Hyäne auf einem Antilopenohr.

Wie sollte er ihr erklären, dass Wassili, der bemützte Russe, sich nach Verlassen des Hauses in Gerolstein wieder mit stoischer Ruhe an seiner Seite ins Auto geschwungen und erneut nach Wildenburg gelotst hatte. Dort stand nämlich noch sein Auto. Ein Lada. Was sonst?

Zum Abschied hatte er Herbie breit grinsend die Hand gedrückt, dass es knirschte.

»Ich habe ...«, setzte Herbie an. Sein Erklärungsversuch wurde drastisch abgekürzt, als Pamela ihm den obligatorischen Kistenstapel in die Hände drückte.

»Und jetzt dalli, Ernie. Dalli, dalli! Sonst wird der Baffo noch zum Berserker!«

»Ich ...«

Er wurde herumgedreht und weitergeschubst.

Maurizio zeigte ihm beim Hinausgehen den nach unten gedrehten Daumen.

»Ich habe gestern getankt ...«, rief Herbie auf der Straße, als Pamela die Tür hinter ihm schließen wollte.

»Quittung?«

Mit bewundernswertem akrobatischen Geschick gelang es ihm, die Tankquittung aus der Hosentasche zu fingern, ohne dass die Kistenpyramide seinem Griff entglitt. Triumphierend hielt er den Zettel in die Höhe.

Ein Sprudellaster donnerte vorbei, und im Sog des Fahrtwinds wurde das Papier in die Luft gerissen und taumelte ein paarmal wie eine besonders große Schneeflocke herum, bevor es schließlich auf der Fahrbahn landete und vom nächsten Auto im Schneematsch zermalmt wurde.

Pamela schloss wortlos die Restauranttür.

Und wieder pflügten Herbie und Julius wenig später mit blank gescheuerten Reifen durch den Eifelwinter.

»Ich habe die Schnauze voll, Julius. Gestrichen voll. Warum behandeln mich alle wie einen Fußabtreter.«

Aber du hast doch mich!

»Das ist allerdings die Krönung.«

Du brauchst eine Frau.

»Eine Frau, eine Frau ... Die wachsen nicht auf Bäumen, Julius.«

Aber manche von ihnen heißen Lena.

Lena.

Da war wieder ihr Gesicht. Herbies Wut zerfloss augenblicklich wie Sülze in der Sonne.

»Denkst du denn, ich habe eine Chance bei ihr?«

Hast du dich jemals auf mein Urteil verlassen?

»Nun ja.« Herbies Lenkbewegungen wurden gleich dynamischer. »Ich könnte sie ja vielleicht wirklich mal abholen. Immerhin habe ich ein Auto, und mit ihr essen gehen könnte ich auch.«

Also los!

Herbies Übermut wurde mit der panisch aufflackernden Lichthupe des Gegenverkehrs belohnt.

Und im nächsten Moment sackte er auch schon wieder in sich zusammen, und es sah so aus, als müsse er sich völlig entkräftet am Lenkrad festhalten.

»Aber wo finde ich sie, Julius?«, jammerte er.

Julius schloss gepeinigt die Augen. *Wieso musste ich ausgerechnet an einen solchen ausgemachten Einfaltspinsel wie dich geraten? Ich könnte mit einem Akademiker zusammen sein, oder mit einem einflussreichen Politiker. Mit einem Nobelpreisträger möglicherweise ...*

»Schon gut, schon gut!«, rief Herbie plötzlich eifrig. »Ich habe gerade eine geniale Idee!«

Julius stöhnte erneut auf.

Am Abend versuchte ihn Maurizio, zu einem Ramazotti zu überreden. Sie waren allein im Lokal. Die Beleuchtung war fast vollständig ausgeschaltet. Das Endlosband mit den italienischen Schlagern leider nicht.

»Pamela und Baffo sind ssschon in die Kiste. Pamelahäschen meint, dabei beruhigt er sssich am besten. Trink was, Ernie.«

»Alkohol? Na, ich weiß nicht. Nein, nein, lieber nicht.« Herbie wehrte sich halbherzig und verwies auf seinen geradezu lebenswichtigen Führerschein, aber Maurizio insistierte und erklärte Herbie weitschweifig, dass es die Polizei in unwirtlichen Winternächten wie diesen vorziehe, sich in den Sesseln ihrer beheizten Dienststelle Hämorriden zu holen.

Die Chance, bei diesem Schmuddelwetter einer Polizeistreife zu begegnen, sei ungleich geringer als ein Sechser im Lotto.

Und so folgte dem Ramazotti ein zweiter. Und ein dritter.

Sie fachsimpelten über Frauen, und Maurizio pries die Vorzüge weißhäutiger »Püppchen«, wie er sie nannte, über alle Maßen.

Julius wohnte dem Fachsimpeln bei, machte während der ganzen Zeit ein überaus interessiertes Gesicht und schwieg ansonsten ungewöhnlich beharrlich.

Irgendwann war die Ramazottiflasche leer, und Maurizio tippte mit dem Finger klimpernd gegen den vollen Bauch einer Flasche Fernet Menta, aber Herbie wehrte ab.

Maurizio steckte ihm, in Vorahnung kommender Ereignisse eine Handvoll Kondome in die Jackentasche, die er nach eigenem Bekunden immer in ausreichender Menge bei sich trug.

Dann machte sich Herbie auf den Heimweg und hatte auch gleich vom Ortsausgang von Stadtkyll an einen Polizeiwagen hinter sich.

Mit weit aufgerissenen Augen und zum Zerreißen gespannten Nerven bemühte er sich, den Wagen leidlich in der Spur zu halten und weder durch gewagte Überhol-, Brems- oder Wendemanöver unnötig auf sich aufmerksam zu machen.

Kurz vor Hillesheim bog die Streife schließlich nach Oberbettingen ab.

Herbie blies geräuschvoll die Luft aus den Backen.

Diesen Maurizio würde er sich mal zur Brust nehmen. Und vor allem musste er sich von ihm noch erklären lassen, wie er das halbnackte Busenwunder von seinem Handy verschwinden lassen konnte.

So ähnlich muss es sein, wenn man einem ordentlichen Beruf nachgeht und abends voller Vorfreude zu Weib und Kind ins traute Heim zurückkehrt. Julius hatte endlich seine Sprache wiedergefunden. Er hatte gnädigerweise während der hinter ihnen liegenden Schneckentempo-Verfolgung darauf verzichtet, Herbie durch unnötigen Unsinn aus dem Konzept zu bringen.

Herbie stolperte schwerfällig die Treppenstufen hinauf und musste fortwährend aufstoßen.

»Hast du gesehen, wie ich die abgehängt habe, Julius?« Seine Zunge lag schwer in seinem Mund wie ein Viertelpfund Gehacktes. »Ab jetzt geht's aufwärts, Julius! Aufwärts, verstehst du?«

Wie auf ein Stichwort fiel er hart auf die Treppenstufen.

»Ich steh wieder auf, Julius. Mich kriegt keiner mehr unter. Ab jetzt packe ich mein Glück bei den ... bei den ...«

Hörnern?

»Eiern, Julius, bei den Eiern!«

Zeitgleich öffneten sich die Tür seines Vermieterehepaares eine Etage tiefer und die seiner eigenen Wohnung einen halben Meter vor ihm.

»Haben Sie sich wehgetan, Herr Feldmann?«, fragte Frau Leyendecker besorgt, und sein Onkel starrte ihn nur mit vor Hunger eingefallenen Wangen und tief in die Höhlen gesunkenen Augen an.

»Alles im grünen Bereich!«, kicherte Herbie. »Onkel Erwin! Der Sieg ist unser!« Er rappelte sich ungelenk auf und schwankte gefährlich. »Die Russen hab ich im Sack. Du kannst zurück nach Hause, du bist ein freier Mann, und was das Größte ist: Deinen Dolch kannst du auch behalten!«

Ein Strahlen bahnte sich zögernd den Weg über das zerfurchte Gesicht. Seine Lippen bebten, und Herbies Onkel fragte mit brüchiger Stimme: »Ehrlich?«

»Jawoll! Aber du musst mir einen klitzeklitzekleinen Wunsch erfüllen ...« Mit diesen Worten verfehlte Herbie erneut eine Stufe und kullerte die Treppe hinunter bis vor Frau Leyendeckers Füße.

14. Kapitel

Der große, blonde Mann trank den Rest des Glases in einem Zug leer. Der Cognac rann ihm die Kehle hinunter wie flüssiges Feuer. Ein wärmendes, wohliges Feuer, keine gierigen Flammen. Wie lange war es her, dass er etwas so Gutes getrunken hatte? Nun, ziemlich genau sieben Jahre. Er lehnte sich auf dem Bürostuhl zurück und betrachtete zufrieden sein Werk.

Die Schrifttypen, die Druckfarben, alles war schön bunt gemischt, die Zeitungen, die er verwendet hatte, deckten eine große Palette ab. Er hatte in den vergangenen Tagen den Supermärkten der Region zahlreiche Besuche abgestattet. Eine Zeitung oder ein Magazin hatte er jeweils nur gekauft. Niemand sollte sich an ihn erinnern. Niemand würde sich an ihn erinnern.

Er war systematisch vorgegangen und hatte zuerst alle E ausgeschnitten, weil sie am häufigsten in der deutschen Sprache vorkamen. Dann etwa zwanzigmal das S und das R und so weiter. In verschiedenen Briefumschlägen warteten nun die Buchstaben und Satzzeichen darauf, von ihm zu Wörtern und Sätzen gruppiert aufgeklebt zu werden. So, wie er es bereits ein paarmal getan hatte.

Was nun vor ihm lag, war das Resultat einer anderthalbstündigen Arbeit. Er hielt den Brief für ausgesprochen gelungen.

Er zog die Handschuhe von den Fingern und schüttete sich einen weiteren Cognac ein. Das Wohlbefinden, dass sich nach getaner Arbeit einstellte, half ihm darüber hinweg, das all die Annehmlichkeiten, die Unterkunft, der Cognac, dass all das mehr oder weniger erzwungen war. Er hätte es gerne anders gehabt. Freiwillig. Willig.

Aber man konnte es sich nicht immer aussuchen.

* * *

Viele Notariatsbüros gab es in Blankenheim nicht. Aber ihre Anzahl reichte immerhin aus, um sie einen Vormittag lang zu beschäftigen. Herbie hatte irgendwann begonnen, nervös auf die Uhr zu sehen, weil er nichts so sehr fürchtete, wie auch an diesem Tag nicht rechtzeitig auf der Arbeitsstelle zu erscheinen. Noch ein solcher Fehler, und der Duce würde ihn zu Zabaione schlagen.

Natürlich war es das letzte Büro, das sie auf ihrer Liste stehen hatten.

Warum hast du nicht einfach die Wirtin von der Pension »Zum räudigen Terrier« gefragt? Sie hätte dir sicher sagen können, wo du fündig wirst.

Herbie beugte sich zur Seite und flüsterte so, dass sein Onkel ihn nicht hören konnte: »He! Ich bin hier der Planer! So was nennt man verdeckte Ermittlung. Da frage ich doch nicht in der Gegend herum wie ein Trottel. Männer und Frauen passen nicht zusammen ... Erinnerst du dich?«

Und du schmiedest hier ein Pennälerkomplott. Nun ja. Jeder blamiert sich so gut, wie er kann.

Das Notariat Gernot Fischenich lag im Zentrum des kleinen Städtchens, inmitten der alten Gebäude am Fuße der Burg, nur einen Steinwurf von der Ahrquelle entfernt, die in einem Kellergewölbe unter einem alten Haus lag.

Ausgetretene Sandsteinstufen führten zu dem Büro hinauf, und mit einem erneuten Seufzer blickte Herbie wieder auf seine Uhr.

»Hast du es eilig?«, schnarrte sein Onkel. »Sollen wir für heute Schluss machen?« In seinen Äugelchen blitzte es erwartungsvoll auf.

Er war es augenscheinlich leid, ständig dasselbe Schauspiel aufzuführen. »Guten Tag, mein Name ist Dorsel, ich wollte mich erkundigen, wie ich am besten bei einer Testamentsänderung vorgehe.«

Drei Wartezimmer hatten sie kennen gelernt, drei Notare und ein gutes Dutzend Bürokräfte. Die Notare waren allesamt umgänglich und professionell-beflissen gewesen, und das, was sie Erwin Dorsel und seinem Neffen Herbert Feldmann darlegten, stimmte zum größten Teil mit den Ratschlägen ihrer Kollegen überein.

Jetzt folgte also das Notariat Fischenich.

»Es ist der letzte, Onkel Erwin.«

»Wird auch Zeit. Langsam kann ich es nicht mehr hören.«

»Denk an deinen Dolch. Ich hab was bei dir gut.« Er verdrängte den Gedanken daran, dass er in Wirklichkeit von den durchgeknallten Russen fünf Tage Aufschub erbeten hatte, bevor er ihnen ihre kostbare Waffe zurückbringen würde.

Onkel Erwin schnaufte verächtlich. »In deinem Alter bin ich zu den Mädchen hingegangen und habe sie im Sturm genommen. Das mögen die.«

Meine Rede.

»Ich mache es anders. Auf die elegante Tour.«

Sowohl Julius als auch Onkel Erwin kicherten.

»Los, rein jetzt. Meine Zeit läuft ab.«

Obwohl es ein altes Gebäude war, war das Büro hell und modern eingerichtet.

Beim Eintreten hörten sie das Geklapper einer Computertastatur.

»Guten Tag, mein Name ist Dorsel, ich wollte mich erkundigen, wie ich am besten bei einer Testamentsänderung vorgehe.«

Meine Güte, den Oscar kriegt er aber nicht dafür. Er leiert das runter wie ein Backrezept.

Zwei Frauen blickten auf. Die eine drall und mit schwarz funkelnden kleinen Äugelchen hinter einer bunten Brille, die andere eher blutarm und schläfrig. Beide waren um die fünfzig und hatten in diesem Büro wahrscheinlich schon alles gesehen.

Fehlanzeige. Auch in diesem Notariat waren sie falsch.

Nimm doch eine von denen.

»Haben Sie einen Termin?«, fragte die Müde mit dem Haarknoten und blätterte mit hochgezogenen Augenbrauen in einem Kalender.

Nimm die, unter der Oberfläche brodelt ein Vulkan. Da kenne ich mich aus.

»Nein, wir haben keinen Termin«, leierte Onkel Erwin zum vierten Mal seinen Text herunter.

»Würden Sie einen Augenblick im Wartezimmer Platz nehmen? Herr Fischenich hat dann gleich Zeit für Sie.« Die Brillenfrau deutete auf eine offen stehende Tür. An ihrem Arm klimperten goldene Armreifen.

Eine weitere Tür war verschlossen. Dahinter saß vermutlich Herr Fischenich.

Gut. Abgang. Dein Onkel kann jetzt Übelkeit vortäuschen, und ihr verschwindet und habt viel Zeit gespart. Julius musterte Erwin Dorsel skeptisch. *Na ja, das wäre von diesem Gründgens für Arme wohl doch eher zu viel verlangt.*

In diesem Augenblick öffnete sich langsam die Tür zum Büro des Notars, und Stimmen wurden laut.

Erwin Dorsel hatte sich schon seufzend seinem Schicksal ergeben und war auf dem Weg ins Wartezimmer, um in den Zeitschriften zu blättern, wie schon dreimal zuvor an diesem Tag. Nirgends lag mal ein *Landser* oder wenigstens ein *Playboy* aus. Herbie stand noch einen Augenblick lang verloren im Raum und beobachtete die beiden Männer, die nun auf der Bildfläche erschienen. Der eine war ein hagerer, groß gewachsener alter Mann im grünen Lodenmantel. Seine kantigen Gesichtszüge kamen ihm irgendwie bekannt vor. Das hervorstehende Kinn, die buschigen Augenbrauen. Irgendwo hatte er ihn schon einmal gesehen. Den anderen, der ihm zum Abschied die Hand schüttelte, schätzte Herbie auf Mitte fünfzig. Er trug einen hellgrauen Anzug und eine randlose Brille. Sein braunes Haar war dicht, dauergewellt und auf eine Art und Weise an den Schläfen angegraut, als habe ihn ein Maskenbildner interessanter machen wollen. Das Lächeln, das er dem Alten schenkte, war falsch, das sah Herbie gleich.

»Wir machen das in den nächsten Tagen fertig, keine Sorge.«

Er sah auch, wie er dem alten Mann, der mit verkniffenem Mund zum Ausgang stakste, nur einen kurzen Augenblick hinterherblickte und ihn im nächsten Moment auch schon gleich wieder vergessen hatte. Das war fraglos Notar Gernot Fischenich.

Er beugte sich über den Schreibtisch zu der Schlaftablette hinüber und drückte ihr einen Stapel Akten in die Hand. »Noethen, Keller, Freimuth und Poll. Machen Sie das bitte heute noch fertig.« Seine Stimme passte. Sie klang zwar tief und männlich, aber doch auf eine gewisse Art so, als sei sie künstlich aufpoliert worden. Wenn der böse Wolf für die Geißlein Kreide gefressen hatte, dann kaute dieser Mann Kohle. An ihm war nichts echt, das spürte Herbie deutlich.

»Haben wir einen Termin?«, fragte Fischenich und reckte das Kinn vor.

Die Eingangstür öffnete sich hinter Herbie, und ein kalter Luftzug wehte herein. Der alte Mann hielt beim Hinausgehen die Tür für jemanden auf, der hineinwollte.

»Dankeschön. Das ist aber nett.« Ohne hinzusehen, wusste Herbie gleich, wem die Stimme gehörte. Er hörte eine Papiertüte rascheln, und er sah den Notar mit offen stehendem Mund an, ohne etwas zu sagen.

Sag was. Tu was. Benutze die Gebärdensprache, aber gib irgendwie Antwort.

»Nei... ein. Neinein«, stammelte Herbie. Und drehte sich langsam um.

Lena wickelte sich aus ihrem Schal und schlüpfte aus dem Mantel. »Ich war nur schnell ein paar Teilchen holen.«

Ihre Blicke begegneten einander, und sie hielt überrascht inne.

»Mein Onkel ... mein Onkel, der ...«

Herrgott! Sing es meinetwegen!

»Also, der möchte ... Onkel Erwin, kommst du mal bitte!«

Sofort hatte Onkel Erwin das Magazin zur Seite gelegt, kam aus dem Wartezimmer und ratterte seinen Text herunter: »Guten Tag, mein Name ist Dorsel, ich wollte mich erkundigen, wie ich am besten bei einer Testamentsänderung vorgehe.«

Fischenich sah auf die Uhr, wechselte einen kurzen Blick mit der dicken Sekretärin und sagte: »Gut, kommen Sie rasch herein. Das schieben wir dazwischen. Kommen Sie!« Er winkte mit dem Arm.

»Geh nur, Onkel Erwin! Ich warte solange draußen!«

Sein Onkel warf ihm beim Hineingehen einen hilflosen Blick zu. Dann schloss sich die Tür, und das Pummelchen und die Schnarchnase beugten sich wieder über ihre Akten.

»Ich bin nicht sicher, ob Sie sich erinnern«, sagte Lena. »Wir sind uns kürzlich schon einmal begegnet.«

Herbie schwieg. In seinem Gehirn rotierten Zahnrädchen und Antriebswellen. Es knirschte geradewegs.

Gleich springt dir eine Feder aus dem Ohr. Glotz nicht, tu was!

»Im Tierheim«, half ihm Lena. Sie lehnte sich an einen unbesetzten Schreibtisch.

»Klar!«, lachte Herbie auf. »Tierheim. Genau! Und jetzt hier, Mann! So was!«

»Dass wir uns so schnell wieder sehen ...« Sie rückte sich einen Bürostuhl zurecht und ließ sich langsam darauf nieder, ohne den Blick von Herbie abzuwenden.

Ihre blassen Wangen und ihre Nasenspitze hatte die Kälte sanft gerötet. Ihre Sommersprossen waren ein heiteres Versprechen, dass irgendwann der Schnee schmelzen und die Sonne lachen würde. Er konnte sich die Sonne in ihren roten Locken vorstellen. Es würde aussehen wie kupferfarbene Gischt.

»Schon komisch«, plapperte er. »Die Eifel ist ja wirklich ein Dorf ... also ... tja ... hm.«

»Wollen Sie nicht ...«

»Du!«, fuhr Herbie dazwischen. »Wir waren beim Du, erinnerst du dich?«

»Herbie, nicht wahr?«

Aus den Augenwinkeln registrierte Herbie, dass ihrem Dialog von der Seite her drei Augenpaare angeregt folgten: Julius und die beiden Sekretärinnen klebten förmlich an ihren Lippen.

»Herbie, genau. Und du bist Lena.«

»Genau.«

Ich Tarzan, du Jane.

»Musst du nicht da rein?«

»Zu meinem Onkel? Ach, was. Ist mir peinlich, wenn er in meinem Beisein von seinem Testament spricht.«

Russendolche, Kaffernspeere, Panzerfäuste, Krummsäbel ... Was dein Onkel zu vererben hätte, würdest du doch sowieso nicht haben wollen, oder?

»Dann warten Sie vielleicht nebenan?«, fragte die Dicke mit der Brille, die offensichtlich der Meinung war, dass hier für's Erste genug geplauscht worden war.

»Klar«, sagte Herbie hektisch. »Nebenan ...«

Er setzte sich mit Julius in das angrenzende Zimmer und griff mechanisch nach irgendeiner Zeitschrift.

Frau mit Herz.

Es dauerte keine fünf Minuten, bis Lena im Türrahmen erschien. Sie hielt ein paar Heftmappen umklammert, lehnte sich an den Türrahmen und winkelte ihr rechtes Bein nach hinten ab. Nervös tippte sie mit der Schuhspitze auf den Parkettboden.

»Sollen wir vielleicht mal was zusammen machen? Essen oder so?«

»Essen? Gute Idee. Ich esse gern.«

Sie kicherte. »Du isst gern?«

»Also ... ich ... ich bin Esser.«

»Du bist lustig.«

Für jemanden, der eine ganz spezielle Form von Humor mag, vielleicht.

»Kennst du das *Culinari*?« Das Restaurant am Ortsrand von Blankenheim kannte Herbie vom Vorbeifahren. Es sah einladend aus, und er hatte viel Gutes gehört.

Sie nickte. »Das ist aber teuer.«

Er machte eine wegwerfende Handbewegung. »Na und?«

Als sein Onkel wenig später aus dem Büro kam und von dem Notar dasselbe falsche Grinsen und dieselbe verabschiedende Geste erntete wie der Klient vor ihm, grinste Herbie wie ein Honigkuchenpferd.

»Der Adler ist gelandet«, flüsterte er, »um einen militärischen Terminus zu bemühen.«

Beim Hinausgehen winkte ihm Lena zu, so wie sie es erst kürzlich bei Elfi Auel getan hatte.

Die Tür schloss sich hinter ihnen, und der Winter war plötzlich gar nicht mehr kalt.

»Wir sind verabredet!«, jubelte Herbie laut, als sie die schmalen alten Treppenstufen zu dem gepflasterten Platz hinunterstiegen. »Morgen Abend. Ich weiß zwar noch nicht, wie ich das Baffo und seiner Mieze beibringen soll, aber es ging nun mal nicht anders. Das wird er einsehen.«

Julius lachte hohl. *Sicher wird er das. Wahrscheinlich wird er dir einen Vorschuss auf dein üppiges Gehalt geben.*

Herbie trat übermütig in einen Schneehaufen hinein. Sie erreichten das Auto, und Onkel Erwin fragte schnarrend: »Das war unser Geschäft. Jetzt sind wir quitt?«

»Jetzt sind wir quitt!«

Neben seinem Fahrzeug stand mit laufendem Motor ein anthrazitfarbener Benz der E-Klasse. Hinter dem Steuer saß der alte Mann aus dem Notariat. Auf dem Beifahrersitz erkannte Herbie eine junge Frau, die möglicherweise seine Enkelin sein konnte. Sie war ausgesprochen hübsch und trug das schwarze Haar struppig. Sie hatte beim Lachen reizende Grübchen. Und sie lachte mit in den Nacken gelegtem Kopf. Sie lachten beide aus vollem Hals.

15. Kapitel

Weit hatte es Josefine Doppelfeld nicht gehabt. Der Friedhof und die Leichenhalle von Schmidtheim lagen noch vor dem Ortseingang auf der linken Seite der Durchfahrtsstraße. Ihr Leichnam ruhte in einem Sarg aus Eichenholz und wurde von sechs Männern aus dem Dorf aus der Leichenhalle hinaus über den nur oberflächlich vom Schnee befreiten Friedhof zu einem frisch ausgehobenen Grab getragen. Die satte braune Erde der ausgehobenen Grube zeichnete sich beinahe freundlich gegen die kalten Schattierungen von Wintergrau ab. Herbie hatte zum ersten Mal das Gefühl, nachempfinden zu können, was es bedeutete, »in den Schoß der Erde zurückzukehren«. Der Pastor leierte seinen Sermon herunter, und alle Anwesenden hingen ihren Gedanken nach.

Julius zu Herbies Linken stieg auf die Zehenspitzen, um tief genug in das Loch hineinspähen zu können. Tante Hettie an seiner rechten Seite sah fortwährend auf ihre winzige, brillantenbesetzte Uhr. Dass Herbie ihr auf den Friedhof gefolgt war, um ebenfalls an der Zeremonie teilzunehmen, hatte sie eher verwundert, denn gefreut.

Genauso hatte sie dagestanden, als er mit dem Auto vor der Eifelhöhenklinik vorgefahren war. Als sie zum ersten Mal des Autos ansichtig wurde, in dem ihr Neffe sie zu der Beerdigung ihrer alten Schulfreundin zu bringen beabsichtigte, hatte sie ein Gesicht gemacht, als habe eine riesige Kakerlake ihren Weg gekreuzt. Herbie hatte bei dem Versuch, ihr das Fahrzeug schönzureden, all seinen Besitzerstolz aufbringen müssen.

»Die Gangschaltung flutscht wie geschmiert!«, jubelte er, und: »Der Motor läuft wie ein Nähmaschinchen!«

Das Armaturenbrett rappelt wie ein Specht auf Koks.

Mit spitzen Fingern hatte seine Tante den Gurt angelegt, mit angewidert verzogenen Mundwinkeln hatte sie die jahrzehntealten Nikotinschlieren auf den Fensterscheiben und den Gilb im Wagenhimmel betrachtet.

Musik stimmte sie vielleicht milder.

»Und nun noch eine Warnmeldung der Polizei: Achtung, auf der A81 zwischen Herrenberg und Hildrizhausen liegt ein Vogelkäfig auf der Fahrbahn. Wir melden es, wenn die Gefahr vorüber ist.«

Selbst was das erbärmliche Radioprogramm anging, hatte Herbie vorgesorgt und hatte sich auf die Schnelle bei Radio Runge eine Kassette mit den schönsten Johann-Strauß-Walzern besorgt, die während der folgenden Viertelstunde für gute Stimmung sorgen sollten und die das Schwanken des völlig winteruntauglichen Gefährts im Dreivierteltakt begleiteten.

Der Frühling schenkt, bevor er geht, der Welt ein Meer von Blüüüüten ..., knödelte ein Sänger.

Frühling und Blüten waren weit entfernt. Lediglich das Duftbäumchen, das Herbie extra wegen seines Fahrgasts an den Rückspiegel gehängt hatte, verströmte einen Duft von tausend Rosen, was sich zusammen mit dem Knoblauchgeruch in ein infernalisches Duftgemisch verwandelt hatte.

»Was klimpert da so?« Als Herbie gebremst hatte, war die Schnapsflasche mit Onkel Erwins Ökosprit, die der Russe im Fußraum hatte liegen lassen, nach vorne geschossen und zwischen Tante Hetties Füßen gelandet.

»Frostschutzmittel für die Scheibenwaschanlage«, hatte Herbie erklärt, und gleichzeitig hatten die Wischblätter breite, knochentrockene Schlieren über die Windschutzscheibe gespachtelt.

Herbie und Julius hatten sich beim Aussteigen dann bestätigend zugezwinkert. Es hatte ihr die Sprache verschlagen. In welcher Form es das getan hatte, war egal. In jedem Fall hing es mit Herbies Auto zusammen.

Und jetzt standen sie inmitten der überschaubaren Trauergemeinde und blickten Josefine Doppelfeld hinterher, die, umgeben von einer polierten hölzernen Ummantelung, in den Tiefen der Eifelerde verschwand.

Ich bin lange nicht mehr auf einer Beerdigung gewesen. Es herrscht immer noch diese Vorliebe für gedeckte Farben, nicht wahr? Julius reihte sich mit seinem wie stets stilvollen Äußeren nahtlos in die Reihe der Trauernden ein. Schade, dass ihn niemand sehen konnte, wie er so dastand, das Kinn auf die gewaltige Brust gesenkt, den Blick von buschigen Augenbrauen beschattet.

Die Hinterbliebenen des Doppelfeldclans trugen fast ohne Ausnahme schwarz. Nur ein pubertierendes Gör mit Stoppelschnitt kaute Kaugummi und war in einen bunten Poncho gehüllt. Direkt hinter ihr stand eine Frau, die den Arm um sie legte. Groß und blass wirkte sie beinahe aristokratisch. Ihr Profil mit der etwas zu spitz geratenen Nase zeichnete sich scharf gegen den Winterhimmel ab.

Sollte dies die Tochter von Finchen Doppelfeld sein? Herbie ließ auf der Suche nach Spuren einer Familienähnlichkeit den Blick über ihr Gesicht wandern. Ja doch, da war etwas. Ein arroganter Zug um den Mund, der sie verriet. Ein Schwung der Mundwinkel, der ihren Dünkel unterstrich, und den die vielen Jahre im Gesicht ihrer Mutter zu ermüdeter Überheblichkeit abgemildert hatten.

Neben ihr bemühte sich ein glatzköpfiger Mann in ähnlichem Alter um Fassung. Allerdings in gänzlich anderer Form, als das auf einem Friedhof zu erwarten gewesen wäre: Er hielt unverhohlen ein Handy in der Linken, während seine Rechte in der Hosentasche schlummerte. Mit Hilfe flinker Finger schickte er offensichtlich SMS-Nachrichten in den Äther. Einkommende Nachrichten, die durch ein kurzes, unaufdringliches Piepen angekündigt wurden, lösten bei ihm eine verkniffene Miene und Kopfschütteln aus. Das musste der Schwiegersohn vom

Amt sein. Herbie glaubte sogar, das ovale Gesicht, die riesige Brille und die blinkende Glatze schon einmal in einem Zeitungsartikel gesehen zu haben. An den Anlass des Berichtes konnte er sich nicht mehr erinnern.

Christa und Achim, hatte auf dem Telefonzettel der Toten gestanden.

Weiter links stand ein zitterndes Männlein, das all das Leid, das den übrigen Anverwandten im Zusammenhang mit dem Ableben der Seniorin abzugehen schien, offensichtlich auf seine Schultern geladen hatte. Der Mann war ebenso wie die hagere Frau in den Fünfzigern. Er hatte kurze, blonde Locken, die aussahen wie frische Hobelspäne, und hatte hinter einer Nickelbrille mit dicken Gläsern die Augen schmerzvoll zugekniffen. Sein Mund war dünn und schmallippig, fast wie ein flüchtig hingekratzter Bleistiftstrich, und in den Mundwinkeln erkannte Herbie das, was ihn auch bei der Frau auf die Spur der Nachfahrenschaft gebracht hatte. Hier was es deutlicher. Dies war mit Sicherheit der Sohn, der nach Angaben seiner Tante »was Historisches« machte. Schlecht sitzender Lodenmantel mit abgeschabten Ellenbogen, getupfte Fliege, Bartstoppel an den Wangenknochen, die von einer ungeübt ausgeführten Rasur zeugten ... Historiker? Bücherwurm? Konnte hinhauen.

Des Weiteren waren Senioren gekommen. Aus Schmidtheim und Umgebung vermutlich. Tante Hettie erhob manches Mal gönnerhaft winkend die Hand. Vermutlich gab es alte Klassenkameraden.

Zwei Männer erregten Herbies Aufmerksamkeit. Sie kauten Kaugummi und lümmelten sich am Eingang des Friedhofs in der Nähe der Leichenhalle herum.

Schau an, dein Freund und Helfer. Was suchen wohl die Gesetzeshüter hier?

Die beiden Polizisten bemühten sich, möglichst unauffällig aufzutreten, was ihnen gründlich misslang. Allein die Ankunft des Polizeifahrzeugs auf dem Schotterparkplatz hatte einige der Trauergäste immer wieder dazu verleitet, die Hälse zu recken und nach den Polizisten Ausschau zu halten.

Auf dem Grabstein stand die Jahreszahl *1985*.

Ein Name war bereits eingraviert: *Heinrich Doppelfeld*.

Hier ruhte also der frühere Blankenheimer Spediteur, der so früh einem Herztod zum Opfer gefallen war.

Der kleine, gramgebeugte Mann mit der Nickelbrille schluchzte vernehmlich, was ihm einen Ellenbogenstoß seines Schwagers eintrug, der ohnehin gerade den Arm angewinkelt hatte, um das Display seines Handys besser betrachten zu können. Der Blick, den dieser ihm im Gegenzug schenkte, sprühte nur so vor Hass und nackter Wut.

Komisches kleines Männlein. Immerhin alles Ton in Ton: Rote Fliege, rote Nase, rot geweinte Augen ...

»Asche zu Asche, Staub zu Staub ...« Der Pastor hatte die Hände ausgebreitet und gab seinen Worten jetzt einen beschwörenden Tonfall. »Bedenke, Mensch, dass du Staub bist und dass du wieder zum Staube zurückkehren wirst.« Drei kleine Schaufeln Erde prasselten hart gefroren auf das Holz des Sargs in der Versenkung zu ihren Füßen.

Dies war genug für den Sohn von Josefine Doppelfeld. Er knickte unter lautem Schluchzen mit den Beinen weg und konnte gerade noch durch beherztes Zugreifen von seinem Schwager und einem steinalten Greis zu seiner Linken daran gehindert werden, vornüber in die Grube zu stürzen.

»Bertram. So einen Versager wünscht man keiner Familie«, knurrte Tante Hettie ihrem Neffen zu.

»Wieso Versager?«, zischte er zurück. »Was hat er getan?«

»Nichts. Genau das hat er getan: Nichts. Sein Leben lang. Ein Kreuz, wenn man mit solcher Verwandtschaft geschlagen ist.« Sie blickte Herbie durchdringend an. »Ich kenne das.«

»Und wer ist das da?« Herbie wies auf eine Gestalt, die etwas abseits der Gesellschaft zwischen den Gräberreihen stand, die Hände andächtig gefaltet hatte und sich nicht so recht auf den vor ihr stehenden Grabstein konzentrieren konnte. Sie nahm vielmehr aufmerksam Anteil an der Beerdigung. Herbie konnte sich nicht helfen, aber irgendwie schien dieser Mann nicht hierher zu passen. Er hatte ein nordisches Aussehen. Hoch aufgeschossen, mit weißblondem Haar und rötlicher Gesichtsfarbe, stand er da. Und der Wind spielte mit den Rockschößen seines grauen Mantels.

»Den kenne ich nicht«, sagte Tante Hettie knapp. »Was ist mit dem?«

»Nichts. Nur so.«

Der Pastor hatte für einen Moment verunsichert innegehalten, und Bertram Doppelfeld schien sich nun wieder so weit gefangen zu haben, dass die Zeremonie weitergehen konnte.

Erste Schneeflocken taumelten wieder durch die Luft, als die versammelte Gesellschaft an der Familie und am offenen Grab vorbeidefilierte, Hände schüttelte und Erde in die Tiefe warf. Auch Herbie kam an die Reihe und blickte nachdenklich in die Tiefe.

Den Leichnam dieser Frau hatte jemand bewegt, das war so sicher wie das Amen in der Kirche. Jemandem hatte es nicht gefallen, dass sie im Haus lag. Jemand hatte sie wieder in den Schnee hinausgeschleppt. Und warum? Konnte ihm das mal jemand sagen?

»Pass auf dich auf, Junge«, hörte er die Stimme von Finchen Doppelfeld wieder und schluckte schwer. Dann leerte er seine kleine Schaufel.

Das mit dem Aufpassen ist so eine Sache, mein Bester. Man kann noch so vorsichtig sein. Du siehst, was passieren kann ...

Als sich die Gesellschaft verteilte, stocherte Tante Hettie bereits ungeduldig mit der Krücke im Schnee herum. »Wir fahren sofort zurück!«, kommandierte sie.

»Du möchtest nicht mit zum Beerdigungskaffee?« Die Trauergesellschaft war noch in die Gaststätte in Schmidtheim eingeladen worden. Aprikosenriemchen und Grießfladen, belegte Brötchen, Kaffee und Kölsch. Eifeler Standard.

»Bist du noch ganz bei Trost? Was soll ich denn da? Mir Krankheitsgeschichten anhören? Das habe ich in der Klinik zur Genüge. Am Ende muss ich mich noch mit Josefines missratenen Kindern unterhalten oder so was! Nein, kommt nicht in Frage.« Resolut machte sie auf dem Absatz kehrt und stapfte, gestützt auf ihre orientalische Krücke, in Richtung Ausgang.

Er half seiner Tante fürsorglich beim Einsteigen ins Auto und tastete plötzlich nach seiner Gesäßtasche. »Ach du je!«, sagte er erschrocken. »Mein Portemonnaie.«

»Was ist damit?«, fragte Tante Hettie lauernd.

Sie dachte offensichtlich in diesem Moment dasselbe wie Julius. *Wird das ein kläglicher Versuch, sie anzupumpen?*

»Wahrscheinlich habe ich es am Grab verloren.«

»Am Grab?«

»Beim Bücken oder so. Es fällt leicht raus.«

»Grundgütiger Himmel!« Tante Hettie rollte die Augen.

»Bin gleich wieder da.«

Als er losgaloppierte, bemühte sich Julius, Schritt zu halten. *Es wird sicher schon zusammen mit dem Sarg mit Erde bedeckt sein. Zum Glück ist ja nie viel drin.*

»Mein Portemonnaie ist schon da, wo es sein soll.«

Wie bitte?

»In meiner Hose. Keine Sorge. Ich will nur noch mal ...«

Die Trauergesellschaft war unterdessen zum gemütlichen Kaffee in der geheizten Gastwirtschaft aufgebrochen. Der Friedhof war beinahe menschenleer. Nur die beiden Polizisten standen mittlerweile am Grab, während im Hintergrund zwei Angestellte der Gemeinde Dahlem bereits mit einem Minibagger lauerten.

Genau das, was Herbie sich erhofft hatte. Er hatte beobachtet, wie die Polizisten dem Grab zugestrebt waren, während die Verwandtschaft zu den Autos ging.

Er bummelte so unverfänglich wie möglich an die Seite der beiden Männer in Lederjacken, die stumm in die Tiefe blickten.

»Jetzt hat sie ihren Frieden«, murmelte er. Es klang so belanglos und beiläufig, dass es als Selbstgespräch hätte gelten können. Der ältere der beiden Polizisten blickte ihn von der Seite an. »Ja, alles vorbei. Geht ganz schnell manchmal.«

»Hat immer viel Angst gehabt, die Oma Finchen.« Herbie schürzte die Lippen und starrte auf das Grab.

Was wird das? Herbie Feldmann verhört die Staatsgewalt?

Der Jüngere lächelte leise. »Es verging kein Tag, an dem sie nicht anrief und erzählte, dass sie bedroht wird.«

Bist du des Wahnsinns fette Beute? Vermutlich hatten die Katzen deine DNA gleich kiloweise unter den Krallen. Vielleicht ist einer von den beiden Jungs in Grün sogar der, den du angerufen hast!

»Am Anfang sind wir ein paarmal rausgefahren. Da war natürlich überhaupt nix. Ihre Nummer war im Computer gespeichert, damit Tag- und Nachtschicht Bescheid wussten.« Als der Schnee jetzt wieder stärker wurde, setzte der Ältere seine Mütze auf. »Schade drum«, seufzte er.

»Da war nie was?«, hakte Herbie nach.

Beide schüttelten den Kopf. »Die war nur wunderlich. All die Katzen. Und so ganz allein. Seit ihr Mann tot ist, hatte die nicht mehr alle Zacken an der Marke.«

Die beiden Beamten schickten sich an zu gehen. »Und wer sind Sie?«, fragte der Ältere. »Verwandtschaft?«

»Verwandtschaft. Genau. Vetter dritten Grades von ... also angeheirateter Cousin von ... Achim. Eher weitläufig.«

Sei froh, wenn sie dich nicht aus dem Verkehr ziehen! Was stammelst du da?

Mit einem Nicken verabschiedeten sich die beiden. »Dachte schon, einer von der TME«, sagte der Jüngere. »So dreist sind die doch auch wieder nicht.«

TME?

Was ist das? Tierschutz-Mafia-Eifel?

Herbie zuckte mit den Schultern. »Wenn's die gibt, dann werde ich ihnen die Adresse geben, unter der sie Bärbelchen finden können.«

Er vergrub die Hände tief in den Hosentaschen und trat vom Grab zurück. Augenblicklich setzten sich die Männer mit dem Minibagger in Bewegung. »Die Jungs sind wahrscheinlich heilfroh, wenn sie vor dem nächsten Schnee alles zugebuddelt haben.«

Jenseits der weiß verhüllten Hecke sah Herbie kurz den Blondschopf des fremden Riesen auftauchen, der wahrscheinlich dort auf dem Parkplatz wie alle anderen sein Auto geparkt hatte.

»Lass uns gehen, Julius. Wenn das Schicksal es gut mit mir meint, ist Tante Hettie inzwischen im Auto erfroren.«

Da das Schicksal es niemals gut mit dir meint, wird sie noch genügend Kraft haben, dir den Knauf ihrer Krücke über den Schädel zu ziehen.

Sie taperten an der Leichenhalle vorbei, und Herbie hauchte in seine zur Höhle gewölbten Hände, als er plötzlich durch das Geheul des Winterwinds ein leises Wimmern hörte.

Der Wind, der Wind, das himmlische Kind.

»Quatsch. Der Wind brabbelt nicht.«

Tatsächlich wurde das Geschluchze immer wieder unterbrochen von leise geflüsterten Worten, ähnlich einer geheimnisvollen Litanei.

Die Tür der Leichenhalle stand einen Spalt weit offen.

An der leeren Stelle, an der vorhin noch der Sarg gestanden hatte, kauerte, umrahmt von den Buketts und Kränzen, die der Toten zugedacht waren, und die schon bald auf dem Grab aufgetürmt vom Schnee bedeckt werden würden, deren schmuckvolle Schleifen mit den kunstvoll verschnörkelten Beschriftungen schon bald dem Winterwetter zum Opfer fallen würden, die Gestalt von Bertram Doppelfeld.

Er kniete auf dem eiskalten Steinboden. Sein Oberkörper schwankte hin und her, seine Finger waren ineinander verschlungen, dass die Knöchel weiß schimmerten.

»Mea culpa!«, jammerte er schniefend. »Mea culpa, mea culpa! Ich habe Schuld auf mich geladen. Ich bin verdammt, verdammt, verdammt! Ich und sie alle!« Er fiel nach vorne, klatschte mit den Händen auf den Boden, robbte auf die Kränze zu, griff mit zu Klauen geformten Fingern in die dunkelgrüne Schleife mit der Aufschrift *Achim, Christa und Yvonne*, zerrte an dem bordeauxroten Band mit dem Aufdruck *Bertram* und rupfte sie von den Kränzen. Er zerknüllte sie, zuckend, zappelnd, laut deklamierend: »Mea culpa! Mea culpa!«

»Irgendwas läuft hier aus dem Ruder, Julius«, flüsterte Herbie, »und ich habe große Lust, herauszufinden, was das sein könnte.«

16. Kapitel

Seine Wangenknochen mahlten, seine Stirn lag in Falten. Der Wind wehte ihm immer wieder eine weiße Strähne ins Gesicht. Das konnten sie jetzt mal ohne ihn machen. Da spielte er nicht mehr mit.

Er bohrte die Schritte tief in den Schnee und hatte den Kopf auf die Brust gesenkt. Der grobe Schal scheuerte ihn am Kinn.

Er musste jetzt ein für allemal deutlich machen, dass er in seinem Alter an solchen blödsinnigen Aktionen nicht mehr interessiert war. Ihren Wohltätigkeitsmumpitz konnten sie sich getrost an den Hut stecken, da musste er jetzt nicht noch jedes Mal sein Gesicht in die Kamera halten. An seiner rechten Seite schlug der Kolben der Büchse, die er an einem Gurt an der Schulter trug, mit jedem Schritt rhythmisch gegen seine Hüfte. Heute war ihm nach einem Jagdausflug, nach etwas Stille und nach einem gezielten Blattschuss, der ihm beweisen würde, dass er auch jenseits der siebzig noch eine ruhige Hand hatte.

Ab und an blieb er stehen und reckte das markante Kinn forsch dem Wind entgegen. Er hatte sich dem Arensberg von Westen, von Walsdorf kommend, genähert. Das Auto stand ein paar hundert Meter weiter unten, da, wo der Wirtschaftsweg bis an den Rand des Waldes führte. Von dort an ging es bergauf. Er benutzte nie den kleinen Parkplatz, den die Touristen sommers wie winters frequentierten. Johann Noethen hatte die Jagd hier seit beinahe drei Jahrzehnten. Er liebte dieses Fleckchen Erde über alles, diesen sanften Basaltkegel, der sich aus der sanft geschwungenen Landschaft der Kalkeifel erhob, der zu jeder Jahreszeit einen anderen Charakter zur Schau stellte. Ein alter Knabe, so wie er. Er liebte es, sich mit dem Berg, den sie auch Arnulphusberg nannten, zu vergleichen. Er liebte es überhaupt, Parallelen zwischen sich und der Natur zu ziehen.

In seinen beiden großen Steinbrüchen bei Betteldorf und Rockeskyll hatte er sich tief in das Gestein dieser Landschaft hineingegraben. Er liebte seine Struktur und die rhythmischen Linien. Wenn man sie lesen konnte, konnte man die Melodie hören, die erklungen sein musste, als dies vor Millionen von Jahren erkaltete.

Vor ein paar Tagen hatte er hier einen ungeraden Kronenzehner beobachtet vom fünften bis sechsten Kopf vielleicht. Darauf hatte er jetzt Lust. So etwas könnte er jetzt vertragen. Aber es lief eben nicht immer alles so, wie man es gerne hätte. Das hatte er in den letzten Jahren auf schmerzliche Weise erfahren müssen.

Der alte Mann blieb stehen und drehte sich für einen Moment langsam im Kreis. Ein Eichelhäher rätschte hoch über ihm. Der Wind frischte langsam auf. Im Osten wurde es dunkel, und von Westen zogen langsam aber beständig ockerfarbene Wolken auf, die wieder Schnee bringen würden. Wenn er Glück hatte, würde es noch etwas dauern, bis sie ihm das Vollmondlicht rauben würden.

In der Ferne konnte er zwischen den entlaubten Ästen die Häuser von Zilsdorf und Walsdorf entdecken.

Noethen legte seine Hand auf den kalten Lauf der Bockbüchsflinte an seiner Seite. Er hatte noch seine Blaser und die Sauer200 im Kofferraum seines Pajero. Das war zwar nicht erlaubt, aber das ging ja auch niemanden etwas an. Das hatte er schon immer so gemacht.

Weiter hinten, in Hillesheim, war wahrscheinlich in diesem Moment seine ganze Familie versammelt, um den dämlichen Pressefritzen ein grandioses Theater vorzuspielen. Die Idee, dieses klassische Konzert in der Stadthalle aufzuziehen, um damit einen Krankenhausneubau irgendwo im Ostblock zu unterstützen, hatte sein Sohn Klaus gehabt. Solche verrückten Ideen hatte ihm seine Frau Ilonka eingetrichtert. Diese slawische Schlampe hatte ihn völlig im Griff. Hatte völlig blödsinnige Ideen.

Was hatte seine Firma mit irgendeinem beschissenen Klinikum in der Ukraine zu tun? Was ging ihn so etwas an?

Und sein zweiter Sohn Stefan hatte natürlich nichts Besseres zu tun, als bei diesem Gekaspere mitzumischen. Das hatte ihn besonders enttäuscht, da er bei Stefan wenigstens im Ansatz das Gefühl gehabt hatte, die Firma könne in Zukunft besonnen und mit starker Hand weitergeführt werden. Aber die letzten Jahre hatten ihm gezeigt, dass mit seinem Weggang alles dem Untergang geweiht sein würde. Sie würden das, was er in dreißig Jahren aufgebaut hatte, zugrunde richten, diese Versager.

Seit Gerti tot war, hatten sie außer im Betrieb nur noch sehr wenig Kontakt. Vier Jahre lebte er jetzt schon völlig allein in seinem großen Haus am Viadukt in Hillesheim, oberhalb des Bolsdorfer Tälchens, kriegte den Haushalt von der neugierigen Frau Kannengießer gemacht, die in einem der Mehrfamilienhäuser am Viehmarkt wohnte, und sah seine Familie nur auf der Arbeit und an den Feiertagen, an denen es sich nicht umgehen ließ.

Aber jetzt würde sich alles ändern.

Sie wussten es nur noch nicht.

Die Steinbrüche hatten ihn reich gemacht. Und einsam.

Diese junge Frau hatte den Vulkan, der in ihm schlummerte, der jahrzehntelang von der spröden Kruste zugedeckt geschlummert hatte, noch einmal zum Ausbruch gebracht.

Es war eigentlich keine sexuelle Angelegenheit, auch wenn es sich für einen Unbeteiligten, der den alten Mann und die junge Schönheit zusammen sah, so darstellen würde. Was das anbetraf, versuchte er, so weit es ging, einen klaren Kopf zu behalten. Er war kein junger Mann mehr, und das, was er ihr in dieser Hinsicht zu bieten hatte, war keine Sensation mehr.

Sie war mit Sicherheit eine der attraktivsten jungen Frauen, die in letzter Zeit seinen Weg gekreuzt hatten, und sie wusste ganz genau, wie sie ihre Werte gewinnbringend einsetzen konnte. Sie hatte ihn verführt, verwöhnt, beglückt. Aber das war längst nicht alles. Sie hatte den Durchblick. Sie wusste, was wirklich wichtig war. Sie hatte die Kraft, Hindernisse, die sich ihr in den Weg stellten, im Handstreich aus dem Weg zu räumen. Das faszinierte ihn.

Er erreichte den Kraterrand und kletterte über den schlaffen Stacheldraht. Immer bevor er etwas weiter unterhalb die Kanzel im Wald aufsuchte, musste er erst einmal einen Abstecher hierher machen.

Vor ihm öffnete sich ein gewaltig gähnender Kessel, den man nur durch einen alten Stollen erreichen konnte, der durch die südwestliche Wand des Vulkans getrieben worden war. Holzbewehrt mit massiven Stützpfählen und geradezu altertümlich anmutend, führte er den Besucher von außen in eine andere Welt hinein.

Johann Noethen konnte das Loch des Eingangs auf der anderen Seite des Kessels erkennen.

Unten in der Tiefe, auf der unteren Sohle, hatte irgendjemand aus Basaltbrocken ein Labyrinth angelegt. Im Schnee war es kaum zu erkennen. Wenn kein Schnee lag, sah es noch geheimnisvoller aus. Es erinnerte an eine heidnische Kultstätte, aber es war nichts weiter als ein außergewöhnlicher Spielplatz. Martha war mit ihm hier gewesen. Sie waren im Herbst dort unten gewesen. Die Luft war ungewöhnlich warm und voller Laub. Und dann hatte sich Martha ausgezogen. Aufreizend langsam und mit geschmeidigen Bewegungen. Sie war, nur mit einem Nichts von Slip bekleidet, zwischen den Steinen hin und her getanzt, und dann hatte sie ihn gegen einen besonders dicken Brocken gepresst und hatte ihn geliebt.

Zuerst hatte ihn der Gedanke, sie könnten beobachtet werden, nicht losgelassen, aber dann hatte Martha ihn besiegt, und alles war alles in bunten Herbstfarben explodiert.

Vor seinen Füßen ging es steil hinunter. Er trat zurück. Er hatte sich an viele Dinge gewöhnt in seinem Leben. Aber nicht an große Höhen.

* * *

Es war gemütlich, und das Klimpern und Klappern von Besteck und Geschirr, die gedämpften Stimmen und die leise geführten Gespräche lullten Herbie ein. Gar nicht zu reden von den köstlichen Düften, die von der Küche her kamen.

Er hatte unsicher Platz genommen und begonnen, sich ein paar passende Worte zur Begrüßung zurechtzulegen, als sein Blick auf die aufgeschlagene Speisekarte fiel. Im Folgenden hatte er dann umständlichst sein Portemonnaie hervorgekramt und hatte, stets bemüht, dies vor den Blicken der Kellnerin zu verbergen, einen prüfenden Blick hineingeworfen. Mit etwas Glück würde es gerade hinhauen.

Spare in der Not, dann hast du Zeit dazu. Oder so ähnlich.

Herbie musste an Baffo denken. Er war ungemein stolz auf das Gekrächze am Telefon, mit dem er eine an Diphtherie grenzende Erkrankung seiner Atemwege vorgetäuscht hatte, die ihn am heutigen Abend daran hindern würde, zur Arbeit zu kommen. Um es echt klingen zu lassen, hatte er ein Gläschen von Onkel Erwins Petersilienschnaps durch das linke Nasenloch getrunken. Danach hatte er zwei Stunden völlig regungslos auf dem Sofa gelegen. Immerhin hatte Pamela ihm offensichtlich die Nummer abgekauft.

»Ist meine Nase noch rot, Julius?«

Karmesin, mit einem Stich ins Purpurfarbene.

Das *Culinari*, hoch über der Kölner Straße, die steil von Norden kommend in den Ort Blankenheim hineinstieß, war gediegen eingerichtet und strahlte mit seinen dunklen, alten Antikmöbeln und den Perserteppichen eine vornehme Gemütlichkeit aus, obwohl sich der Gastraum eigentlich auf einen langen, schmalen Schlauch beschränkte.

Die Preise konnte man durchaus als beachtlich bezeichnen, allerdings waren sie den köstlichen Speisen durchaus angemessen.

Julius räkelte sich auf dem blauen Samt eines prächtig verschnörkelten alten Sessels an Herbies Seite.

»Du passt hierhin«, flüsterte Herbie. »Die alten Ölbilder, die Kronleuchter, all das passt wirklich gut zu dir.«

Wo du es gerade ansprichst: Soll ich dir jemanden nennen, zu dem es nicht passt? Er hat einen Fleck auf dem Hemdkragen, er hat sich beim Rasieren geschnitten, und sein Jackett glänzt und ist am Revers ganz abgewetzt. Rate mal, wen ich meine.

»Danke für die aufbauenden Worte. Hm. Hoffentlich mag Lena Fisch. Dann sind wir hier auf der richtigen Seite.«

Zum ersten Mal in seinem Leben war er nicht nur pünktlich an einem Treffpunkt erschienen, sondern hatte sich sogar eine Viertelstunde früher eingefunden als vereinbart. Er hatte diesmal alles einkalkuliert: Den Schnee, sein Auto, Russen, Italiener und seinen Onkel. Nichts von alldem war ihm in die Quere gekommen. Dies wertete er als ausgesprochen gutes Vorzeichen.

Lena kam mit einem Windstoß herein, so wie bei ihrer letzten Begegnung im Notariat. Sie strahlte Herbie unter einer dicken Schicht von Winterklamotten an und brauchte mit dem Ausziehen eine Weile, bevor sie bei Herbie Platz nehmen konnte. Ihre Haare purzelten aus der Mütze, ihr Schal entblößte ihren zarten, weißen Hals, ihre schlanken Hände schlüpften aus den wollenen Handschuhen. Herbie sah fasziniert zu.

»Schon lang hier?«, fragte sie. »Bin ich zu spät? Ich bin immer zu spät. Ich vergesse immer, meine Uhr anzuziehen.«

»Du kommst gerade richtig.« Seine Zunge klebte am Gaumen.

Und nun leg los. Zeig mir mal, wie man Süßholz raspelt, alter Knabe.

»Ich habe einen Bärenhunger!«

»Das ist gut. Magst du Fisch?«

»Fisch?« Sie riss die Augen auf.

Na bravo, falsches Restaurant.

»Ich liiiebe Fisch.« Wie elektrisiert ließ sie den Blick über die Speisekarte wandern. »Das hört sich ja alles ganz wunderbar an.«

»Ich bin so froh, dass du gekommen bist.« Herbie nestelte an den Ärmeln seines Jacketts herum.

Sie sah von der Karte auf, kniff die Augen zusammen, als habe sie in eine Zitrone gebissen und zischte: »Mist. Wenn ich Hunger habe, kann ich mich kaum im Zaum halten.« Dann öffnete sie die Augen wieder und sah Herbie an. Ein offener Blick, der ihm erlaubte, ein wenig in sie hineinzusehen. »Ich habe mich sehr auf heute Abend gefreut«, sagte sie leise. »Vielen Dank für die wunderbare Einladung. Ich hätte nicht gedacht, dass es so schnell gehen würde, dass wir einmal allein miteinander hier sitzen würden.«

»Allein ... Hm.« Herbie schielte nach links.

Julius deutete mit seinen beiden Zeigefingern auf seine voluminöse Brust. *Moi? Denkst du etwa, ich bin zu viel hier?*

Herbie deutete ein kaum wahrnehmbares Nicken an. Sein Blick war flehentlich auf Julius gerichtet und formulierte stumm die verzweifelte Bitte: Lass uns allein! Er hatte dazu den Moment abgewartet, in dem Lena sich wieder der Speisekarte widmete und leise murmelte: »Mmmh, Scampi.«

Undank ist der Welt Lohn. Der Mohr hat seine Schuldigkeit getan, der Mohr kann gehen. Julius erhob sich schnaufend. *Willst du noch mehr Plattitüden? Mir ist gerade so danach.* Dann entfernte er sich gemessenen Schrittes in Richtung Ausgang.

»Jakobsmuscheln in Olivenöl gebraten«, seufzte Lena, und ihre Sommersprossen schienen vor lauter Vorfreude zu leuchten.

17. Kapitel

Er hatte lange genug in der Kanzel gesessen. Der Flachmann war fast leer, und er spürte, dass er begann, müde zu werden. Rehwild hatte die Kirrung besucht, war aber durch irgendetwas aufgescheucht worden und war wieder verschwunden. Ein Dachs war auch gekommen. Der Mais lockte alle an. Rund um die Kanzel und auf dem Platz, auf dem der Bottich mit dem Mais stand, war alles zertreten und zerwühlt gewesen, als er angekommen war. Der Schnee war dreckig braun aufgeworfen und glänzte im Halbdunkel wie Marmor.

Nur für einen kurzen Moment fiel das Licht des Vollmonds in diesem Augenblick auf die Szenerie. Noethen hielt den Flachmann gerade auf halber Höhe zum Mund, als er plötzlich in der Nähe der Futterstelle eine Bewegung wahrnahm. Ein dunkler Fleck nur – und doch ein großer dunkler Fleck.

Immerhin ein Wildschwein. Fast hatte er schon die Hoffnung aufgegeben, noch etwas zu erwischen. Hastig schluckte er den letzten Rest aus dem kleinen metallenen Gefäß und schraubte den Deckel zu.

Dann hob er das Fernglas an die Augen. Vermutlich ein Keiler, das spürte er. Da hatte er noch nie daneben gelegen. Eine tragende Bache war das nicht, was sich da über den ausgestreuten Mais hermachte.

Noethen atmete tief durch und zwang sich zur Ruhe. Da stand kein Hirsch, da war nicht der ungerade Zehner, den er sich erhofft hatte, und doch war sein langes Warten belohnt worden, und das noch bevor der angekündigte Schnee gekommen war. Das Stück würde er auf die Schwarte legen, das musste jetzt einfach sein.

Er bemühte sich um langsame, bedachte Bewegungen, entsicherte seine Waffe und legte sie in Bereitschaft.

Dann rückte er auf seinem Sitz hin und her, bis er eine Position innehatte, die es ihm für die nächsten Minuten erlaubte, in völliger Bewegungslosigkeit auszuharren.

Wenn der Eber jetzt Wind bekommen würde, konnte er nach Hause gehen.

Wieder führte er das Fernglas an die Augen. Ein einzeln ziehendes Stück, da war er sich sicher. Beinahe schlank sah es aus, mit markantem Knochenbau. Keine Bache, nein. Er glaubte, ein Dreieck auf der Unterseite erkennen zu können, war sich aber nicht sicher. Immer wieder senkte das Tier sein Haupt, um Mais aufzunehmen, und unterbrach seine Mahlzeit kurz, um wieder zu sichern.

Er nahm seine BBF wieder hoch und legte den Finger an den Abzug. Im Zielfernrohr konnte er das Tier jetzt ganz deutlich erkennen. Ein reifer Keiler, hundert Kilo vielleicht. Er drehte sich beständig und schien hin- und hergerissen zwischen der Freude über das gefundene Fressen und der angeborenen Furcht, die ihm bislang sein Überleben gesichert hatte. Er wollte sich einfach nicht breit stellen, und Noethen knirschte mit den Zähnen.

Jetzt verschwand er zum Teil hinter einem kleinen Hügel aus morschem Holz. Wenn Noethen Pech hatte, war seine Chance dahin.

Er tauschte wieder die Büchse mit dem Fernglas. Er konnte seinen Rücken sehen. Der Keiler wühlte. Jetzt war auch deutlich das Blasen und Schnauben zu hören.

Und plötzlich war er wieder da, trabte munter auf den Mais zu, delektierte sich wieder an den wohlschmeckenden Körnern. Der Vollmond machte ihm ein weiteres Geschenk und legte einen Lichtteppich über die Futterstelle. Endlich! Ganz deutlich ein Dreieck auf der Unterseite.

Noethen schob das Gewehr in Position, legte an, krümmte den Finger und hielt den Atem an.

Und plötzlich donnerte es ohrenbetäubend, und in dem Moment, in dem er die Waffe verriss, sah er noch, wie das Tier von einem gewaltigen Schlag herumgeschleudert wurde.

Er hatte nicht geschossen! Der tödliche Schuss stammte unter gar keinen Umständen aus seiner Waffe!

Noethen brauchte einen Augenblick, um wieder zu Atem zu kommen. Ihm war regelrecht schwindlig.

Als er sich besonnen hatte, riss er wieder das Glas an die Augen und starrte auf die Szenerie. Der Keiler lag reglos im Schnee. Irgendetwas hatte ihn getötet. Jemand hatte ihm mit einem gezielten Schuss das Tier regelrecht vor der Nase weggeballert! Noethen schnappte nach Luft. Er spürte Stiche in der Herzgegend.

Was lief hier ab?

Die Stille, die er in guten Nächten als geradezu magisch beschrieben hatte, war nun geradezu beängstigend.

Er kam auf die Beine und schwankte. Der Cognac hatte ihn sanft benebelt. Gerade so viel, wie er für gewöhnlich brauchte, um eine sichere Hand zu bekommen.

Er stieß die Tür auf und spähte in die Nacht. »He!«, bellte er. »He! Wer ist da? Was soll die Scheiße?«

Eine Wolke schob sich vor den Mond. Der Wald ertrank in dunkelgrauer Stille.

Als er damit begann, die hölzernen Sprossen der Leiter hinunterzuklettern, biss ihm der Frost in die Finger. Sein Herz raste in seiner Brust wie ein eingesperrtes kleines Tier. Was geschah hier? Wer lauerte da im Dunkel? Er zwang sich, langsam zu klettern. Das Holz war von körnigem Reif überzogen.

Plötzlich war jemand unter ihm. Eine weiße Atemwolke stieg zu ihm hinauf. Er befand sich noch etwa drei bis vier Sprossen über dem verschneiten Waldboden.

Ihm blieb keine Zeit, sich umzudrehen, denn im selben Moment wurde ihm etwas von unten gegen das Kinn gedrückt.

Etwas Hartes, Kaltes, Unbarmherziges: Die Mündung einer Waffe.

Johann Noethen hatte keine Gelegenheit mehr, etwas zu sagen. Es blieb ihm nicht einmal mehr die Zeit, zu begreifen, was mit ihm geschah.

Plötzlich donnerte es ein weiteres Mal, etwas explodierte in seinem Kopf, und die Nacht zerriss.

* * *

Es war ein köstliches Mahl gewesen, sie hatten sich angeregt unterhalten, ihre Finger hatten sich zwei-, dreimal berührt, und beim Bezahlen geschah das Unvermeidliche: Herbie hatte im Kopf die einzelnen Preise addiert und kam zu der Überzeugung, dass es gerade hinhauen würde. Die Rechnung, die die Kellnerin präsentierte, bescheinigte ihm ein durchaus passables mathematisches Vermögen, denn bis auf zehn Cent hatte er richtig gelegen. Im Überschwung der Gefühle erinnerte er sich an eine Zwei-Euro-Münze, die noch irgendwo in den Tiefen seiner Brusttasche verborgen sein musste. Sie würde das Trinkgeld werden.

Und als er grub und das Geldstück schließlich im Beisein der Kellnerin zutage förderte, purzelten die Kondome, die ihm der fürsorgliche Maurizio in die Tasche gesteckt hatte, auf den gefliesten Boden des Restaurants.

Herbies Ohren flammten sofort rot auf.

Jetzt nur keinen Fehler machen!

Niemand hatte es gesehen. Er ließ seine Serviette so geschickt fallen, dass sie die verräterischen Päckchen verdeckte.

Als die Kellnerin sich augenblicklich danach bückte, warf er sich in aller Eile zu Boden, um ihr zuvorzukommen.

Zwischen ihren Beinen hindurch fiel sein Blick zur Eingangstür. Julius stand da, gegen den Türrahmen gelehnt, schmunzelte säuerlich und hörte nicht auf, den Kopf zu schütteln.

Als die Rechnung schließlich bezahlt war, das Trinkgeld den Besitzer gewechselt hatte, die Kondompäckchen sicher in der Brusttasche seines Hemdes ruhten und er und Lena ihre Wintermäntel übergezogen hatten, beruhigte sich Herbie allmählich wieder.

Bevor sie das Lokal verließen, drehte sich Lena noch einmal um die eigene Achse und sah Herbie schließlich mit glänzenden Augen an. »Danke«, sagte sie leise. Seine Ohren, die gerade wieder auf Körpertemperatur heruntergekühlt waren, heizten gleich wieder hoch.

Zwei zufrieden strahlende Menschen. So wie du grinst, scheint euer trautes tête-à-tête ja ein voller Erfolg gewesen zu sein.

Julius stieg hinter ihnen die Treppenstufen zur Straße hinunter.

»Hast du's weit?«, fragte Herbie beflissen. »Soll ich dich fahren?«

»Ach was, nicht nötig. Ich habe eine kleine Einliegerwohnung am anderen Ende des Orts, in der Ahrstraße. Ganz in der Nähe der Buchhandlung. Das sind keine zehn Minuten.«

»Tja, dann also ...« Herbie zuckte mit den Schultern. Er wusste nicht, was er zum Abschied sagen sollte. »Sehen wir uns mal wieder?«

Lena nickte. »Gern.«

»Hm ... na ja, dann ...«

»Ich stehe im Telefonbuch«, sagte sie.

Herbie reichte ihr seinerseits einen Zettel, auf den er rasch seine Handynummer gekritzelt hatte.

Sie drückte mit der Fingerspitze ein besonders keckes Kondompäckchen zurück in seine Brusttasche und lächelte geheimnisvoll. Dann zog sie ihre Handschuhe über. Herbie zurrte entsetzt den Parka über der Brust zusammen.

»Gute Nacht, Herbie.« Sie umarmte ihn und flüsterte in sein Ohr: »Schlaf gut.«

»Oh, Mann, Julius, das ist eine Wahnsinnsfrau«, flüsterte Herbie wenig später.

Noch nicht vergeben?

Sie blickten ihr hinterher, wie sie um die nächste Ecke in die Altstadt einbog und verschwand.

»Nicht vergeben.«

Du wirst sie vermutlich zu Tode gelangweilt haben.

»Ganz im Gegenteil, mein treuer, dicker, bärtiger Freund. Ich war ein glänzender Unterhalter.«

Und sie will dich tatsächlich wiedersehen? Es muss sich um eine besondere Art von geistiger Verirrung handeln.

Sie stiegen in das Auto, das Herbie auf dem Parkdeck abgestellt hatte, und während der Rückfahrt nach Hillesheim erging sich Herbie in Schwärmereien.

Er berichtete Julius bis ins kleinste Detail, was sie gegessen und gesprochen hatten, was er gedacht hatte und was er geglaubt hatte, was sie gerade denkt.

Julius war kein Spielverderber. Immerhin hatte er sich ja auch während des Essens dezent von dem Techtelmechtel entfernt.

Er lächelte während der gesamten, ausgesprochen blumigen Berichterstattung still in sich hinein.

Hat sie viel von sich erzählt, die kleine Sommersprosse?

»Nun ja, einiges von der Arbeit. Das ein oder andere von der Familie. Sie sagte immer, sie selbst sei völlig durchschnittlich und langweilig.«

Was man von dir ja nun nicht gerade behaupten kann.

»Das hat sie auch gesagt. Sie findet, ihr Chef, dieser Dr. Fischenich, das ist ein ganz klebriger Typ, der seine Finger nicht bei sich behalten kann. Seine vierte ... ich betone es so, wie sie es auch betont hat ... seine vierte Frau erlaubt eigentlich nicht, dass er hübsche junge Angestellte hat. Deswegen sitzen da ja auch seither Frau Oebel und Frau Piel da. Frau Oebel, das ist die

Dicke mit der Brille, und Frau Piel, das ist die, die so schläfrig aus der Wäsche guckt.«

Und wie erklärt es sich, dass nun so ein zartes, wohlgestaltes Wesen als dritte Kraft mit an Bord ist?

»Vor zwei Jahren war seine Frau in Kur, da hat er gleich zugeschlagen. Früher hat sie in einer anderen Ecke der Eifel gearbeitet. Sie ist erst seit drei Jahren hier.«

Und jetzt hat es sie in die große weite Welt verschlagen. Ich bin mir sicher, du wirst ihr ein famoser Begleiter sein.

Herbie bemühte sich, dem Spott seines Begleiters nicht allzu viel Bedeutung beizumessen. »Ich muss mein Leben ändern«, murmelte er nur plötzlich in einer Phase stummer Nachdenklichkeit.

Solange es mich nicht betrifft, sage ich: Nur zu.

Herbie antwortete nicht und erlaubte sich während der Heimfahrt keinerlei fahrtechnische Kapriolen.

Das Wetteramt hatte für die Nacht üppige Schneefälle angekündigt, und die Wolken hatten denn auch, als sie ankamen, den Vollmond endgültig verdeckt, und Hillesheim bot im Schein der gelblichen Straßenlaternen um die Pfarrkirche herum die perfekte Kulisse für ein Wintermärchen. Herbie überlegte, ob er noch auf ein, zwei Bierchen zu Ben gehen sollte, entschied sich aber dann in Anbetracht des zurückliegenden langen Tages dagegen. Es schneite wieder sanft, als er auf das Haus am Graf-Mirbach-Platz zustapfte.

Gerade als er den Hausschlüssel herausgekramt hatte, zerriss ein schriller Pfiff die Stille der Winternacht.

Direkt unter dem riesigen Zunftbaum, gleich neben den Basaltklötzen des Brunnens, die mit ihren Schneehauben ein bisschen so aussahen wie große schwarzweiße Pilze, standen zwei Gestalten.

Herbie brauchte nur den Bruchteil einer Sekunde, bis er die beiden trotz der Dunkelheit und der Entfernung erkannt hatte.

Da schau her. Die Gebrüder Karamasow.

Kurbskij erhob eine Hand zum Gruß. Sein riesiger Begleiter tat es ihm ungelenk nach. Er trug wieder die alberne Ohrenmütze.

Wassili und Juri, die russische Antwort auf Stan und Ollie.

Wie eine Begegnung mit Stan und Ollie hatte Herbie das letzte Zusammentreffen allerdings überhaupt nicht in Erinnerung. Sie hatten ihm mit ihrer brachialen Gastfreundschaft einen gehörigen Schrecken eingejagt.

Jetzt kamen sie langsam näher. »Guten Abend, Herr Feldmann! Ach, was für eine Freude!« Er klang schon wieder so ölig.

»Sie sind wahrscheinlich zufällig hier vorbeigekommen, was?«, fragte Herbie düster.

Die beiden lachten lauthals. »Im Prinzip ja, Herr Feldmann, im Prinzip ja«, sagte Kurbskij mit rollendem R.

»Was wollen Sie? Sie hatten mir fünf Tage gegeben.«

Schneeflocken tanzten um Kurbskijs Gesicht, das er in theatralischem Erstaunen lang zog. »Aber sicher, Herr Feldmann! Aber sicher! Ich stehe natürlich zu meinem Wort!«

Er trat an Herbies Seite und legte ihm vertraulich den Arm um die Schulter. »Wassili und ich dachten nur, es könnte vielleicht gar nicht schaden, wenn Sie darüber Bescheid wüssten, dass wir wissen, wo Sie wohnen.«

Wassili grinste breit und deutete auf die Fenster von Herbies Wohnung im ersten Stock. »Oben«, brummte er.

Na bravo, der Kleine lernt Deutsch. Als Nächstes lernt er »sitz«, »fass« und »hol das Stöckchen«.

»Fünf Tage«, sagte Kurbskij noch einmal leutselig lächelnd und klopfte Herbie auf die Schulter. Als Wassili es ihm nachtat, krachte es irgendwo in Herbies Knochen.

Dann zogen sie ab.

»Ich hasse es, Verwandte zu verraten, Julius.«

Das denke ich mir, mein Bester. Du bist wahrlich nicht zum Verräter geboren.

»Aber manchmal muss es eben sein.«

Das sehe ich allerdings ähnlich. Du solltest tatsächlich langsam versuchen, dieses Dolchs habhaft zu werden, damit diese Brüder zu verschmusten Balalaikaklängen endlich wieder in die Taiga abziehen.

Herbie widersprach ihm mit keiner Silbe.

Dann ging er in seine Wohnung, grübelte einen Moment lang darüber nach, ob die Kondome in den Hausmüll oder in den Gelben Sack gehörten, und entschied sich am Ende dann doch dafür, sie fürs Erste einmal im Schubfach seines Nachttischs unterzubringen.

Man konnte ja nie wissen.

18. Kapitel

Als Herbie am nächsten Morgen den letzten Rest Vierfruchtmarmelade auf die letzte noch verbliebene Scheibe Brot kratzte und teilnahmslos die Fernsehnachrichten ansah, ließ ihn eine Meldung aufhorchen.

»... tragisches Unglück ereignete sich in der vergangenen Nacht in der Eifel. In der Nähe von Hillesheim wurde ein dreiundsiebzigjähriger Jäger Opfer eines Unfalls. Nach ersten Erkenntnissen stürzte der Mann beim Abstieg von der Jagdkanzel, wobei sich ein Schuss aus seiner Waffe löste. Der Mann war nach Auskunft des Notarztes sofort tot.«

Die Bilder, die gezeigt wurden, waren nichtssagend. Sie zeigten eine Jagdkanzel, Schnee und Absperrbänder und einen Jeep, um den uniformierte Polizisten geschäftig herumwuselten. Jetzt schwenkte die Kamera über ein steil ansteigendes Waldstück. War das nicht der Arnulphusberg? Das war ja allerhand!

»Der Tote besaß in der Region zahlreiche Steinbrüche ...« Herbie schlug sich vor die Stirn.

Natürlich!

Johann Noethen!

Wer ist Johann Noethen? Kläre mich auf, mein Bester.

»Der Mann, dem wir im Notariat begegnet sind.«

Er hatte gleich gewusst, dass er ihm schon einmal begegnet war. Noethen war in Hillesheim und Umgebung bekannt wie der sprichwörtliche bunte Hund. Er war ein Großgrundbesitzer von altem Schrot und Korn, der sich gerne auf den Waldwegen und anderswo benahm, als gehöre ihm jedes Zweiglein und jeder Zentimeter.

»So kann es gehen, Julius«, sagte Herbie kopfschüttelnd. »Wird wieder ordentlich getankt haben, der alte Knabe.« Mit Noethens Putzfrau Edith Kannengießer hielt er öfter mal ein

Schwätzchen im kleinen Einkaufsladen von Herrn Konz, und von ihr wusste er, dass Noethen gerne schon mal einen verlötete.

Erinnert mich an deinen Onkel. Vermissen wir ihn nicht ein bisschen?

»Nein, das tun wir nicht.« Herbie kaute lustlos auf dem Brot herum. Die Vierfruchtmarmelade von Frau Leyendecker kam ihm langsam zu den Ohren raus. »Wir haben nämlich Besseres zu tun.«

Und das wäre?

»Tante Hettie hat darauf bestanden, dass ich heute nach ihrer Töle gucke. Und da ich dann sowieso in Bad Münstereifel bin, könnte es doch nichts schaden, wenn ich mich mit Harald Bongart treffe.«

Nur so, natürlich.

»Nur so. Natürlich!« Herbie spülte das trockene Trockenbrotvierfruchtgemisch mit lauwarmem Kaffee hinunter. »Und wo ich ihn dann schon spreche, könnte ich ihn doch auch mal nach Bertram Doppelfeld fragen, oder?«

Das könntest du natürlich tun.

* * *

»Hallo Lieblein!« Werner hob lässig den Zeigefinger zum Gruß. »Seit du in Russland-Pfalz wohnst, sieht man dich ja hier kaum noch. Alles schön geschmeidig?«

»Alles geschmeidig, Werner.«

Tatsächlich war Herbie in letzter Zeit selten hier gewesen. Er liebte Bad Münstereifel über alles, aber gleichzeitig genoss er in der Vulkaneifel die angemessene Entfernung von seiner Tante, die hoch über der Stadt im Villenviertel residierte, wenn sie nicht gerade unterwegs war, um sich neue Hüftgelenke montieren zu lassen.

Das *Café T* war unverändert gemütlich. Es duftete nach Kaffee und Gebäck. Vereinzelte Gäste hatten sich schon zeitig eingefunden, um zu frühstücken.

»Ich hab halt im Moment wenig Zeit, weil ich arbeiten gehe.«

»Aaarbeiten?« Werner zog das Wort lang, als handele es sich um eine ansteckende Krankheit. »Du? Was denn?«

»Ich fahre ... also, na ja, man könnte sagen ... Botenfahrten sind es. Ich mache Botenfahrten.«

»Was denn? Paketchen? Medikamente? Urinproben?«

»Pizza.«

»Lecker.« Werner wedelte mit dem Spüllappen. »Harald sitzt schon da.«

In einer mit Holz vertäfelten Nische saß Harald Bongart über eine zum Bistrotisch umgebaute antike Nähmaschine gebeugt und blätterte in der Tageszeitung.

Bongart war eine beeindruckende Persönlichkeit. Groß und rund und mit einem bemerkenswerten Kopf gesegnet, unter dessen millimeterkurzen Stoppelhaaren sich blühender Nonsens und profundes Wissen Seite an Seite gelagert in einem Gewirr von Schubladen und Fächern befanden, bei denen man nie so recht wusste, welche nun gerade geöffnet worden waren. Er hatte in der Kurstadt zwei prachtvolle, wiewohl zarte und zerbrechliche Pflänzchen herangezüchtet: Das Hürten Heimatmuseum und das Apothekenmuseum. In diese beiden Häuser ließ er sein gesamtes Fachwissen und Unmengen von Energie und Zeit fließen. Betrüblich war, dass die Verwaltung sich oftmals nicht über das Ausmaß und die Notwendigkeit dieses Engagements im Klaren zu sein schien und ihn zeitweise in die Tristesse des Bauamts abkommandierte.

»Hallo Herbie, hallo Julius!«, rief Bongart erfreut und deutete auf zwei freie Plätze zu seiner Rechten und zu seiner Linken. »Schön, euch zu sehen.«

Er sieht mich doch gar nicht. Ich finde, er zieht immer eine ziemliche Schau ab.

»Beschwer dich nicht. Sei froh, dass überhaupt jemand Notiz von dir nimmt.« Herbie ließ sich auf den Stuhl plumpsen.

»Julius, du siehst blendend aus.« Harald grinste breit.

Sag ihm, er soll damit aufhören.

»Julius bedankt sich artig«, sagte Herbie. »Fein, dass du einen Moment Zeit hast.«

»Was führt dich in die alte Heimat?«

»Eigentlich Bärbelchen. Ich musste ihr ein persönliches Leckerli von Frauchen vorbeibringen. Knöchelchen vom Klinikessen. Frau Zenkert hat geweint, als sie mich nach meinem Besuch wieder hinausbegleitet hat.«

«Vor Rührung?«

»Nicht unbedingt. Sie hat geschluchzt, dass sie das nervlich nicht mehr lange durchsteht mit diesem Vieh.«

Darüber hinaus schließt ihr Mann sich mittlerweile von morgens bis abends in seinem Hobbykeller ein, der Besuch bleibt seit Wochen aus, und die Post wird vom Briefträger nur noch mit weitem Wurf lose im Vorgarten verteilt.

Herbie wiederholte für Harald, was Julius gesagt hatte, und Harald lachte lauthals, dass sein Doppelkinn zitterte. Hinter den Gläsern seiner Nickelbrille verengten sich die Augen zu Schlitzen. Dann schlürfte er an seinem Kaffee. »Aber da ist noch was anderes, was dich hierherführt.«

»Nun ja. Es gibt da einen Mann namens Bertram Doppelfeld.«

»*Der* Bertram Doppelfeld?«

»Das weiß ich nicht. Kommt drauf an. Meine Tante sagt, dass er was Historisches macht. Und da habe ich mir gesagt: Wenn jemand etwas mit Historie zu tun hat, kennt Harald Bongart ihn garantiert.«

»Da hast du recht. Und Bertram Doppelfeld kenne ich zufällig sogar persönlich. Wir sind uns mal in Prüm bei einem historischen Vortrag begegnet. Furchtbar kluger Bursche. Er ist eine der deutschen Koryphäen, wenn es um Totentänze geht.«

»Totentänze?«

»Das sind Darstellungen des Todes. Genauer gesagt Grafiken, Malereien, Fresken und so weiter. Sie alle stellen allegorisch den Tod dar, und die Gewalt, die er über den Menschen hat. Er lässt sie nach seiner Pfeife tanzen, er führt sie durch das Fiedeln auf Instrumenten aus Gebeinen. Verstehst du?«

»Klar, verstehe. So was habe ich schon mal gesehen. Gebeine habe ich eben an den Dreckspudel verfüttert.«

»Ein hochinteressantes Fachgebiet, diese Totentänze. Zur Zeit des Schwarzen Todes, der Pest, entstanden viele dieser Darstellungen. Sie sollten sinnbildlich darstellen, dass vor dem Tod alle gleich sind, dass er sie alle einfängt, einen nach dem anderen.«

»Käffchen für Herbie.« Werner stellte klimpernd die Tasse ab. »Was für düstere Themen am frühen Morgen. Pest und Tod. Igitt.«

Herbie nickte nachdenklich und musste wieder an den Unfall denken, von dem der Fernsehbeitrag am Morgen berichtet hatte. Der Tod begegnete den Menschen in vielerlei Gestalt. Eine vereiste Treppe, ein Gewehrlauf ...

Ein Pizzaofen. Du behältst hoffentlich die Uhrzeit im Auge.

Herbie sah auf seine Armbanduhr. Die Zeit raste tatsächlich. Zu ärgerlich, dass er sie mit einem überzüchteten Pudel verplempert hatte, dessen Gehirn vermutlich beim Wurf im Mutterleib verblieben war.

»Und dieser Doppelfeld ist also ein Spezialist für Knochenmänner. Kennst du seine Familie?«

»Nö.« Harald schüttelte den Kopf und schlürfte Kaffee. »Wohnt gar nicht weit weg von dir, der Knabe. In Oberstadtfeld. Seit wann interessierst du dich für Historie?«

»Ach, weißt du, es sind eher die Bertram Doppelfelds dieser Welt, auf die ich neugierig bin. Wie würdet du ihn beschreiben?«

»Bücherwurm. Versponnener kleiner Bursche. Ich glaube, er lebt nur für seine Forschungen.«

* * *

Während der Rückfahrt behielt er angestrengt die Tankuhr seines Fahrzeugs im Auge. Kaum zu glauben. Er war umringt von Ausbeutern. Seine Tante jagte ihn mit Knöchelchen quer durch die Eifel, sein Arbeitgeber schickte ihn täglich mehrere hundert Kilometer durch das Gelände, aber den Sprit bezahlte ihm keiner.

Kipp doch das da in den Tank. Julius deutete auf die Flasche mit klarem Schnaps, die immer noch im Fußraum herumkullerte.

»Wenn ich das reintrichtere und einmal das Gaspedal durchtrete, sind wir in Miami.«

Das Handy machte lustige Musik.

»Hallo, Herbie, hast du demnächst mal 'nen Moment Zeit?«, fragte Köbes.

Ach, der Autoschänder.

»Kann ich einrichten.«

»Wo bist du jetzt?«

»Ganz in deiner Nähe. Unterwegs von Bad Münstereifel nach Stadtkyll.«

»Na prima. Halt mal kurz bei mir an.«

Neben der Tankanzeige gab es eine Uhr, und auch die zeigte Beängstigendes. »Eigentlich nicht, Köbes, weißt du, die Arbeit ...«

Dann aber erinnerte sich Herbie daran, dass Köbes immer irgendwo ein paar Kanister völlig verkommenen Sprits bei sich herumstehen hatte, abgezapft aus alten Schrottfahrzeugen und zusammengepanscht zu etwas, das mit Oktanwerten nicht mehr zu messen war. »Na gut, Köbes. Aber nur kurz auf einen Kaffee.«

Am Waldrand von Zingsheim reihten sich an einer bestimmten Stelle alte Autos in verschiedenen Stadien der Verrostung Seite an Seite zu einem Trümmerfeld beachtlichen Ausmaßes aneinander. Es handelte sich allerdings keinesfalls um einen Schrottplatz, da die Fahrzeuge allesamt darauf warteten, von ihrem Hüter wieder in einen glanzvollen Zustand versetzt zu werden. In der Zwischenzeit rosteten sie munter weiter und vermehrten sich auf wunderbare Weise.

Irgendwo da vorne, zwischen den ganz und gar hoffnungslosen Fällen, klafft jetzt eine Lücke, seit du ein Auto hast.

Wer zwischen den Autotrümmern hindurchgelangte, erreichte das Haus von Köbes und Ulrike. Herbie kannte die beiden, schon seit er denken konnte. Das Faszinierende an deren Beziehung war der beständige Wechsel, dem sie ausgesetzt war. Wie Ebbe und Flut einander in stetigem Rhythmus abwechselten, so boten bei den beiden die Trennungen und Versöhnungen eine immerwährende Achterbahnfahrt des Eheglücks.

Laute Filmmusik empfing sie. Herbie tippte auf einen monumentalen Sandalenschinken. Es konnte aber auch Folge dreiundvierzig der Star-Wars-Saga sein.

Köbes wurde von der dröhnenden Musik geradezu durch die Haustür ins Freie hinausgeblasen.

»Herbie! Super, dass du kommen konntest!«

»Hier, hab ich dir mitgebracht.« Herbie reichte seinem Freund die flüssige Ausgeburt von Onkel Erwins alkoholischen Experimenten. »Wie geht's Ulrike?« Er fragte überaus vorsichtig. Vorsicht war bei Erkundigungen dieser Art durchaus angebracht, denn es konnte passieren, dass sein Freund, der zwar mit dem Schweißgerät ein echter Draufgänger, ansonsten aber durchaus sensibel gestrickt war, spontan in Tränen ausbrach. Je nachdem, wie die Aktien gerade standen.

»Später«, sagte Köbes und begutachtete mit einem Funkeln im Blick den Schnaps. »Komm mit.«

Er zerrte Herbie am Ärmel des Parkas vom Hauseingang zur Werkstatt. Der Schnee hatte gnädig ein weißes Leichentuch über die vielen niedergemetzelten Autos gedeckt, die ihren Weg säumten.

In der Werkstatt war es angenehm temperiert. Ein großer Ofen bollerte vor sich hin. Köbes schloss die Metalltür hinter ihnen und sperrte den Winter und das Orchester aus. Dann schaltete er das Licht an und wies mit großer Geste auf einen bizarren Berg von Metallteilen, die mit dicken Schweißnähten untrennbar miteinander verbacken worden waren. Der nächste Schalter, den Köbes betätigte, belebte einen Lautsprecher, und der Anblick der Plastik und das Getöse des Soundtracks verwoben sich zu einer beängstigenden Installation.

»Du meine Güte«, hauchte Herbie. »Das ist ... Was ist es denn?«

»Matterhorn.« Köbes zog mit den Zähnen den Korken aus der Flasche und setzte an.

Das sieht man doch gleich, du Einfaltspinsel.

Es dauerte eine Weile, bis Köbes nach dem ersten winzigen Schlückchen die Stimme wiederfand »Und?«, krächzte er. »Grandios, was?«

»In der Tat. Hast du mich deshalb herbestellt?«

Beinahe hätte Herbie bei dem brachialen Lärm, der um sie herumwaberte, das Handy nicht gehört.

Mit fahrigen Bewegungen kramte er es heraus und brüllte dabei: »Mann, Köbes, kann man das mal leiser machen?«

»Klar.«

Es war Lena. Herbie wurde gleich ganz fahrig. »Hallo du, was für eine nette Überraschung.«

»Ich wollte nur mal hören, ob's dir gut geht und was du so machst.«

»Ich bin grad auf Achse. Was hältst du davon, wenn wir uns noch mal treffen?« Er bedeutete Köbes mit tanzenden Augenbrauen die Wichtigkeit des Anrufs.

»Heute Abend?«

»Warum nicht?«

Na großartig. Und schon habe ich wieder einen Abend frei.

»Aber nicht schon wieder ein teures Abendessen.« Lena kicherte am anderen Ende.

»Wie du meinst.« Herbie bemühte sich, das möglichst jovial klingen zu lassen, um erst gar keinen Zweifel an seiner Liquidität aufkommen zu lassen.

»Wann kannst du?«

Das war eine heikle Sache. Sein Pizzadienst ging mindestens bis elf. Wo konnte man zu diesem Zeitpunkt in der Eifel noch gepflegt etwas trinken?

Da Lena ausdrücklich dagegen war, dass Herbie schon wieder die Fahrt nach Blankenheim antrat, entschieden sie sich für einen Besuch bei Ben und Andrea im *Teller*.

Als er aufgelegt hatte, hatte Köbes die Schnapsflasche bereits zu zwei Dritteln geleert und nickte anerkennend. »Mein lieber Biber! Erst Job, dann Handy und jetzt 'ne Frau.«

Und wo bleibe ich in dieser Aufzählung?

»Und dein Julius«, fügte Köbes mit einem schnarchenden Lachen hinzu.

»Na ja, Julius ist wie Fußpilz. Den wird man nur sehr schwer los.«

Na, erlaube mal!

»Aber diese Frau, Herbie. Erzähl. Wie ist die?« Er formte mit gekrümmten Fingern Brüste von bedrohlichen Ausmaßen. »Schön?«

»Und wie.« Herbie verzichtete darauf, ihm die enorme Diskrepanz zwischen ihren jeweiligen Beuteschemata zu erläutern. »Wunderschön.«

»Du Glückspilz.« In Köbes' Gesicht veränderte sich etwas. Na, sein Blick wurde glasig. Lag das am Schnaps?

»Alles klar mit Ulrike?«

Jetzt, wo die Musik ausgeschaltet war, wurde es unglaublich still. Nur der Ofen bollerte, und ein Scheibenwischer, den Köbes nachlässig auf der Spitze des Matterhorns festgeschweißt hatte, folgte der Erdanziehung und klapperte den Berg hinunter.

»Geht so«, murmelte Köbes.

»Ist sie etwa wieder weg?«

»Nö. Das ist es ja gerade.«

Herbie sah ihn fragend an. »Wie?«

»Na ja, jetzt ist sie schon ein Dreivierteljahr wieder bei mir.«

»Und?«

»Ist doch komisch, oder?«

»Streitet ihr?«

»Nö.«

»Hm. Und im Bett? Klappt's da nicht mehr?«

»Doch, doch.« Köbes trank die Flasche leer und hustete. »Eigentlich ist alles im Lot. Das ist es ja gerade, was mich so kribbelig macht. Zweihundertdreiundachtzig Tage, ohne dass sie mal weg ist. Kein Zoff, kein anderer Mann ... Irgendwie seltsam, oder?«

»Schon, ja.«

Köbes zeigte auf das Matterhorn. Sein Finger beschrieb schon kleine Kreise in der Luft. Nicht nur Herbie kannte das.

Na bitte, wir wären also wieder mal soweit. Wir durften einen der raren Momente erleben, in denen dein Freund und Blechschmied nicht beschickert war.

Die Unterhaltung würde nicht mehr lange dauern. »Und deshalb mache ich das.« Er kam ganz nahe an Herbies Gesicht und hauchte: »Das lenkt mich ab. Das ist gut für meine Seele.«

Die einen machen autogenes Training und die anderen autogenes Schweißen.

Einer plötzlichen Eingebung folgend, kramte Köbes in einem schmuddeligen Karton herum. Es klapperte und rasselte, und er förderte eine Handvoll öligen Metalls zutage, die er Herbie in die Hand drückte. »Hier. Ich mache auch kleinere Sachen. Für auf den Fernseher oder so. Nimm das deiner Freundin mit.«

»Sie ist eigentlich noch nicht richtig meine Freundin ... was soll das sein, Köbes?«

»Wonach sieht es denn aus?« Jetzt schwankte bereits der ganze Köbes.

»Weiß nicht ...«

Das sieht der Kunstkenner doch auf einen Blick: Der Froschkönig.

»Madonna mit Kind«, hauchte der Künstler.

»Sehr schön, Köbes, danke dir ...« Er starrte plötzlich auf den Karton, aus dem sein Freund dieses Juwel moderner Trash-Kunst hervorgezaubert hatte. Dort waren drei Buchstaben aufgedruckt: TME.

»Was ist das für ein Karton?«

Köbes, der sich bereits emotional von einem seiner Werke verabschiedet hatte und im Begriff war, zwischen Dosen voller Terpentin und Fläschchen voller Autopolitur nach etwas Trinkbarem zu suchen, folgte seinem Blick. Wortlos kippte er den im Karton gelagerten Schrott auf die Ausläufer des Matterhorns und hielt Herbie den schmierigen Karton hin. »Willste? Kannste haben, wenn er dir gefällt.«

»Nein, nein. Was heißt TME? Ist das eine Firma?«

»Firma in Blankenheim. Tuning Magath Eifel.«

»Und was stellen die her?«

»Zulieferbetrieb für Autoteile. Magath macht Lamellendächer für die A-Klasse und so Sachen. Ich kriege immer Blechreste von denen.«

»In Blankenheim, sagst du?«

»Die wollen im Industriegebiet an der Römerstraße ganz groß expandieren. Ist aber nicht so ganz leicht, wie mir der Junior letztens erzählt hat.«

»Wieso?«

»Irgendwas mit Grundstücken.« Ratlos blickte Köbes auf sein Sammelsurium von Flaschenhälsen, Blechdosen und Ölkannen. Kein Alkohol zu sehen.

Er hat das Zeug von deinem Onkel überlebt. Da wird er doch vor einer Flasche Terpentin nicht zurückschrecken.

»Da will jemand partout nicht verkaufen. Gleich nebendran. Die Familie will zwar eigentlich schon, aber ... ist mir alles zu kompliziert. Ich hab das nicht richtig verstanden. Sollen wir ins Haus gehen? Dann genehmigen wir uns ein Schlückchen.«

Herbie wendete nachdenklich den Schrottklumpen in seiner Hand.

Ich ahne, was du gerade denkst. Könnte es unter Umständen in engem Zusammenhang mit einer jüngst besuchten Beerdigung stehen?

Er sah plötzlich Finchen Doppelfelds Schwiegersohn vor sich. Und auch die Tochter. Er sah lächelnde Gesichter.

»Totentanz«, flüsterte er. Köbes ließ fragend die Augenbrauen in die Höhe tanzen.

Herbie sah Totentänzer. Er sah Menschen, die um das Grab tanzten. Und er musste an Bertram Doppelfeld denken, der sich in Trauer wand.

»Gut, lass uns reingehen«, entschied Herbie. »Trinken wir was.«

Aber du wirst doch nicht? Und Baffo?

»Einen Kaffee!« Er sagte es mit Nachdruck und eindeutig eher an Julius gerichtet als an Köbes. »Einen schönen, starken, tiefschwarzen Kaffee.«

19. Kapitel

Julius winkelte die Arme ab, hakte die Daumen in die Armlöcher seiner Weste und wandte sich kopfschüttelnd ab. *Das klappt niemals, mein Teuerster. Das ist das Blödeste, was dir in letzter Zeit eingefallen ist.*

»Also noch mal. Das ist die Liste, und hier ist das Essen. Du hast genug Wechselgeld? Es kann nichts schiefgehen.«

Er deutete auf die Styroporboxen, die jetzt im Kofferraum von Köbes altem Renault lagerten, einer Karre, die selbst der verzweifeltste Monteur in Litauen oder im Kongo nicht mit der Kneifzange anfassen würde.

Bei einer Bestellung über fünfzehn Euro bekamen die Kunden der Pizzeria für gewöhnlich als kleine Aufmerksamkeit eine Flasche Lambrusco geschenkt. Herbie hatte sie heimlich in seinem eigenen Auto verschwinden lassen. Es war ohnehin schwer genug gewesen, Köbes halbwegs nüchtern zu kriegen.

Köbes selbst war hoch motiviert. Dieser Einsatz lenkte ihn von seiner eigenen Trübsal ab.

Als Herbie und Julius losfuhren, winkte er ihnen nach und zwinkerte in die wärmende Wintersonne, die sich vor etwa einer Stunde endlich ihren Weg zwischen den Wolken hindurch gebahnt hatte.

Julius betrachtete die windschiefe Gestalt im Rückspiegel.

Da steht er, mit einer Wagenladung italienischer Pasta und winkt dir arglos hinterher. Dein Untergang. Der Tifoso wird dich kaltmachen, wenn das schiefläuft.

Herbie fuhr über Oberbettingen bis hinauf zur Kasselburg und schlängelte sich dort die Serpentinen hinunter nach Pelm. Von hier fuhr er durch eine atemberaubend schöne Winterlandschaft über Neroth bis nach Oberstadtfeld. Der Schnee hing schwer und glitzernd auf den Bäumen, und die Sonne verwandelte die weißen Felder in gewaltige Lichtseen.

Sein Tank war halb voll. Aus diversen Kanistern hatte Köbes Flüssigkeiten durch ein Sieb in den Einfüllstutzen gekippt. Herbie hatte jeden Zweifel beiseitegeschoben, der sich ihm allein beim Anblick dessen aufgedrängt hatte, was alles an Bröckchen und Krümelchen im Sieb hängen geblieben war.

Das Auto lief, und der Cocktail schien ihm nichts anzuhaben.

Es ist immerhin bei deinem Freund damit aufgewachsen.

Herbie fuhr oft über Oberstadtfeld, wenn er Freunde im benachbarten Üdersdorf besuchte. Bei übermäßigem Schneefall, wie in der letzten Nacht, konnte es schon mal geschehen, dass man den Umweg über Daun nehmen musste, weil dann das Sträßchen über den Berg gesperrt war. Dank der Auskunft des Telefonbuchs fand er das Häuschen von Bertram Doppelfeld ganz rasch im alten Ortskern, in der Nähe der kleinen Kirche. Die Straßen waren gesäumt von meterhohen Schneebergen. Zwei Häuser weiter schippte ein Mann den Gehweg frei.

Putzig. Ein richtiges Knusperhäuschen.

»Reicht wahrscheinlich für einen alleinstehenden Mann.«

Es handelte sich um ein Trierer Einhaus mit abbröckelndem Putz, den Unmengen von wucherndem Efeu gnädig verdeckten. Die Fenster waren alt und allem Anschein nach mit einfachem Glas versehen. Einige von ihnen waren beschlagen. Die Fensterläden aus Holz waren mit einer seltsam unpassenden rötlichen Farbe angestrichen und hingen reichlich schief in den Angeln.

Ein bisschen wie bei seiner Mutter, das Ganze.

Das kleine Areal voller Sträucher und Baumstümpfe, die davon zeugten, dass hier einmal der ein oder andere große Baum gefällt worden war, war mit hässlichem Maschendraht umzäunt. An der zur Straße gewandten Giebelseite konnte man unter der Schneedecke einen Weg erahnen, der zum früheren

Stall führte, dessen alte Toreinfahrt im Nachhinein verkleinert und mit einem schnöden Garagentor aus Metall ausgestattet worden war. Im Vorgarten tollten zwei struppige Hunde im Schnee. Zahlreiche Rassen hatten bei diesen beiden niedlichen Bastarden mitgemischt.

»Vor ein paar Tagen waren es zwei Katzen. Ich glaube, ich habe ein Déjà-vu«, murmelte Herbie.

Im Inneren lauern vierzig Hunde.

»Bloß nicht.«

Die beiden Hunde legten den Kopf schief, als Herbie sich dem in den Zaun eingelassenen kleinen Tor näherte. Schwanzwedelnd kamen sie angetrabt, kläfften heiter und machten alles in allem einen durchaus freundlichen Eindruck.

Prächtige kleine Racker. Nicht nur im Vergleich mit dem Köter deiner Tante.

Herbie fasste über das Tor, das er sicherheitshalber noch zwischen sich und den Tieren geschlossen hielt. Sie ließen sich kraulen und leckten seine Hand. Ein gutes Zeichen. Also trat Herbie ein.

Auf seinem Weg zur Haustür hoppelten die beiden neben ihm her und warteten nach dem Klingeln gemeinsam mit ihm darauf, dass jemand öffnete.

»Keiner da«, konstatierte Herbie nach einigen Momenten des Wartens und nach einem weiteren erfolglosen Klingeln.

Vielleicht kauert er noch immer in der Leichenhalle.

»Quatsch!«

»Hallo!« Eine männliche Stimme kam von der Straße. Der dunkelhaarige Mann mit der Schneeschaufel hatte sich genähert und winkte. »Ich heiße Schildgen, und wir wohnen zwei Häuser weiter.« Er deutete auf einen Neubau etwas weiter die Straße hinunter. »Sind Sie mit Herrn Doppelfeld verabredet?«

Vermutlich der Hausmeister. Als Nächstes kommt: Hier können Sie nicht parken.

»Verabredet? Nicht direkt«, antwortete Herbie ausweichend und näherte sich dem Mann. »Wieso?«

Herr Schildgen guckte zerknirscht. »Es ist so seltsam. Castor und Pollux ...« Er deutete auf die Hunde, die wie angewurzelt vor der Tür saßen und winselnd darauf warteten, eingelassen zu werden. »Er hat sie vor etwa einer Stunde rausgelassen. In den Schnee. Und jetzt lässt er sie nicht mehr rein.«

Die Nachbarn in der Eifel. Die üben hier den Überwachungsstaat.

Schildgen lachte verschämt, als habe er es gehört. »Nicht, dass Sie denken, wir wären neugierig, meine Frau und ich. Wir sehen nur bei Herrn Doppelfeld nach dem Rechten, wenn er wieder zu irgendeiner Tagung unterwegs ist. Meine Frau versorgt dann die Blumen und die Hunde. Wir haben beide Urlaub, und da haben wir zufällig gesehen, wie er die beiden Hunde ausgesperrt hat und seither nicht mehr reinlässt.«

»Verstehe.« Herbie betrachtete nachdenklich die Haustür. »Schon seltsam.«

»Seine Mutter ist kürzlich verstorben. Wir machen uns ein bisschen Sorgen um ihn.«

Wieder sah Herbie das Bild des sich windenden Bertram Doppelfeld inmitten der Trauerkränze. Mea culpa – Meine Schuld. Was hatte der Mann getan?

Normalerweise ist das Dorfleben in der Eifel alles andere als still und friedvoll. An Sommertagen brüllen, kreischen, schrillen und pochen Vieh, Rasenmäher, Kreissäge und Vorschlaghammer den lieben langen Tag um die Wette. Im Winter ist es stiller. Nur dieser Tatsache war es zu verdanken, dass Herbie in diesem Moment überhaupt ein Geräusch wahrnahm, das ihn aufhorchen ließ. Es war ein beständiges Brummen, monoton und gedämpft, und es kam vom hinteren Teil des Gebäudes.

»Hat Herr Doppelfeld ein Auto?«

»Ja, hat er. Aber es ist wohl noch in der Garage. Man sähe das ja, wenn er fortgefahren wäre.« Schildgen deutete auf den die Schneedecke.

Ein Spurenleser. Das wird ja immer besser.

Doppelfeld war nicht weggefahren! Plötzlich begriff Herbie. »Ach du Scheiße«, murmelte er und lief los. Die beiden Hunde hielten es für eine Einladung zum Spielen und begleiteten ihn mit federnden Sprüngen zum Garagentor. Je näher er kam, desto deutlicher konnte er es hören. Hinter dem Garagentor lief ein Automotor. Herbie rüttelte an dem Griff, aber natürlich war das Tor verschlossen. »Wenn sie die Blumen gießt, hat Ihre Frau doch sicher einen Schlüssel für das Haus!«, schrie Herbie. Schildgen, der immer noch ganz verdattert die Schneeschaufel in Händen hielt, schien ebenfalls zu begreifen. »Ja, haben wir!«

»Kommt man vom Haus aus in die Garage?«

»Ja, da ist eine Tür in der Waschküche! Bin gleich wieder da!« Schildgen lief los.

Wenn du jetzt das Richtige tust, werde ich nie wieder maulen, wenn du mich für eine Frau aus dem Zimmer schickst!

Herbie starrte Julius an. Auch auf dem sonst eher teilnahmslosen Gesicht seines Begleiters entdeckte er Spuren von Sorge.

Die Sekunden wurden endlos lang, bis der Nachbar zurückkehrte, seine Frau im Schlepptau. Frau Schildgen war offensichtlich schon im Bilde. Ohne langes Zögern schloss sie die Tür auf, und sie stolperten ins Haus. Herbie nahm sich nicht die Zeit, sich umzusehen. Während er hinter dem Ehepaar vorwärts hastete und das Haus der Länge nach durchmaß, sah er im Vorbeieilen Totenschädel und Knochenmänner, in Öl, in Kohle, in Tusche und Kreide, gerahmt und ungerahmt. Sie schienen die ganzen Wände zu bedecken. Es war gespenstisch.

Der Wagen stand in der ehemaligen Scheune. Der ziemlich neue rote Toyota Corolla brummte mit leisem Motorengeräusch vor sich hin. Nach oben verlor sich der große Raum zu den

Dachbalken hin in dumpfer Schwärze. Gerümpel lag herum, und es roch beißend nach Abgasen.

Im dünnen Zwielicht, das durch die Tür einfiel, konnten sie ungenau eine Gestalt im Wageninneren ausmachen. Ein gerillter Schlauch verlief vom Auspuff am Auto entlang nach vorne und verschwand durch einen Spalt im Fenster der Fahrertür im Wageninneren. Sie hielten sich Zipfel ihrer Kleidungsstücke vor Mund und Nase, und während Herr Schildgen das Garagentor aufstieß, rupfte Herbie den Schlauch aus der Tür, riss die Tür auf, tastete hustend nach dem Zündschlüssel und schaltete den Motor ab. Frau Schildgen rief aufgeregt: »Ich benachrichtige den Krankenwagen!« und verschwand im Haus.

Herbie und Schildgen schafften es, den schlaffen Körper aus dem Auto zu zerren, und schleppten ihn durch das Garagentor, durch das die erfrischend klare Winterluft hereinströmte, hinaus. Sie legten ihn einfach auf den Schnee und fielen hustend daneben auf die Knie.

Bertram Doppelfeld lebte. Seine Finger krümmten sich kaum merklich und seine Lippen bewegten sich.

»Er hat einen Katalysator«, keuchte Schildgen erschöpft und atmete tief durch. »So ein Glück. So ein verdammtes Glück! Mit einem Kat geht das nicht mehr so leicht.«

Herbie robbte zu dem verhinderten Selbstmörder hin und beugte sein Ohr zu seinen Lippen runter.

»Mea culpa«, krächzte Doppelfeld kaum hörbar.

Na ja, das kennen wir ja nun schon. Julius stand mit hinter dem Rücken verschränkten Armen bei ihnen und beugte den Oberkörper hinunter, um besser mithören zu können. *Vielleicht hat es sein Sprachzentrum erwischt.*

»Genau wie bei ...« Die Worte kamen stockend aus Doppelfelds Mund. »Es tut mir so ... Mea culpa ... wie bei ... Sampels ... So böse ... so böse ... Mea culpa.«

Frau Schildgen kam aus dem Haus. Ihr Gesicht war hochrot und verschwitzt. »Der Krankenwagen kommt«, sagte sie. »Oh, mein Gott, wie schrecklich!«

* * *

Wenig später erlaubten sie sich, in der Küche von Bertram Doppelfeld einen Moment durchzuatmen.

Selbst an der Wand über dem Küchentisch hingen mehrere gerahmte Stahlstiche mit Doppelfelds zentralem Thema: Totentänze. Bücher und Folianten lagen stapelweise dort herum, wo sich bei gewöhnlichen Menschen Lebensmittel und Geschirr befanden.

Vermutlich wirst du auch welche finden, wenn du den Backofen öffnest.

Der Krankenwagen war bereits wieder mit Blaulicht und Sirene davongefahren, und auch die Polizeistreife war schon wieder unterwegs zurück zur Dauner Wache. Man hatte ihre Personalien auf- und ihre Aussagen zu Protokoll genommen.

Julius hatte seinen unbändigen Hang, in Anwesenheit uniformierter Beamter alberne Faxen zu machen, im Zaum gehalten. Die Situation war zu ernst.

Einen Zweifel an der Ansicht, es handele sich um einen Selbstmordversuch, äußerte keiner von ihnen.

»Kennen Sie jemanden namens Sampels?«, fragte Herbie.

»Sampels?« Schildgen sah seine Frau an. Auch sie schüttelte den Kopf. »Nein, kennen wir nicht«, sagte er.

»Es ist seltsam«, murmelte die Nachbarin. »In dieser Familie geht plötzlich alles drunter und drüber.«

»Wieso?«

»Bertram versteht sich nicht gut mit seiner Schwester und ihrem Mann. Vor ein paar Tagen waren sie alle hier. Mit Mann und Maus, die ganze Familie. Sie haben eine Art Familienrat abgehalten.«

»Und dann starb die Mutter«, ergänzte ihr Mann. »Und jetzt das.«

»Wann war die Familie hier?«

»Am Dienstagnachmittag. Ein paar Stunden lang haben sie hier rumgehangen. Es machte fast den Eindruck, als wollten sie allen hier rundherum demonstrativ zeigen, dass sie zusammengehören.«

»Was denkt ihr?« Frau Schildgen schenkte Kaffee nach. »Wird er durchkommen?«

»Ich denke schon«, sagte ihr Mann. »Ich denke schon.«

Und das Erste, was er sagen wird, ist »Mea culpa«!

Das Handy plärrte, und Herbie nahm es zögernd ans Ohr. Maurizio erklärte mit ungewohnt zittriger Stimme, dass Baffo im Begriff sei, völlig auszurasten. Ein Kenner der Szene konnte aus dem Tumult im Hintergrund das Scheppern von Backblechen heraushören. Die italienischen Flüche fielen erfreulicherweise dem schlecht ausgebauten Mobilfunknetz der Eifel zum Opfer.

»Ich fürchte, ich habe noch einen wichtigen Termin«, stammelte Herbie nach einem Blick auf die Uhr und verabschiedete sich in aller Eile von dem Ehepaar Schildgen.

20. Kapitel

Wir haben die Styroporboxen in meiner Karre verstaut. Erinnerst du dich daran, dass wir uns dann in dein Auto gesetzt haben, damit du mir das Wechselgeld geben kannst?«

Herbie nickte. »Ich erinnere mich deutlich.«

Ich auch. Ich war dabei.

»Genau da habe ich meinen Schlüssel in deinem Auto liegen lassen.« Köbes klang kein bisschen reumütig. Sie saßen traut nebeneinander in Herbies Auto. Köbes bückte sich und hob sein Schlüsselbund auf. »Siehst du?«

Er ist völlig verblödet und merkt es nicht mal. Ich glaube, ihm geht es richtig gut.

»Das heißt, dass du jetzt fast zwei Stunden in deinem Auto gesessen und der Pizza beim Kaltwerden zugeguckt hast?«, fragte Herbie mit gepresster Stimme.

»So ungefähr.« Köbes pulte sich in den Zähnen. »Ich habe nichts davon angerührt. Ich war drüben und hab mir einen Döner gekauft.«

»Und warum hast du mich nicht angerufen?«

»Du hast ein Handy. Ich nicht.«

Wer wird das jetzt dem feurigen Südländer erklären? Ich weiß nicht, ob ich unbedingt dabei sein möchte.

Herbie seufzte und klatschte sich auf die Schenkel. »Nun gut, dann werde ich mal ...« Er stieg aus und nahm die immer noch gleich schweren Boxen aus dem Peugeot. Dann nahm er all seinen Mut zusammen, überquerte die Straße und betrat das Lokal.

Das heißt, er machte den Versuch, dies zu tun. Seine Rückkehr war im Inneren des Lokals offenbar nicht unbemerkt geblieben. Maurizio fing ihn sofort an der Tür ab. »Bisse du verruckt? Baffo is un volcano. Er ssschreit die ganze Zeit was von umbringen und sssso Sachen. Lauf, lauf. Ab, raus!« Er riss an den Styroporbehältnissen.

Dann kam Pamela auf die Bühne. Der Schweiß stand ihr auf der Stirn, und ihre auf dreifaches Volumen getuschten Wimpern flatterten wie kleine Kolibris.

Schau mal, ihr Mascara bröckelt. Julius schien die Situation sehr zu amüsieren.

»Du Idiot«, zischte sie. »Alle Kunden sind voll sauer. Dass du dich noch hertraust!«

Versuch doch mal, ein klärendes Wort anzubringen. Sie werden das verstehen.

»Ich kann das erklären ...«

»Her damit!« Jetzt riss auch Pamela an den Kisten. »Verpiss dich, du blöder, kleiner ...«

»Vollig verruckt. Du biss ein ...«

»Mi stai proprio sule palle!«, ertönte eine Stimme wie ein Vulkan. Es begann dunkel grummelnd und steigerte sich zum ohrenbetäubenden Gebrüll. »Figlio de puttana!« Baffo erschien in der Schwingtür, und Herbie erkannte gleich, dass der Bogen diesmal endgültig überspannt war. Das erste Pizzablech segelte auf ihn zu, und Herbie ließ schreiend die Kisten fallen. Er flüchtete um einen Restauranttisch.

»Frana!«

Kann mir nicht mal einer erklären, was das alles heißt?

»Deficiente!«

Ein zweites Pizzablech sauste auf ihn zu wie ein Ufo. Bilder fielen von der Wand.

»Gaaanz, gaaanz ssschlechte Tag«, hauchte Maurizio und bückte sich hinter einem Stuhl.

Und jetzt griff Baffo nach allem, dessen er habhaft werden konnte. Teller, Kerzenleuchter. Pamela schrie wie am Spieß, und Herbie flüchtete in der Deckung der Tische auf den Ausgang zu.

Wolltest du nicht noch nach dem Spritgeld fragen?

Er sprang die Stufen zur Straße mit einem Hechtsprung hinunter, klimpernd begleitet von Essbesteck und Salzstreuern.

So streuen die Italiener also im Winter Salz.

»Faccia di culo! Bastardo! Fottiti!«, brüllte Baffo über die Straße hinter ihm her.

Du bist mit dem Leben davongekommen. Das hätte auch anders ausgehen können.

Wütend stapfte Herbie auf die beiden nebeneinander geparkten Autos zu.

»Alles geklärt?«, rief Köbes heiter.

Aber Herbie stieg nur in seinen Wagen, startete, setzte schwungvoll zurück, kurbelte die Scheibe herunter und warf Köbes die »Madonna mit Kind« vor die Füße, sodass die Einzelteile über den Parkplatz splitterten.

»Das kann er nie wieder gutmachen!«, knurrte Herbie und trat das Gas durch. In diesem Moment rutschte ein Besteckteil aus seiner Parkatasche, das sich nach Baffos Attacke dort verfangen hatte, und verschwand dengelnd zwischen Sitz und Handbremse. Ein Messer.

Herbie kam eine Idee. »Oder vielleicht doch ...«

Er kurbelte die Scheibe ganz herunter und sagte zu dem fassungslosen Köbes: »Wenn du so gut mit Metall umgehen kannst, kannst du dann vielleicht auch Sachen kopieren?«

* * *

Auf seiner Fahrt nach Oberstadtfeld wäre der große, blonde Mann beinahe dem Krankenwagen und der Polizei begegnet. Am Haus von Bertram Doppelfeld herrschte Betrieb. Er lenkte das Fahrzeug daran vorbei und bemühte sich, nicht gesehen zu werden. Hatte dieser Idiot am Ende doch durchgedreht?

Er griff wütend um das Steuer. Diese Dinge waren unkalkulierbar. Es konnte noch so gut laufen, aber Kleinigkeiten konnten manchmal dazu führen, dass alles aus dem Ruder lief.

Er musste jetzt die Ruhe bewahren.

Der nächste Brief war unterwegs, und die nächste Aktion war vorbereitet.

Im Vorbeifahren hatte er einen jungen Mann gesehen, der im Begriff war, in ein völlig verrostetes Auto einzusteigen. Er überlegte angestrengt, wo er ihn schon einmal gesehen haben könnte. Er gehörte nicht zur Familie, das stand fest.

Der große, blonde Mann hatte den totalen Überblick und kannte alle handelnden Personen. Das war einfach unerlässlich.

Wenn plötzlich jemand auftauchte, den er nicht einordnen konnte, dann machte ihn das nervös.

Sie würden ihn im Auge behalten müssen.

* * *

Er hatte nun insgesamt drei Tage für diesen italienischen Despoten gearbeitet und am Ende nicht einen müden Cent verdient. Das Geld einzutreiben, traute er sich nicht. Dafür war die Autobahnbaustelle viel zu nahe. Da wurde viel zu viel Beton verbraucht.

»Ich kann in den nächsten paar Jahren keine Pizza mehr sehen«, knurrte er.

Nun stell dich aber mal nicht so an, mein Bester. Julius hatte auf dem Rücksitz die Hände über den Bauch gefaltet. *Das war eben einfach nicht der Job, der deinen Fähigkeiten angemessen war.*

»Welcher Job könnte das denn deiner Meinung nach sein?«

Och, da gibt es viele.

»Dann zähl doch mal auf ...«

Julius schwieg.

»Auf der A57 in Fahrtrichtung Köln-Neuss zwischen der Abfahrt Dormagen und dem Kreuz Neuss-Süd liegt ein Faltboot auf der Fahrbahn. Wir melden es, wenn die Gefahr vorüber ist.«

Herbie schaltete das Radio aus und griff nach dem Handy.

Onkel Erwin freute sich ehrlich, seinen Neffen zu hören.

»Klappt das mit deiner Kleinen? Hat unsere Notariats-Arie was genützt?«, krähte er fröhlich.

»Hat sie, Onkel Erwin. Ich habe zwei Dinge, die ich unbedingt mit dir besprechen muss. Erstens: Wir sollten deinen kostbaren Dolch unbedingt schützen. Ein sehr talentierter Freund von mir wird ein Duplikat davon herstellen. Wie bei den englischen Kronjuwelen, verstehst du?«

Auch Julius verstand. *Wenn du tatsächlich glaubst, dass die Russen auf ein Stück Metall hereinfallen, das dieser Stümper zusammengelötet hat, dann tust du mir leid.*

»Eine prächtige Idee, Kerlchen!« Erwin Dorsel kicherte. »Wenn das klappt, hätte ich noch ein paar andere Schätzchen, die sich dieser Knabe mal zur Brust nehmen kann.«

»Wir versuchen es erst mal mit dem Russendolch. Und nun die zweite Sache: Du liest doch immer mit Vorliebe die Todesanzeigen.«

»Tue ich. Ich beobachte, wie die Einschläge näherkommen.«

Das Auto schlenkerte wieder gefährlich und drängte auf der Gegenfahrbahn fast einen Lieferwagen von der Straße.

Lass mich raten: Du machst das nur, um es den anderen Verkehrsteilnehmern etwas interessanter zu machen, richtig?

»Bei euch in Zilsdorf ist letzte Nacht wieder einer gefallen. Jagdgewehr, richtig? Ich habe gehört, eine Sauer200. Donnerwetter, das muss ihm glatt den Kopf unterm Helm weggeblasen haben, wenn das stimmt.«

Herbie konnte nicht anders. Er kriegte immer ein unangenehmes Gefühl in der Magengegend, wenn sein Onkel in den Landser-Tonfall verfiel. »Wie sieht's mit deinem Altpapier aus, Onkel Erwin?«

»Altpapier? Jungchen, du stellst ja vielleicht komische Fragen. Mehr als genug, wieso? Wird Zeit, dass es abgeholt wird.«

»Könntest du mal für mich blättern? In den Todesanzeigen? Ich suche den Namen Sampels.«

Habe ich verpasst, dass wir plötzlich eine heiße Spur haben?

»Nur eine Idee«, flüsterte Herbie und drückte das Handy an die Brust. »Nur so eine Idee ...«

Ach so. Na, das hat ja selten was zu bedeuten.

Als sein Onkel ihm anbot, den Dolch erneut vorbeizubringen, wehrte Herbie vehement ab. Der Gedanke, dass sein Onkel so rasch schon wieder in seiner Wohnung auftauchte, behagte ihm gar nicht. »Ich hole ihn ab«, beschied er.

Jetzt hatte er ja wieder Zeit.

Die Verabredung mit Lena konnte er nicht mehr verschieben, da er ihre Telefonnummer nicht kannte. Das Telefonbuch von Blankenheim hatte er nicht zur Hand, und im Notariat lief bereits der Anrufbeantworter. Der Ansagetext musste von Frau Piel gesprochen worden sein, denn es klang müde und einschläfernd. Herbie nahm sich fest vor, bei den nächsten Schlafproblemen diese Nummer zu wählen.

Er dachte noch einmal an die glückliche Fügung, die ihn im Haus von Elfi Auel auf Lena hatte treffen lassen.

»Hast du diese Tierschutztante bei der Beerdigung gesehen, Julius?«

Jetzt, wo du mich fragst, nein.

»Schon seltsam, oder? Angeblich lag ihr Oma Finchen doch so am Herzen.«

Was tust du?

»Ich wende.«

Macht man das nicht für gewöhnlich auf Plätzen, in Einmündungen oder in Parktaschen?

Etwa zehn Minuten später hatte sich der entstandene Stau wieder aufgelöst. Die tadellos blanken Reifen von Herbies Auto hatten ihn für kurze Zeit auf der Mitte der Fahrbahn stehen lassen; von beiden Fahrtrichtungen aus in ein Gewitter von Blinklichtern und Gehupe getaucht.

Dann war er wieder unterwegs, und nach weiteren zwanzig Minuten Fahrt erreichte er das Tierheim in Blankenheimerdorf.

Elfi Auel war gerade mit der Fütterung der Raubtiere beschäftigt.

Sie hatte ein hochrotes Gesicht und schaufelte aus einem riesigen Kessel etwas in die Näpfe der Hundezwinger. Es dampfte in der kalten Winterluft, und es stank widerlich. »Pansen«, erklärte sie und ließ eine weitere Kelle in den Napf pladdern. »Das mögen die Burschen. Das wärmt sie ein bisschen von innen.«

Lass dir doch ein Kesselchen mitgeben. Ist mal was anderes als immer Vierfruchtmarmelade.

Sie rieb sich schniefend die Nase mit dem Ärmel ihrer speckigen braunen Jacke.

»Wollen Sie helfen?« Ohne zu zögern drückte sie ihm den Eimer und die Kelle in die Hand und wandte sich dem nächsten Zwinger und der nächsten Portion zu. »Dann können wir reingehen und reden«, rief sie über die Schulter.

Die Hunde sprangen an Herbie hoch. Er hörte Kiefer schnappen und spürte, wie sich ungnädige Krallen in seine Hosenbeine gruben. Dann beeilte er sich, das Fressen zu verteilen und aus dem Zwinger herauszukommen.

Sie sind rein vernarrt in dich, die kleinen Süßen. Schau, wie sie dich abgeschleckt haben!

Herbies Hände waren von Schmodder überzogen, und er wagte nicht, daran zu riechen. Während sie ins Haus gingen, streckte er die besudelten Arme von sich ab wie ein Zombie. Als er in die Wärme der flachen Behausung trat, konnte man es dann auch riechen.

In einem winzigen Badezimmer, in dem man vor lauter Tierhaaren die Kachelfugen kaum noch erkennen konnte, wusch er sich oberflächlich. Als er zurückkehrte, hatte ihm Elfi Auel bereits einen Tee eingeschenkt.

»Haben Sie keine Hilfe? Das können Sie doch unmöglich alles allein machen.«

»Doch, doch, ich hab zwei, drei junge Leute aus Blankenheim und Dahlem, die helfen oft. Aber jetzt im Winter ist es denen manchmal einfach zu kalt. Da sind dann die eigenen vier Wände manchmal schlicht und ergreifend gemütlicher.«

Zu dem schwarzen Neufundländer, den Herbie noch von seinem ersten Besuch kannte, hatte sich ein sandfarbener Mischlingshund mit geringeltem Schwanz gesellt.

»Ich nenne ihn Hasselhoff. Wenn er hechelt, sieht er genau so aus wie dieser komische Schauspieler. Seine Besitzer haben ihn mit einem Stück Elektrokabel auf einem Parkplatz an der B51 angebunden. Mitten im wildesten Schneegestöber.« Elfi Auel ließ sich schwer in einen Sessel fallen und streifte sich ächzend die klobigen Stiefel von den Füßen.

»Armes Kerlchen.«

»Ich habe hier etwa fünfzehn Hunde, die dieses Schicksal mit ihm teilen. Angebundene Hunde, Katzen in der Plastiktüte, Meerschweinchen im Karton ... Ich finde die Menschheit manchmal zum Kotzen.«

»Ich habe Sie auf der Beerdigung vermisst.«

Ihre Miene verfinsterte sich, und ihre Finger schlossen sich hart um die Teetasse. »Diese Drecksbande«, knurrte sie, fast wie einer ihrer Hunde.

»Wer?«

»Die Familie von Oma Finchen. Die Doppelfelds. So ein Pack. Sie haben mir verboten, auf der Beerdigung zu erscheinen. Da habe ich mir gedacht, ich gehe später hin, wenn die Bagage sich verzogen hat. Ich war mit Hasselhoff da, der hat auf die Kranzschleife von ihrer Tochter Christa gepisst.« Sie lachte laut und dröhnend. »Waren Sie etwa da?«

Herbie nickte. »Mit meiner Tante. Schulfreundinnen, wie gesagt.«

»Ein erbärmliches Pack, oder?«

»Der Sohn ist, glaube ich, ganz nett.«

Elfi Auel wiegte nachdenklich den Kopf hin und her. »Nicht viel besser als die anderen. Seine Mutter war sehr enttäuscht von ihm. Hatte nur seine komischen Totenschädel im Kopf.«

»Wieso wollten die denn nicht, dass Sie zur Beerdigung kommen? Das ist ja seltsam.«

Sie schwieg.

Julius rieb sich die Nase. *Riechst du es auch, mein Bester?*

Irritiert hob Herbie möglichst beiläufig seine Hand an die Nase und schnüffelte daran.

Nicht deine Griffel, du Simpel. Hier stinkt etwas gewaltig. Dieses Rotbäckchen verheimlicht uns etwas.

»Hatten Sie auf eine Spende gehofft?« Herbie wagte einen Vorstoß in trübes Gewässer. »Eine letzte, große Spende?«

Die Tierschützerin richtete nun den Blick starr auf ihn. »Spende?«

»Eine ... Erbschaft?«

Zu seiner Verblüffung leugnete sie es nicht. Elfi Auel seufzte lang gezogen und sagte matt: »Oma Finchen hat es mal durchblicken lassen. Sie wusste, dass wir hier oben langsam Probleme kriegen. Das Haus ist marode, der Platz für die Zwinger reicht schon längst nicht mehr ... na ja, Sie haben es ja selbst gesehen.«

»Da müsste ein Grundstück her, nicht wahr?« Er ebnete ihr den Weg, und sie beschritt ihn, arglos, ohne Heimlichkeiten.

»Ein Grundstück, ganz genau. Oma Finchen hatte immer gesagt, dass sie etwas habe, das genau das Richtige ...«

»Im Industriegebiet an der Römerstraße ...«, entfuhr es Herbie.

Sie nickte mit geschlossenen Augen. »Das wäre zu schön gewesen. Diese Tuningfirma ...«

»TME.«

Nun lass sie doch mal ausreden!

»TME, genau. Diese Firma versucht seit Zeiten und Gedenken, es ihr abzukaufen, aber sie hat sich immer erfolgreich gewehrt. Jetzt, wo sie tot ist, wird ihre Familie nichts Eiligeres zu tun haben, als zu verkaufen.« Sie trank ihre Tasse leer und zuckte mit den Schultern. »Ist ja nun mal auch ihr gutes Recht.«

Denkst du auch wieder an die sprichwörtlich lachenden Erben?

»Woher wissen Sie, dass die Erbschaft nicht doch an Sie und Ihre Tiere geht? Noch ist doch das Testament nicht eröffnet, oder?«

»Kurz vor ihrem Tod hat sie angedeutet, dass sie jetzt Nägel mit Köpfen machen will und vorhat, ihr Testament zu ändern. Da ist mir und meinen vierbeinigen Geschöpfen leider im letzten Moment eine vereiste Stufe dazwischengekommen.«

»Und die Familie wusste, dass eine Testamentsänderung ins Haus steht?«

»Keine Ahnung. Woher denn?«

»Immerhin wollte man Sie nicht am Grab sehen.«

Sie runzelte die Stirn. »Stimmt. Sie haben recht. Ihre Tochter sagte mir am Telefon, dass sie kein Verständnis für die Pläne ihrer Mutter habe und dass sie nicht gedenke, diese Geldverschwendung in Zukunft weiter fortzuführen.«

»Das war ziemlich deutlich.«

»Allerdings.« Sie atmete tief durch, klatschte sich auf die Schenkel und erhob sich. »Also denn: Auf zu neuen Ufern!« Die Hunde waren sofort auf den Beinen. »Ich muss jetzt wieder raus. An einem Zwinger gibt es ein Loch im Dach. Muss geflickt werden. Das ist unangenehm, aber wenn der Frost nachlässt, wie die es angekündigt haben, läuft das Wasser rein.«

Herbies Blick fiel auf eine leere Stelle an der Wand, an der bei seinem letzten Besuch noch eins der großen Schwarzweiß-

Bilder gehangen hatte. »Wo ist das Bild hin? Hat Ihr Mann ... Ihr Exmann ... das abgeholt?«

Elfi Auel lachte dröhnend. »Von wegen! Wenn der hier noch mal aufkreuzt, werde ich ihn ohne mit der Wimper zu zucken an die Hunde verfüttern! Ich habe sie abgehängt.« Ihr Trübsal schien wie weggeblasen. Während der kurzen Pause schien sie wieder ausreichend Kraft gesammelt zu haben für den Kampf gegen all die Widrigkeiten ihres Lebens. Das nötigte Herbie Respekt ab.

Ein echtes Stehaufmännchen, nein ... -weibchen.

Sie deutete auf all die leeren Stellen an den Wänden. »Da ... da ... da ... und da ... ich habe sie alle in den Schuppen gebracht, weil ich sie nicht mehr sehen kann. Vielleicht mache ich nächste Woche ein hübsches Feuerchen.«

»An Ihrer Stelle würde ich noch ein bisschen warten«, murmelte Herbie nachdenklich, während Elfi Auel sich die Stiefel bereitstellte. »Mir spukt da so eine kleine Idee im Kopf herum. Womöglich hätte ich sogar Verwendung dafür ...«

21. Kapitel

Für das Bad nahm er sich unendlich viel Zeit. Kein lästiger Verwandter, der ihn behelligte, kein abendlicher Job, der ihn in Terminnot brachte ... nur ein Rendezvous zu später Stunde, für das er später frisch rasiert und schaumgeboren den Fluten zu entsteigen gedachte.

Zweimal ließ er warmes Wasser nachlaufen, und er genoss den Duft, der ihn wohlig warm einhüllte und den Gestank von gekochtem Rindermagen langsam vergessen ließ.

Irgendwann schlief er ein.

Das Klingeln des Telefons schreckte ihn auf. Als er nach dem Mobilgerät griff, das er für den Fall, dass Lena ihn anrufen wollte, wohlweislich auf dem kleinen Hocker neben der Wanne bereitgelegt hatte, glitt es ihm aus den seifigen Händen und kollerte auf den Fliesenboden.

Bei dem Versuch, danach zu fischen, glitt er aus, das Wasser spritzte umher, und es gelang ihm nur mit Mühe, die Situation zu stabilisieren. Julius betrachtete ihn kopfschüttelnd.

»Hallo?«

Am anderen Ende war Onkel Erwin. Vor Herbies geistigem Auge materialisierte er sich neben Julius, Lasagne kauend.

»Schon im Bett?«, krähte der Alte am anderen Ende fröhlich.

Herbie kramte zwischen seinen abgelegten Kleidern nach der Uhr. Gleich elf!

Was hätte ich tun sollen? Ich kann dir ja nicht mal den Stöpsel rausziehen.

»Was willst du, Onkel Erwin?«

»Mein Dolch ...«

»Himmelherrgott, ich komme morgen diesen dämlichen Dolch abholen, und dann bringe ich ihn zu Köbes, der macht diese Dublette, und dann kriegen die Russen einen und du einen, und dann will ich nie wieder was darüber hören!«, bellte er ins Telefon, während er versuchte, sich mit einer Hand abzutrocknen.

»Ist ja schon gut.« Erwin Dorsel klang beleidigt.

»Sonst noch was?« Herbie wunderte sich selbst über die Schärfe in seiner Stimme.

»Ach nichts. Kann ich dir ja auch morgen erzählen.«

»Genau, ich bin in Eile. In fürchterlicher Eile!« Während er sich das Haar trocken rubbelte, entglitt ihm fast wieder der Hörer.

»Ich dachte nur, es sei dringend mit dieser Frau Sampels. Ja gut, dann bis morgen. Schlaf gut.«

Sampels? Selbst Julius reagierte bei diesem Namen.

»Halt!«, schrie Herbie in den Hörer und hielt inne. »Was ist mit ihr? Hast du was rausgefunden?«

»Kann man wohl sagen. Erzähle ich dir alles morgen.«

»Jetzt mach keine Zicken, Onkel Erwin. Nun los, in kurzen, knappen Worten«, kommandierte Herbie und sprühte sich versehentlich ein paar Spritzer Eau de Cologne ins Auge.

* * *

Als er Minuten später mit den glatten Sohlen seiner dünnen Schuhe auf den *Teller* zuschlitterte, versuchte er verzweifelt, zwei Denkvorgänge gleichzeitig zum Abschluss zu bringen:

Zum Ersten wartete dort vor ihm, hinter gemütlich leuchtenden Fenstern, Lena. Er hatte bereits versucht, sich den Fortgang des Abends in allen möglichen Varianten vorzustellen. Würden sie essen? Wer würde bezahlen? Würde Lena danach gleich nach Hause fahren? Was war die Alternative dazu? Seine Wohnung auf Vordermann zu bringen, hatte er erst gar nicht versucht. Das hätte ihn Stunden gekostet. Julius war sogar der Meinung gewesen, dass auf die Schnelle nur ein Molotowcocktail der Familie Kurbskij helfen könne.

Und dann waren da noch die Informationen über eine gewisse Frau Sampels, die Herbie im Kasernenhofton aus seinem Onkel herausgepresst hatte. Die alte Dame war verstorben. Das hatte die Todesanzeige ergeben. Aber in einem Zeitungsartikel, den der eifrige Onkel ebenfalls herausgekramt hatte, wurde darüber berichtet, dass dieselbe Frau Sampels vor ein paar Wochen einem tragischen Unfall auf dem ehemaligen Truppenübungsgelände Vogelsang zum Opfer gefallen war. Ein Sturz in die Tiefe an einer ungesicherten Stelle in dem verlassenen Dorf Wollseifen. Der Bericht beschäftigte sich in erster Linie mit der unzureichend abgesicherten Unfallstelle und weniger mit dem Ableben der alten Dame. Möglicherweise war es dieselbe Frau Sampels, die Bertram Doppelfeld erwähnt hatte. Immerhin handelte es sich in beiden Fällen um zwei alte Damen, die bei einem Sturz zu Tode gekommen waren. An sich ein alltäglicher Vorfall, aber dennoch vermutete Herbie hinter diesen beiden Todesfällen irgendein Geheimnis. Erfreulicherweise konnte ihm sein Onkel auch berichten, dass es zwei Todesanzeigen gab. Die eine von der Familie – üppig versehen mit den üblichen tränenreich formulierten Floskeln – und die zweite von einem gewissen Herrn Adalbert Schultheiß und seiner Frau Luise, die den Verlust einer lieben Freundin betrauern. Adalbert Schultheiß wiederum, so wusste Onkel Erwin zu berichten, war ein pensionierter Beamter des Ordnungsamts in Schmidtheim.

»Möglicherweise kann man diesen Mann ausfindig machen und ihm ein paar Fragen zu der toten Frau stellen, mit der er und seine Frau offensichtlich so vertraut gewesen waren, dass sie eine Todesanzeige in Auftrag gegeben hatten.«

Und als was willst du auftreten? Willst du ihnen eine gefälschte Polizeimarke unter die Nase halten?

»Mir wird schon was einfallen.«

Davon bin ich überzeugt.

»Mea culpa ... mea culpa ... Ich muss dauernd an diesen Bertram Doppelfeld denken.«

Du solltest dich jetzt auf dein Rendezvous konzentrieren.

Herbie nickte entschlossen. »Du hast recht.«

Geh rein und umwirb sie. Buhle ein bisschen um sie.

»Buhlen? Du drückst dich manchmal aus ...«

Zu altmodisch? Nun gut, mein Bester. Ich versuch's mal anders. Er räusperte sich. *Bagger sie an. Mach sie klar.*

Dann riss er die Tür zum Lokal auf und trat ein. Die warme Luft und das Konzert aus Gelächter, Gläserklirren und Musik schwappte ihm entgegen. Andrea winkte ihm von der Theke aus gut gelaunt zu.

Der *Teller* war komplett neu dekoriert worden. Die Wände strahlten in edlem Dunkelrot, an der Theke und an den Wänden war Eifeler Schiefer verwendet worden. Der rustikale Gilb hatte einem bodenständigen Chic Platz gemacht. Herbie war oft und gerne hier. Ein paar Spiegeleier auf einem Gebirge von Kartoffelpüree mit köstlichem Blattspinat waren manchmal das Einzige, das für ihn einen verkorksten Tag retten konnte. Und er hatte reichlich verkorkste Tage.

Grab sie an. Knack sie.

Für gewöhnlich nahm er abends dann an der Theke Platz, aber jetzt spähte er zwischen den Gästen umher, die an den Speisetischen verteilt saßen.

Im Nebenraum fand er sie.

Zieh sie durch.

Herbie drehte sich mit einem Ruck zu Julius um und funkelte ihn böse an. Abwehrend hob sein Begleiter die Hände und zog sich zurück an die Theke, wo er sich lässig an einer freien Stelle anlehnte.

Lena war völlig in die Lektüre eines dicken Buches vertieft und erschrak ein bisschen, als Herbie sie ansprach.

»Da bist du ja endlich.« Es hörte sich so an, als bemühe sie sich nach Möglichkeit darum, es nicht vorwurfsvoll klingen zu lassen. »Hast du länger arbeiten müssen?«

Herbie ließ sich auf einen freien Stuhl gleiten. »Nun, also ... irgendwie schon. Tut mir sehr leid, dass du warten musstest. Hast du was gegessen?«

Sie schüttelte den Kopf. »Ist mir zu spät, lass mal.« Dann zeigte sie wieder das strahlende Lächeln, das ihn mehr und mehr um den Verstand brachte. »Schön, dass du endlich da bist.«

Herbie zeigte auf ihr leeres Glas. »Cola? Noch eine?« Sie nickte, und er bestellte zwei Cola. Jetzt besser keinen Alkohol.

Sie las Hesse. *Steppenwolf*. Herbie nickte anerkennend. Intellektuell beschlagen, das hatte er gleich vermutet. Das musste sie einfach sein. Er fühlte sich plötzlich sehr klein und dumm. Auf seinem Nachttisch lagen höchstens mal ein Kriminalroman oder ein Asterixheft.

Als sie an ihrer Cola nippte, sagte sie: »Ich würde dich gerne näher kennenlernen. Denkst du, das geht?«

Er nickte unsicher. »Lässt sich einrichten.«

»Du bist irgendwie anders.«

Anders. Herbie lauschte in das Stimmengemurmel hinter sich und wartete nur darauf, einen spöttischen Kommentar von Julius zu hören, aber er kam nicht.

»Anders. Hm. Das behaupten viele.«

Sie lächelte wieder. Ihre Sommersprossen tanzten. »Ich mag Männer, die anders sind, Herbie Feldmann.«

Verlegen fummelte er an der kleinen Decke herum, die in der Mitte des Tisches lag. »Na ja. Das trifft sich ja gut. Keine Angst, ich mag zwar vielleicht ein bisschen anders sein, aber nun auch wieder nicht so anders, dass man sich Sorgen machen müsste ... also ...« Was redete er nur für einen Mist? »Sollen wir woanders hingehen, wo es ein bisschen ruhiger ist?« Noch bevor er den Satz zu Ende gesprochen hatte, bereute er ihn bereits.

Das Lächeln wich aus ihrem Gesicht, und sie sah ihn ernst und intensiv an. »Warum nicht?«, sagte sie nach einer Weile leise.

Er zog die Augenbrauen in die Höhe. »Wir können natürlich auch noch hier ...«

»Nein, lass uns zu dir gehen. Ich möchte sehen, wie du wohnst.« Sie legte sanft ihre Hand auf die seine, die immer noch an der Kante des Tischdeckchens herumzappelte.

Er schluckte so heftig, dass er glaubte, sie müsse es gehört haben.

Lena warf sich auf ihrem Stuhl zurück und lachte auf. »Nur die Wohnung anschauen. Nichts anderes.« Dann beugte sie sich wieder vor und flüsterte: »Ich mag es nicht, wenn die Dinge sich überstürzen.«

Eine Weile lang schwiegen sie, und die Worte und Töne um sie herum verschmolzen zu undeutlichem Geraune.

»Lass uns gehen«, sagte Herbie leise. Er hatte immer noch Mühe, seinen ganzen Mut zu sammeln. Ihm fehlte es schlicht und ergreifend an Erfahrung. »Lass uns gehen.«

* * *

Als Lena gegen ein Uhr seine Wohnung verließ, war es Herbie, als bliebe ein durchsichtiger Schatten von ihr da. Es war, als säße sie noch immer auf dem abgeschabten Sofa, ihm gegenüber, und schicke ihre neugierigen Blicke durch den Raum. Eins der Kissen hatte sie auf ihren Schoß gelegt und die schlanken Finger mit den rötlichen Knöcheln darauf gefaltet und hatte ihm geduldig zugehört.

Jetzt war sie weg, und Herbie hätte noch stundenlang erzählen können. Nur selten hörte ihm jemand so interessiert zu, wie sie es getan hatte.

Julius schien sich unbehaglich zu fühlen. Er stand in den Zimmerecken herum und blieb ungewöhnlich schweigsam.

»Sie gefällt mir immer mehr«, murmelte Herbie und ging zum Fenster. Sein Atem ließ einen Nebelfleck auf dem Glas wachsen.

Auf dem Platz vor dem Haus sah er sie gerade noch um die Ecke verschwinden. Sie folgte einer dunklen Spur, auf der das Pflaster durch den Schneematsch durchschimmerte, und hatte die Schultern hochgezogen und die Hände tief in den Taschen ihres kurzen schwarzen Mantels vergraben.

Natürlich höre ich dir auch immer sehr gerne zu, wenn du redest, mein Teuerster. Julius war an seine Seite getreten.

»Aber sie lacht mich nicht aus.«

Was? Sollte ich das tatsächlich getan haben? Kann mich gar nicht erinnern ...

»Ich kann es kaum erwarten, sie wiederzusehen«, flüsterte Herbie.

Als sie in der offenen Tür gestanden hatte, um sich zu verabschieden, hatte sie ihm einen Kuss gegeben. Zuerst hatte es so ausgesehen, als sei er für die Wange bestimmt gewesen, aber dann war er doch auf dem Mund gelandet.

Es war nur der Hauch eines Kusses gewesen, aber Herbie schmeckte ihn immer noch.

Sie war immer noch bei ihm.

An der dunklen Mauer der Kirche wurde für einen flüchtigen Moment eine Gestalt sichtbar. Groß gewachsen und mit einer weißen Mütze. Es hätten aber auch sehr blonde Haare sein können.

22. Kapitel

Tante Hettie klingelte ihn gegen sieben aus dem Bett. »Wahrscheinlich bist du ohnehin schon wach, weil du ja arbeiten gehen musst.«

Er machte erst gar nicht den Versuch, ihr etwas zu erklären. »Guten Morgen, Tantchen. Was kann ich denn für dich tun? Du erwischst mich gerade, als ich zur Tür raus will.« Langsam schob er die Bettdecke weg und reckte die Füße in Zeitlupe aus dem Bett.

»Du bringst mir eine vernünftige Zahnpasta mit ausreichend Fluor mit und die guten hellblauen Brillenwischtücher, die ich immer benutze. Hier im Haus ist nun mal nichts Vernünftiges zu kriegen.«

»Sicher, Tantchen. Wann brauchst du das denn?«

»Sobald es geht, natürlich. Ich denke, du bist dauernd unterwegs? Da wird es dir ja wohl keine Mühe bereiten, kurz bei deiner versehrten Tante vorbeizuschauen, oder?«

»Keine Frage, natürlich.« Er schwankte an Julius vorbei ins Bad und setzte sich auf die Toilette. Beim Pinkeln bemühte er sich, keine Geräusche zu machen. »So, ich muss jetzt los, Tantchen.«

Als die Verbindung unterbrochen wurde, zog er ab.

Julius blickte aus dem Fenster. *Es taut jetzt wirklich. Möglicherweise rettest du das, was du dein Auto nennst, in den Frühling, bevor das Streusalz es von unten auffressen kann.*

»Tante Hettie will uns sehen.«

Dich.

»Natürlich.«

Der Kühlschrank gähnte ihn an. Herbie gähnte zurück. »Ich kaufe ihr ein paar Sachen. Bei der Gelegenheit werde ich mir vielleicht einmal etwas Butter zulegen. Möglicherweise sogar Brot oder so etwas Ähnliches.«

Mit genussvoller Langsamkeit machte er sich landfein und dachte ununterbrochen an Lena. Er diskutierte mit Julius ausgiebig die Geschehnisse des vergangenen Abends. Mit dem Mund voll Zahnpastaschaum und unter prasselndem Duschwasser.

Noch fast nackt blätterte er bibbernd im Telefonbuch, während er mit der Rechten grobe Knitter in ein frisch gewaschenes Hemd bügelte.

In der Ortschaft Dahlem wurde er fündig. Adalbert Schultheiß wohnte auf dem Rennpfad, so lautete die Information. Bei dem ausgefallenen Vornamen konnte es sich kaum um eine Verwechslung handeln.

»Onkel Erwin hat ja auch gesagt, dass dieser Schultheiß in Dahlem in der Verwaltung gearbeitet hat.«

Julius nickte von Zeit zu Zeit ungewöhnlich verständig und gab sich väterlich-jovial. Irgendwie sah er aus wie ein großer Nikolaus. Während der ganzen Zeit wurde Herbie das Gefühl nicht los, dass sein Begleiter etwas ausheckte.

Herbie dachte an den vergangenen Abend zurück. Es waren erst wenige Stunden vergangen, aber es schien ihm, als seien Tage vergangen, seit Lena ihn zum Abschied geküsst hatte. Wie lange würde es dauern, bis er sie wieder sehen würde? Heute ging es nicht, das hatte sie bereits angekündigt. Irgendein lang geplantes Treffen mit einer Freundin in Trier.

Immerhin hatte er nun ihre Handynummer.

Du grinst so dämlich.

»Ich bin glücklich, Julius.«

Kurze Zeit später ging er, immer noch ein wenig verschlafen, am Rathaus vorbei in Richtung Augustinerplatz, um im Lebensmittelgeschäft von Herrn Konz nachzuschauen, ob er das fände, was Tante Hettie begehrte.

In der Kurve vor dem *Hotel Fasen* saß am Straßenrand, warm verpackt, im Rollstuhl der beinlose Werner, der wie immer den Verkehr regelte. »Morgen Herbie!«, rief er. »So früh?«

»Ich ändere mein Leben!«, rief Herbie zurück.

»Wurde auch Zeit!« Werner widmete sich wieder seiner Tätigkeit als Hilfssheriff und ruderte wie wild mit den Armen, als ein Vierachser mit blödsinniger Geschwindigkeit aus Richtung Jünkerath angerauscht kam.

Du änderst dein Leben? Wie schön, dass ich dabei sein darf. Das mit dem Frühaufstehen war ja schon ganz gut. Was kommt als Nächstes?

Die Leute trugen den Schneematsch mit ihren Schuhen und Stiefeln weit in den Laden hinein. Die Fliesen waren glitschig und dreckverschmiert. Es herrschte geschäftige Betriebsamkeit. Ein Lieferant, dem das Winterwetter die Anfahrt verzögert hatte, brachte Kisten herein, und die Leute, die einem geregelten Beruf nachgingen, besorgten sich rasch noch etwas für die Frühstückspause.

»Die holen sich einen Snack für die Arbeit. Das gute alte Butterbrot ist ein bisschen aus der Mode gekommen«, murmelte Herbie.

So wie bei dir die Arbeit.

»Guck mal, sie haben nur rosafarbene Brillenputztücher. Ob Tante Hettie das was ausmacht?«

Sie wird sich vor Freude kaum noch beherrschen können, vermute ich.

Frau Kannengießer schien beständig in geheimer Mission unterwegs zu sein. Mit vorgerecktem Kinn pflegte sie zuerst den Kopf um die Ecken der Verkaufsregale zu stecken und dann den Körper hinterherzuholen. Es vermittelte den Eindruck, als sei die kleine, drahtige Person mit den dunklen Kleidern mindestens auf dem direkten Weg zu den englischen Kronjuwelen, die sie in ihrer umfangreichen Handtasche mit nach Hause zu nehmen beabsichtigte. Ihre scharf geschwungene, hervorspringende Nase und die Brille mit den unglaublichen Dioptriewerten, die ihre Pupillen in pfefferkorngroße Pünktchen verwandelten, verstärkten den Eindruck, dass sie ein Mensch sei, der das einmal anvisierte Ziel so schnell nicht aus den Augen verlor.

Dabei putzte sie nur bei dem ein oder anderen in Hillesheim und lebte ansonsten mit ihrem Bruder, einem maulfaulen Frührentner, in einem alten Haus in der Nähe der Viehmarkthalle.

»Guten Morgen, Herr Feldmann«, sagte sie in einer Art Singsang, den Herbie nur zu gut kannte, und hielt die Hände fest um den Griff ihres Einkaufswagens geklammert. »Brillenputztücher?«

Oh ja, rosa. Das ist jetzt die neue Modefarbe. Auch rosa Gebissreiniger und rosa Erfrischungstüchlein sind jetzt in.

»Für meine Tante«, erklärte Herbie und bekam plötzlich einen trockenen Mund. Gestern hatte er noch an sie gedacht. Der Tod Noethens kam ihm wieder ins Gedächtnis zurück. »Darf ich Ihnen mein Beileid aussprechen, Frau Kannengießer? Ich meine, Sie waren zwar nicht mit Herrn Noethen verwandt, aber immerhin haben Sie doch lange ...«

Das reichte völlig.

Es gab Menschen, bei denen man besonders listig vorgehen musste, um ihnen etwas zu entlocken. Bei Frau Kannengießer bedurfte es dieser Finessen nicht. Die Schleusen hatten sich bereits geöffnet, und es sprudelte augenblicklich aus ihr hervor.

»Das müsste mir mal einer erklären, wofür das gut ist. Gut, das mit dieser Bestattung im Wald hat er sich ja gewünscht, das muss man respektieren. Und das mit der Verbrennung und der Urne geht ja deshalb auch nicht anders, aber diese Eile ...« Sie kramte aus den Tiefen ihrer Handtasche ein Tempotuch hervor und führte es zu Mund und Nase. Dabei machte sie ein Gesicht, als habe sie in eine Zitrone gebissen. Keine Träne lief. Zumindest keine, die durch die Brillengläser erkennbar gewesen wäre.

Wenn man die Brille umdreht, kann man wahrscheinlich Fußspuren auf der Mondoberfläche erkennen.

»Urne? Wald?«

»Haben Sie es noch nicht gehört? Herr Noethen wird in diesem Wald bei Hümmel bestattet. Sie wissen schon, Herr Feldmann, der ohne Kreuze und Gräber. Nur Waldboden und nicht mal ein Kranz oder so was.« Wieder das Taschentuch und wieder die Zitrone. »Kein Priester, keine Totenmesse. Nur irgend so eine läppische Trauerrede. Und alles so schnell. So schnell! Man kriegt ja gar keine Zeit, richtig drüber nachzudenken.«

So liebte es Herbie. Er drückte ein Knöpfchen und bekam eine kostenlose Information.

»Schnell?«

»Ja, übermorgen soll diese ... sagt man da überhaupt Beerdigung? ... Also, da wird schon die Urne im Wald vergraben. Übermorgen! Der Mann ist vorletzte Nacht erst gestorben! Übermorgen! Warum muss das denn alles so schnell gehen? Ich verstehe das nicht. Wissen Sie, Herr Noethen war ja kein einfacher Mann, und so einen Wunsch, im Waldboden beigesetzt zu werden, den muss man natürlich respektieren. Da wird kein Pastor dabei sein! Können Sie sich das vorstellen, Herr Feldmann? Ist das denn dann ein richtiges Begräbnis? Nun ja, aber so hat er es ja nun mal gewollt. Schließlich war er ja da am liebsten. Im Wald. Aber das rollt ja alles an einem vorbei wie eine Lawine.«

Genau wie ihr Geschnatter.

»Wer macht denn den Druck?«, fragte Herbie scheinheilig und ahnte doch schon die Antwort.

Ihre Augen versuchten, sich hinter den Brillengläsern zu weiten. »Na, die Familie. Ich habe das Gefühl, die wollen ihn rasch unter der Erde haben. Er ist so allein gestorben. Mitten im Winterwald. Im kalten, kalten Winterwald.« Das Taschentuch.

»Ganz schön tragisch.« Herbie verzog den Mund in einer Andeutung von Bitterkeit. »Diese Sache mit dem Gewehr. Nein, wirklich ...«

Wieder funktionierte die Knopfdruckfunktion vorzüglich.

»Das Gewehr! Ja, diese Waffen. Da habe ich immer Angst vor gehabt. So viele hat er in seinem Waffenschrank gehabt. Der war natürlich immer abgeschlossen. Ab und zu waren ja auch Enkelkinderchen im Haus, da ist man ja vorsichtig. Aber in seinem Kofferraum hat er ja noch zwei andere gehabt. Das hat er wohl öfter so gemacht, obwohl man das ja eigentlich nicht darf. Aber ich glaube, er hat für verschiedene Tiere verschiedene Waffen gehabt. Gibt es das? Tot ist doch tot, oder? Ich meine, ob ein Hase nun von Schrot getroffen wird oder von einer Kugel. Tot ist der doch dann in jedem Fall. Oder wie ist das?«

»Hat er denn noch einen Hasen geschossen? Also, kurz bevor er ...«

»Nein, ein Wildschwein. So habe ich es jedenfalls gehört. Das hat er noch erwischt. Gewissermaßen sind die zwei also zusammen ...«

Schluchzen. Taschentuch.

»Wie schrecklich.« Herbie schüttelte den Kopf. Das klang alles nach einem echten Unfall. Und dennoch, die Tatsache, dass Noethen noch zwei andere Waffen im Kofferraum mit sich geführt hatte, beschäftigte ihn.

»Die Familie war ja auf dem Konzert im Augustinerkloster, als es passierte. Alle zusammen. Bis zu den Enkelchen. Nur er war wieder mal allein unterwegs.«

»War er oft allein?«

Es entstand eine vielsagende Stille. Frau Kannengießer blickte auf die Einkäufe in ihrem Wagen. Gemüse, Joghurt, Schmierseife. »Nun ja...«, murmelte sie. Und die folgende Pause wurde noch vielsagender. »In letzter Zeit nicht mehr ganz so oft.«

Pause.

Sie drehte langsam den Kopf herum, spähte nach möglichen Zuhörern und zischte aus dem Mundwinkel: »Der hatte sich ja noch mal was geangelt.«

»Sie meinen ...?«

»Genau!« Jetzt hatten die Augen ihren absichernden Rundblick beendet und bohrten sich wieder in die seinen. »Die ist vielleicht gerade mal so alt wie Sie!«

»Nein.«

»Doooch!«

Ich finde es schamlos von dir, wie du diese arme Frau ausquetschst, Herbie Feldmann. Merkst du denn nicht, dass sie krampfhaft versucht, ihre Geheimnisse für sich zu behalten?

»Sie ist von Beruf Grafikerin und wohnt in Euskirchen. Martha Lindt. Ha! Das ist vielleicht ein Früchtchen, kann ich Ihnen sagen! Die trug Unterhosen, die waren so dünn, die könnte ich durch ein Nadelöhr ziehen und meinem Jupp die Socken damit stopfen!«

Herbie erinnerte sich an die Begegnung mit Noethen in Blankenheim und sah eine lebenslustige junge Frau vor sich. Sie hatte mit Noethen zusammen im Auto gesessen. Er sah schwarzes Haar und lustige Äugelchen. Martha Lindt? Soso.

Er vermied es zu fragen, woher Frau Kannengießer so gut mit der Beschaffenheit von Frau Lindts Dessous vertraut war. Eigentlich konnte er es sich denken.

Vermutlich hat sie ihm auch die Wäsche gewaschen. Da wird es durch ein Löchlein im Korb gerutscht sein.

»Na ja, jetzt kann sie sich einen Neuen suchen, dem sie das Geld aus der Tasche ziehen kann.«

»Die Familie wird auch erleichtert sein.«

Frau Kannengießer lachte. »Na, und wie! Das wäre ja vielleicht was geworden. Nun ja, übermorgen ist Beerdigung ... also, er wird vergraben. Ich muss mal gucken, was ich dann anziehe. Wenn das so weitergeht mit dem Wetter, werden wir mit den Gummistiefeln da hingehen müssen. Im Wald! Unglaublich!« Sie wünschte ihm einen schönen Tag und schob ihren Einkaufswagen weiter.

Sie wird nicht weit kommen. Wenn ich mich nicht irre, höre ich sie bereits wieder quasseln.

»Morgen Herr Konz!«, erklang ihre beinahe gesungene Begrüßung jetzt tatsächlich einen Gang weiter. »Stellen Sie sich mal vor! Übermorgen wird er schon beerdigt ...«

»War sehr interessant, wenn du mich fragst«, flüsterte Herbie seinem Begleiter zu.

Was für eine Klatschbase! Und damit meine ich nicht diese Frau.

* * *

Bei Onkel Erwin ließ er sich die Zeitungsausschnitte zeigen und schaffte es mit Mühe, ein Probierglas Meerrettichschnaps auszuschlagen. Sein Onkel drückte ihm mit ernster Miene ein kleines Bündel in die Hände. Unschwer war unter der Hülle aus Stoff der Dolch zu erkennen, um den in den letzten Tagen ein neuer Kalter Krieg entbrannt war.

»Köbes macht das«, versprach Herbie. »Du wirst das Duplikat hinterher nicht von deinem eigenen unterscheiden können.« Und als sein Onkel an dieser Stelle mit einem Zischen die Luft einsog, legte ihm Herbie beschwichtigend die Hand auf den Arm. »Keine Sorge, Onkel Erwin. Du bekommst natürlich dein Original zurück, und die Russen dampfen mit dem Blechmesser ab.«

* * *

Die nächste Etappe seiner Tour war weitaus unangenehmer. Sogar sein Auto begann schon zu ruckeln, als er sich der Eifelhöhenklinik näherte.

Als er den kleinen Laden nahe dem Eingang passierte, sprangen ihm gleich die rosafarbenen Brillenputztücher ins Auge.

Im Aufzug quetschte er sich mit einer Handvoll gut gelaunter Rehabilitanden zusammen. Es war ihm schleierhaft, wie immer noch der fette Julius hineinpassen konnte.

Wenn ihre Brille nicht geputzt ist, merkt sie vielleicht gar nicht, dass du keine blauen aufgetrieben hast! Julius hockte auf der Lehne eines Rollstuhls, in dem ein mageres Männlein mit bandagiertem Knie saß.

Als Herbie wenige Minuten später an der Tür seiner Tante klopfte, antwortete niemand. Die Tür war verschlossen.

»Sie ist auf der Terrasse«, schnarrte der alte Herr Pauli, der in diesem Moment gerade vorbeigeschlurft kam. »Soll ich ihr Bescheid sagen?«

»Nein! Bitte nicht!« Herbie merkte sofort, dass das eine Spur zu laut gewesen war. Er drückte dem Alten die Plastiktüte in die Hand. »Geben Sie ihr das bitte von mir.«

»Nein! Bitte nicht!«, rief jetzt der Alte. Keineswegs leiser. »Das will ich nicht«, schickte er flehentlich hinterher.

»Sie müssen!«, rief Herbie, bereits im Weglaufen. »Ich habe noch einen dringenden Besuch zu machen.«

»Hast du die Panik in seinen Augen gesehen?«

Julius kratzte sich im Nacken, als sie zum Auto zurückgingen. *Habe ich. Und ich habe auch gesehen, dass du dich wie ein Schwerverbrecher aus dem Gebäude herausgestohlen hast, nur damit du nicht doch noch deiner Tante begegnest. Ihr solltet wirklich an eurer Beziehung arbeiten.*

»Die gibt es nicht.«

Es gibt Familientherapeuten.

»Keine, die mit meiner Tante fertig würden.«

Und wohin jetzt? Hast du noch andere Verwandte, die du besuchen musst?

»Nein, jetzt geht es nach Dahlem!«

Und was könntest du da wohl wollen?

Herbie fischte die Zeitungsausschnitte vom Beifahrersitz und wedelte damit in der Luft herum. »Wollen doch mal sehen, was Bertram Doppelfeld mit dieser toten Frau zu tun hatte.«

23. Kapitel

Irgendetwas an Herbies Äußerem veranlasste den älteren Mann, der die Tür geöffnet hatte, sie gleich wieder schließen zu wollen. »Gehen Sie arbeiten und lassen Sie die Leute in Ruhe!«

Auf der anderen Straßenseite, hinter Herbies Rücken lag die Bahnstrecke Trier-Euskirchen. Ein Zug brauste in diesem Moment vorbei.

»Moment, Herr Schultheiß, Moment! Ich komme wegen Frau Sampels.«

Die Tür, die bereits wieder halb zugeschoben worden war, öffnete sich wieder. Adalbert Schultheiß musterte ihn skeptisch. »Gretchen?«

»Margarete Sampels, genau!«

»Die ist tot. Was wollen Sie denn?« Er ließ den Blick über Herbies abgeschabten Parka und das verknitterte Hemd wandern und trat nach kurzem Zögern zur Seite, um ihn hereinzulassen.

Wenig später fand sich Herbie in einem kleinen Wohnzimmer wieder, in dem das Kondenswasser an der Scheibe herabrann. Die Heizung glühte, und zwei Männer saßen um einen kleinen Wohnzimmertisch und spielten Skat. Schnapsgläser und Bitburger Stubbiflaschen rundeten das Bild ab. Dichter Zigarrenrauch tauchte den Raum in milchiges Weiß.

»Ich dachte schon, es wäre Luise«, rief Schultheiß heiter und öffnete eine neue Flasche Bier. Die beiden anderen Männer atmeten erleichtert auf, und eine Runde aus einer Kornflasche wurde ausgeschenkt. Zu Herbie gewandt erklärte er: »Meine Frau ist einmal die Woche für einen Vormittag im Altenheim in Mechernich und hilft da ehrenamtlich. Weil sie mit dem Zug fährt, wissen wir immer ganz genau, wann sie abfährt, und vor allen Dingen, wann sie wieder zurückkommt.« Schultheiß räumte schnaufend ein paar Zeitungen von einem Sofa und bot Herbie den Platz neben dem dicksten der drei alten Knaben an, der seine glühende Zigarre mitten im Gesicht stecken hatte wie ein Signallicht.

»Was ist denn mit Gretchen? Sind Sie Verwandtschaft?«

Oh ja, das würde mich aber auch mal interessieren.

Herbie hob an, um eine ausgesprochen fadenscheinige Erklärung abzugeben.

»Gretchen?«, fragte der Dicke neben Herbie in diesem Moment und reckte den Kopf. »Gretchen?« In seine Augen trat ein wässriger Glanz, als er einer besonders bauchigen Qualmwolke nachblickte.

»Gretchen«, murmelte auch der dritte, ein kleiner, kahlköpfiger Greis, der aussah wie eine Dörrobstcollage von Arcimboldo und schwenkte die letzten noch verbliebenen Tropfen in seinem Schnapsglas. Um seine Mundwinkel herum zuckte es in einer wollüstigen Erinnerung.

»Gretchen war die Cousine meiner Frau«, erklärte Schultheiß nach einem Räuspern. »Sie sind beide in Wollseifen aufgewachsen.« Er starrte auf seine Spielkarten auf dem Tisch. Was Herbie nun eigentlich auf den Plan gerufen hatte, schien ihm von einem Moment auf den anderen völlig gleich zu sein. Die Erinnerung hatte ihn übermannt. »Luise ist mein Ein und Alles. Eine treue Seele, ein Schatz von einer Frau.« In der Pause, die nun kam, konnte man es förmlich knistern hören. »Aber Gretchen ... das war vielleicht ein Weib! Sie alle sind damals ihrer Heimat beraubt worden, als sie aus Wollseifen vertrieben wurden. Die ganzen Familien, einfach raus da und in die Umgegend verteilt. Luise ist in den Hürtgenwald gekommen. Da haben wir uns dann kennengelernt. Ich komme von da, wissen Sie. Und Gretchen, die kam nach Gemünd. Ich glaube, an Luise und Margarethe konnte man genau studieren, wie unterschiedlich sich dieses Trauma der verlorenen Heimat auf den Einzelnen ausgewirkt hat. Die eine so, die andere so.«

»Luise ist ein Hausmütterchen. Ein ganz besonders liebes Hausmütterchen.« Der Dicke nickte, wie um seine eigene Aussage zu bestätigen. »Backt und kocht wie eine Küchenfee.«

»Und auch sonst ist alles drum und dran, doch, doch!« Der kahle Greis hob anerkennend den krummen Zeigefinger. »Aber Gretchen ... Die hat das Leben genossen. Oh ja, das hat sie!« Er leckte sich mit einer winzigen Zunge rasch über seine dünnen Lippen.

Kann es sein, dass bei diesen alten Herrschaften gerade die Hormone ein furioses Comeback feiern?

»Was haben Sie denn mit Gretchen zu schaffen?«, hakte Schultheiß jetzt noch einmal nach. Der Dicke kam ihm wieder dazwischen. »Hat den Gemüsegroßhändler aus Gemünd geheiratet, den Jupp Sampels. Das war wirklich eine gute Partie, der Sampels. Stinkreich. Aber krank. Alle haben immer gesagt, sie hätte ihn nur wegen dem Geld geheiratet, aber ich glaube das eigentlich nicht.«

»Gretchen hat ihn wahrscheinlich kaputt geliebt«, kicherte das Männlein. Die drei brachen in Gelächter aus. »Ja, ja, kaputt geliebt. Das wird es gewesen sein. Jede Nacht Heidewitzka!«

Macht den Eindruck, als hätte unser Skatclübchen eine Linie Viagra geschnupft. Julius lehnte an der Fensterbank, und der Zigarrenqualm des Dicken umwölkte ihn und ließ ihn aussehen wie eine Art aufgedunsener Petrus, der zur Erde grinst.

»Das mit Gretchens Zwillingen, das war natürlich völlig unbeabsichtigt. Ich glaube, die sind ganz schnell in ein Internat nach Oberammergau verschwunden, die beiden Mädchen.« Schultheiß war wieder an der Reihe. »Da war nie ein herzliches Verhältnis zwischen denen. Ich glaube, das war später dann auch schwer für die Mädchen, sich immer an Gretchens neue Männer zu gewöhnen. Jungejunge, hat die es getrieben.«

Zu dritt seufzten sie tief und innig und hingen jeder für sich ihren ganz persönlichen Erinnerungen an die Verstorbene nach.

Schultheiß guckte plötzlich finster. »Die Reue kam ja erst sehr spät, als sie schon reichlich klapprig war. Nun ja, wer es so doll treibt, der muss sich nicht wundern, wenn der Lebenssaft dann in der Hitze des Gefechts ein bisschen schneller verdunstet, als das sonst üblich ist.«

Er schraubte die Kornflasche auf und schenkte eine Runde aus. Herbie bekam auch ein Gläschen in die Hand gedrückt.

An den Kreationen deines Onkels hätten die wahrscheinlich ihre wahre Freude.

»Auf Gretchen!« Sie tranken.

»Ich glaube, sie war am Schluss noch viel klappriger als ich«, murmelte der Kleine und kaute mit dem leeren Mund. »Und dann kam ja irgendwann ihr Wohltätigkeitsfimmel.«

Herbie beobachtete, wie Julius hinter den kleinen Mann schlich und über seinen krummen Rücken hinweg interessiert sein Skatblatt studierte.

Er setzte an, um zu fragen: »Wohltätigkeits...?«

Völlig unnötig.

Schultheiß brauchte keinen Ansporn. Er war in Fahrt. »Wie es manchmal so geht ... Gretchen war doch immer schon für Überraschungen gut. Sie fing an, in fremde Länder zu reisen. Zuerst Persien, dann Afrika. Dann irgendwann Südamerika. Sie brachte junge Kerle mit nach Hause, die sie ein, zwei Monate aufpäppelte und dann wieder nach Hause schickte.«

Der Dicke legte seine Zigarre in den übervollen Aschenbecher und wedelte mit der Linken ein Guckloch in den Qualm. «Eine richtige Mutter Theresa war unser Gretchen geworden. Kaum zu glauben. Nur ihre Töchter mit ihren Familien hat sie so ein bisschen vernachlässigt.«

»Ende letzten Jahres habe ich sie noch in Blankenheim getroffen. Sie lebte ganz allein in einem Riesenklotz von einem Haus in Nettersheim. War da schon ganz schön marode, die wilde Grete. Der Wahnsinnsbusen ... einfach weg. Der traumhafte Hintern ... in Nichts aufgelöst. Und ihre Lippen ... Mann, was hatte die für Lippen ...«, sagte der Glatzkopf verträumt.

Der Dicke schnalzte mit der Zunge.

»Ist ja schon gut, ihr geilen alten Böcke!«, schimpfte Schultheiß. »Euch tropft ja der Sabber aus dem Mund!«

Der Kleine riss sich zusammen und fuhr fort: »Sie sagte, sie habe sich gerade erkundigt, wie so etwas ablaufen könne, wenn sie nach Afrika ziehen wolle. Ihr schwebte da so ein Haus mit Pool und allen Bequemlichkeiten vor, die man im Alter so sehr zu schätzen lernt. Geld genug hatte sie ja auf jeden Fall für solche Spielereien. Direkt in der Nähe ihres Hilfsprojekts sollte es zu stehen kommen. Es gab da wohl eine Art Buschkrankenhaus oder so. Ich sage: Gretchen, was willst du denn in Afrika? Bist du denn da in Afrika auf deine alten Tage nicht überfordert? Man hört ja von diesen Farbigen so einiges ...« Er legte die Spielkarten weg und deutete mit seinen faltigen Händen eine nicht ganz unerhebliche Längenangabe an.

Die drei brachen in schallendes Gelächter aus, und Schultheiß, der sich als Erster wieder fing, erklärte Herbie immer noch schnarchend vor Vergnügen: »Mit Gretchen konnte man so seine Späße machen. Die war kein Kind von Traurigkeit.«

»Das war ihr wohl ernst, das mit Afrika«, erzählte der Glatzkopf weiter, zog seine Brille aus und putzte sie ausgiebig mit einem fleckigen Taschentuch. »Sie sagte, dass sie ja nun auch nicht mehr so richtig gesund sei und dass das ihre letzte Chance sei, noch einmal was anderes zu machen.«

Jetzt kehrte Ruhe ein. Der Glatzkopf setzte seine Brille wieder auf und schnäuzte sich in das Taschentuch. Der Dicke sammelte alle Skatkarten ein, die mit einem Mal völlig unwichtig geworden waren, und Schultheiß trank sein Stubbi leer.

»War dann ja doch zu spät«, sagte er bitter, als er abgesetzt hatte. »Sie hätte nicht noch mal diesen Ausflug in die Vergangenheit machen sollen, hat mein Luischen gesagt. Luise ist nie mehr nach Wollseifen gefahren. Sie will das gar nicht mehr. Das ist endgültig vorbei, sagt sie.«

»Wahrscheinlich war ihre Familie gar nicht so traurig, was?«, fragte Herbic zaghaft. Erst als er plötzlich wieder einen Laut von sich gab, nahmen die drei wieder Notiz von ihm.

»Was haben Sie denn eigentlich damit zu schaffen?«, fragte Schultheiß jetzt intensiver.

Ja, erzähl doch mal.

Der Dicke riss das Steuer augenblicklich wieder herum. »Wären die mit ihr nach Wollseifen gefahren, wäre es vielleicht gar nicht passiert. Aber die ganze Familie hat sich mit Mann und Maus über Neujahr in einem Gasthof in Garmisch-Partenkirchen eingemietet, wie ich gehört habe. Gretchen war die Einzige, die nicht mitwollte.«

»Die ganze Familie?« Herbie stutzte. Dieser Umstand war ihm nun schon zum dritten Mal begegnet. »Die ganze Familie hockte also zusammen, als Frau Sampels gestorben ist?«

Schultheiß nickte. »So ist es. Die können eigentlich froh sein, dass das mit Gretchens afrikanischen Träumen dann zum Schluss doch nichts geworden ist. Die hätte glatt noch das ganze Geld verjuxt da unten bei ihren kranken Negern.«

»Neger sagt man nicht mehr«, warf der Dicke ein.

»Kennen Sie einen Herrn Doppelfeld? Bertram Doppelfeld aus Oberstadtfeld? Er kannte Frau Sampels auch.«

Die drei richteten nun alle gemeinsam ihre Augen auf Herbie, so als hätten sie ihn gerade erst richtig wahrgenommen. Für einen Moment musterten sie ihn prüfend.

»Sie fragen hier ja ganz schön rum«, knurrte Schultheiß. »Können Sie mir vielleicht mal ...«

In diesem Moment klapperte etwas im Hausflur, und das Aufbauschen der Zimmergardine deutete an, dass irgendwo eine Tür geöffnet wurde.

Das Klimpern eines Schlüssels klang durch die augenblicklich eintretende eisige Stille.

»Ich bin wieder da!«, ertönte eine Frauenstimme.

Wie von einem Insekt gestochen sprangen die drei Alten mit panisch geweiteten Augen von ihren Sitzen hoch und führten mit atemberaubender Geschwindigkeit eine Art stummes Tanztheater auf.

Der Dicke packte die Spielkarten, ließ sie in einer Schublade verschwinden, der Kahlköpfige stolperte zum Wohnzimmerschrank und verstaute klimpernd Schnapsflaschen und Gläschen, Schultheiß selber barg die Bierflaschen in seinen Armen wie einen Wurf Wickelkinder und versuchte mit der freien Hand den Zigarrenqualm zu verscheuchen. Herbie guckte fasziniert von rechts nach links und zurück. Von irgendwoher wurde eine Tischdecke durch die Luft auf den Wohnzimmertisch geworfen, Kölnisch Wasser wurde verspritzt, der Aschenbecher durch das offene Fenster in den Garten entleert, und nur Bruchteile von Sekunden später saßen wieder alle auf ihren Plätzen, dicht gedrängt um ihn herum, und hatten beiläufige Mienen aufgesetzt.

»Doppelfeld ...«, sagte Schultheiß betont locker, als seine Frau eintrat. »Doppelfeld ... Doppelfeld ... Ach, Liebchen, bist du schon wieder zurück? Hör mal, kennen wir einen ...«

»Bertram«, half Herbie aus.

»Bertram Doppelfeld. Ein Bekannter von Gretchen.«

Seine Frau war eine kleine, dralle Frau in den Siebzigern, mit runden roten Apfelbäckchen und muskulösen Oberarmen. Sie ließ den Blick prüfend durch den Raum wandern, und schnüffelnd weiteten sich ihre Nasenlöcher fast unmerklich. »Tag, Jungens«, sagte sie abwesend. Ihre Augen suchten immer noch nach einem Indiz dafür, dass in diesem Raum etwas nicht mit rechten Dingen zugegangen war. »Doppelfeld? War das nicht dieser Mann, dem Gretchen immer diese Totenmasken und so was mitgebracht hat?« Sie ging jetzt auf Herbie zu und reichte ihm die Hand.

»Feldmann«, stellte er sich vor. »Ja, das wird es sein. Totenmasken. Das klingt nach Bertram Doppelfeld.«

»Genau!«, rief Schultheiß, immer noch nervös. »Gretchen hat ihn mal auf einem Wohltätigkeitsbasar in Münstereifel kennengelernt. Komischer Kerl. Der sammelt Totenköpfe und so was, stimmt's?«

»Ungefähr.« Herbie sah auf die Uhr. »Oh, verflixt!«, rief er in gespieltem Entsetzen. »Ich bin aber spät dran! Machen Sie sich keine Mühe! Ich finde schon alleine raus!«

»Aber was haben Sie denn eigentlich mit Gretchen zu ...«, rief ihm Schultheiß hinterher, aber da war er bereits zur Tür hinaus.

Die kühle Winterluft füllte seine Lungen, und er blickte nach oben, wo düstere Wolken neuen Niederschlag ankündigten. Im Autoradio war Regen angekündigt worden, der vermutlich die Straßen in vorzügliche Rutschbahnen verwandeln würde. Er zog die Kapuze seines Parkas über den Kopf und stapfte auf sein Auto zu, das am Rande der Bahnstrecke am Straßenrand geparkt stand.

»Donnerwetter, Julius!« Er schlug mit der Faust in die flache Hand. »Was für Parallelen! Das ist doch zu seltsam. Jedes Mal, wenn einer dieser alten Leutchen für immer die Augen schließt, hockt die ganze Familie irgendwo ganz plakativ zusammen. Weit weg von ihren alten Verwandten.«

Merk dir das schon mal für den Fall, dass irgendwann deine Tante dran ist. Wenn du bei ihr am Sterbebett kauerst, wird sie dich womöglich mit ihrem letzten Atemzug noch mal ordentlich verwünschen. Und das hast du dann bis ans bittere Ende am Hals, das kennt man ja.

»Ich muss unbedingt diese Frau Martha Lindt sprechen. Ich könnte mein letztes Hemd verwetten, dass der alte Noethen im Begriff war, sein Testament zu ändern.«

Dein letztes Hemd? Ha! Da musst du dir schon einen anderen Einsatz ausdenken.

»Denk dran, wir haben ihn im Notariat getroffen, bevor er ...« Er blieb abrupt stehen, sodass Julius, wenn er denn einen Körper aus Fleisch und Blut gehabt hätte, mit Wucht gegen ihn gelaufen wäre. »Das Notariat ...«, flüsterte Herbie in die Winterluft. »Der Alte hat gesagt, er hat sie in Blankenheim gesehen. Ob sie auch dort den Notar besucht hat? Womöglich hat sie sich dort erkundigt, wie das erbrechtlich mit der Verlagerung des Besitzes ins Ausland aussieht. Ich meine, das hat er doch erzählt, dass sie sich erkundigt hat, oder? Du meine Güte, dieser Notar Fischenich, diese schmierige Type! Ob sie auch Klientin bei ihm war? Genau wie Oma Finchen? Und wie der alte Noethen? Wenn irgendwer sein Testament zu ändern beabsichtigt, dann weiß der das doch wahrscheinlich vor allen anderen, oder?«

Tausend Fragen, tausend Geheimnisse. Julius machte eine beschwörende Handbewegung. *Schalten Sie auch nächste Woche wieder ein, wenn es heißt: Herbert Feldmann, der Mann ohne Ahnung - Welche Spur verliert er heute?*

Herbie nestelte den Autoschlüssel hervor, schloss auf und warf sich auf den quietschenden Fahrersitz. Als Julius auf dem Rücksitz Platz genommen hatte und der Wagen wieder verschlossen war, holte er sein Handy hervor und tippte die Nummer der Telefonauskunft ein.

»Martha Lindt«, erklärte er Julius, als er das Handy gegen die Brust presste, während die Verbindung hergestellt wurde. »Jetzt will ich doch mal nachhören, was das mit Herrn Noethens zweitem Frühling auf sich hat.«

Da Martha Lindt als selbstständige Grafikerin arbeitete, war es nicht weiter schwierig, ihre Telefonnummer zu erfahren. Es gab nur eine Frau dieses Namens im Ortsnetz Euskirchen, und Herbie wählte ihre Nummer, ohne dass er sich zuvor im Detail zurechtgelegt hatte, was er sie fragen wollte.

Wie nennst du es? Intuition? Ich nenne es Kopflosigkeit.

»Lindt.«

Herbie glaubte, eine gewisse Mattigkeit in ihrer Stimme zu erkennen.

»Mein Name ist Feldmann aus Hillesheim, Sie kennen mich nicht, aber ...« Er zögerte.

Julius rollte theatralisch mit den Augen. *Weißt du jetzt, was ich meine?*

»Es geht um den verstorbenen Herrn Noethen.«

»Sind Sie von der Zeitung, oder was?«

»Nein, keine Sorge. Es geht nur darum, dass ich glaube, etwas herausgefunden zu haben, das mit seinem plötzlichen Tod zusammenhängt und seiner Familie nicht sehr gefallen dürfte.«

»Sind Sie ein Jagdkollege?« Sie sprach zögernd, lauerte auf eine Falle.

»Wie? Äh ... ja! Ein Jagdkollege.«

»Und was glauben Sie Großartiges herausgefunden zu haben?«

»Das würde ich Ihnen gern unter vier Augen erzählen. Darf ich zu Ihnen nach Euskirchen kommen?«

»Nein, mir wäre lieber, wir träfen uns auf neutralem Boden. Wer sagt mir, dass ich Ihnen trauen kann?«

»Ein Lokal?«

»Ich komme nach Hillesheim. Es gibt noch ein paar Dinge von mir im Haus von ... Ich will hoffen, dass diese elende Putzfrau sie mir aushändigt.«

Die mikroskopisch kleinen Slips wird Frau Kannengießer wohl kaum selbst tragen wollen. Julius' Grinsen ging tatsächlich von einem Ohr zum anderen, sodass man befürchten musste, die obere Hälfte des Kopfes müsse nach hinten wegklappen.

»Kennen Sie das *Landcafé* in Kerpen?«, fragte Herbie.

Es dauerte eine Weile, bevor sie antwortete. »Wir waren oft da, Johann und ich. Das wird er Ihnen vermutlich erzählt haben ...«

»Ja, tatsächlich, das hat er«, log Herbie.

»Morgen um drei?«

»Morgen um drei.«

* * *

Am Abend rief er Lena an, weil er glaubte, es vor Sehnsucht kaum noch aushalten zu können. Julius bemühte sich um Diskretion und gab sich den Anschein, als sei er mit der Inspektion verschiedener Flecken auf dem Tischtuch in Herbies Küche beschäftigt.

»Du bist mir zuvorgekommen«, sagte Lena heiter. »Ich sitze gerade in Trier in einem Bistro, und meine Freundin fragt mich, warum ich die ganze Zeit so abwesend bin.«

»Und was hast du ihr geantwortet?«

»Ich hab ihr gesagt, dass ich dauernd an dich denken muss.«

»Hat sie Verständnis dafür?«

Sie klang belustigt. »Na ja, ich glaube schon. Sehen wir uns morgen?«

»Gerne. Ich könnte zu dir kommen. Weißt du, das mit meinem Job ... nun, das liegt im Moment mehr oder weniger auf Eis.«

»Warum nicht? Nach Feierabend, so um fünf?«

»Perfekt! Ich treffe mich morgen Nachmittag noch mit jemandem im *Landcafé*. Es geht da um eine ziemlich merkwürdige Geschichte, die ... ach, das erzähle ich dir vielleicht später.«

Julius blickte auf und konnte sich eine Bemerkung nicht verkneifen: *Denkst du, es ist ratsam, ihr von deinen zahlreichen anderen Dates zu berichten?*

»Wer ist das denn? Und welche merkwürdige Geschichte? Klingt geheimnisvoll. Eine Andeutung vielleicht?«

»Eine Andeutung? Puh, gar nicht so leicht ... Erbschaften. Ja, ich denke, darauf läuft alles hinaus. Erbschaften. Eine ziemlich kriminelle Angelegenheit, fürchte ich, und ...« Er brach ab, und am anderen Ende blieb es ebenfalls still. Nur die gedämpfte Geräuschkulisse des Bistros war zu hören. »Lena, wenn ich mich nicht irre, hat es mit deinem Chef zu tun.« In dem Moment, in dem er es ausgesprochen hatte, bereute er es bereits.

Ihre Stimme klang plötzlich anders. »Aha.« Die folgende Pause war schmerzhaft lang. »Warst du deshalb bei uns im Büro?«

»Wie bitte? Nein, Unsinn, das war doch wegen Onkel Erwin.«

»Du glaubst, ich hätte nicht gemerkt, dass das mit deinem Onkel nur vorgeschoben war?«, fragte sie, erneut ein wenig schärfer.

»Hm ... nun ... weißt du ... ich ...« Herbie rang nach Worten.

Da sagte sie leise: »Ich dachte eigentlich, es sei wegen mir gewesen.«

»Aber das war es doch auch!« Er bemühte sich, allen Nachdruck in seine Worte zu legen, den er aufzubringen imstande war. »Nur wegen dir. Diese ganze Onkel-Erwin-Nummer war eine völlig blödsinnige Idee, um dich wiederzusehen ... Mist, das hätte ich dir lieber unter vier Augen gesagt.«

»Meine Freundin ist zur Toilette. Niemand hört zu.« Es hörte sich so an, als sei sie besänftigt.

Soll ich gehen? Dann sag es bitte laut.

»Ist das wahr, Herbie? Wolltest du mich wiedersehen?«

»Vom ersten Moment an.«

24. Kapitel

Die junge Frau, die ihm gegenübersaß und von Zeit zu Zeit an ihrem Cappuccino nippte, hatte funkelnde, tiefschwarze Augen, unter die sich dunkle Ränder in die blasse Haut geprägt hatten.

Sie fixierte Herbie und beobachtete seine fahrigen Bewegungen mit Skepsis.

»Sie waren wirklich ein Jagdfreund von Johann?«, hatte sie gefragt, als er ihr gegenüber Platz genommen hatte. Dabei hatte sie ihn gemustert, und er hatte gespürt, wie ihr Blick über das Hemd mit den abgeschabten Kragenspitzen und die Jeans mit der losen Gürtelschlaufe gewandert war, und er hatte sich nicht wohlgefühlt.

Er hatte genickt und gemurmelt: »Ein Jagdfreund. Genauso ist es.« Dass er dabei ihrem Blick ausgewichen war, hatte sie nicht eben für ihn eingenommen.

Julius hatte sich wie selbstverständlich auf den freien zierlichen Bistrostuhl zu ihrer Linken gesetzt und ganz zufrieden die Hände über dem dicken Bauch gefaltet.

Die warmen Bossanovaklänge aus den Boxen bildeten einen eigentümlichen Kontrast zu der grauen Winterkulisse, die sich vor der Fensterfront des *Kleinen Landcafés*, die in den Torbogen des alten Scheunentors eingelassen worden war, ausbreitete.

»Morgen ist die Beerdigung.« Sie trank wieder an ihrer Tasse. »Seiner Familie schien es nicht schnell genug zu gehen.«

»Ja, sie haben wirklich eine erstaunliche Eile an den Tag gelegt. Haben Sie eine Ahnung, warum?«

Sie zuckte mit den Schultern. »Keine Ahnung. Vielleicht wollen sie ihn nur möglichst schnell weg haben.« Das Wort *weg* klang, als sause ein Fallbeil herunter. »Heute Nachmittag holt ihn der Bestatter aus dem Krematorium ab.«

»Wo wird er denn eingeäschert? Im Hunsrück?«

»In Koblenz.«

Herbie nickte nachdenklich. Die Eifeler hatten bekanntermaßen immer noch so ihre Probleme mit der Verbrennung vor der eigenen Haustür. Diverse Versuche engagierter Investoren scheiterten mit trauriger Regelmäßigkeit an der mangelnden Begeisterung der Einwohner.

Es mutete schon seltsam an, dass Martha Lindt in diesem Moment ein Päckchen Marlboro hervorkramte und sich eine Zigarette anzündete.

Julius pustete aus lauter Übermut aus vollen Backen, ohne dass die Flamme auch nur leise zuckte. *Hast du schon einmal überlegt, was dir geschehen soll? Probier doch mal was ganz anderes. Lass dich einfrieren oder in Alkohol einlegen.*

Sie ließ das Feuerzeug wieder zuschnappen. »Wundert mich fast schon, dass sie seinen Wunsch respektiert haben, im Ruheforst beerdigt zu werden. Die können nur froh sein, dass die Polizei keine Zicken gemacht hat und dass er so schnell untersucht worden ist. Bei den Todesumständen ...«

»Also hat man nichts feststellen können. Keine außergewöhnlichen Spuren oder so?«

Sie fixierte ihn. »Was ist das? Ein Verhör? Ist es nicht eigentlich so, dass Sie mir etwas erzählen wollten? Oder habe ich das missverstanden?«

»Oh, nein. Es gibt da tatsächlich ein paar interessante Umstände. Ich wollte nur nicht gleich mit der Tür ins Haus fallen.«

Herbies Tee wurde gebracht, und sie schwiegen einen Moment, bis die Bedienung verschwunden war.

Dann beugte sich Herbie mit verschwörerischem Gesichtsausdruck zu ihr hinüber. »Sie haben es eben schon angedeutet: Die Familie hat einen ganz schönen Zahn drauf, was die Beerdigung betrifft.«

Zahn drauf ... Spricht man so, da wo du herkommst?

»Nur mal angenommen, die Familie hatte auch so einen Zahn drauf, als es darum ging, dass Johann Noethen überhaupt ... nun ja ... dass er starb.«

»Ich verstehe nicht.«

»Na, dann anders: Er war ein gesunder Mann, oder?«

Jetzt zeigten sich endlich ihre Grübchen, die Herbie aufgefallen waren, als er sie zum ersten Mal im Auto hatte sitzen sehen.

»Gesund war er. Oh ja.«

Ich muss gerade an Slips denken, so dünn wie Zahnseide. Sie wird eine Art Jungbrunnen für den alten Zausel gewesen sein, kann ich mir vorstellen.

»Johann erfreute sich bester Gesundheit. Und?«

»Er war Ihnen sehr zugetan.«

»Wir haben einander geliebt.«

»So sehr, dass er für den Rest seines Lebens mit Ihnen zusammen sein wollte?«

Sie nickte nachdrücklich und zog gierig an ihrer Zigarette: »Wir wollten heiraten. So viel zum Rest seines Lebens.«

Herbie setzte eine theatralische Miene auf und sagte beschwörend: »Aber das Schicksal hat ihm diesen Rest Leben geraubt. Das Schicksal ... oder jemand anderes.«

»Wie bitte? Ich verstehe nicht. Sie drücken sich ein bisschen rätselhaft aus, Herr ...«

»Feldmann.«

»Wollen Sie andeuten, jemand hätte bei Johanns Tod nachgeholfen? Aber das ist doch Unsinn! Es ist alles genau untersucht worden! Er hat zuerst einen Keiler erschossen, und dann ist die Waffe losgegangen, als er die Leiter des Hochsitzes herunterklettern wollte. Die Schüsse kamen aus ein und derselben Waffe.«

»Frau Kannengießer sagte, er habe noch andere Waffen im Auto gehabt.«

»Ja und?«

»Was ist, wenn gar nicht Johann Noethen den Keiler erschossen hat, sondern ...«

»Moment mal. Haben Sie gerade Frau Kannengießer gesagt? Was haben Sie mit dieser alten Ziege zu tun?« Ihre Stimme gewann wieder an Schärfe.

Ein Räuspern ließ sie die Köpfe heben. Thea, der Inhaberin des Cafés, war es ganz offensichtlich unangenehm, zu stören. So oft traf sich Herbie nun auch wieder nicht mit hübschen jungen Frauen bei ihr. »Da ist ein Anruf für dich, Herbie.«

Herbie fluchte innerlich. Das war nicht eben hilfreich, dass er das Gespräch an dieser Stelle unterbrechen musste.

Julius winkte fröhlich. *Keine Sorge, ich kümmere mich um die Dame.*

Herbie folgte Thea zur Theke und nahm den Telefonhörer ans Ohr. »Hallo?«

»Herr Feldmann?« Die Männerstimme klang dunkel und klar. »Hier ist das Krankenhaus Maria Hilf in Daun. Bei uns liegt Herr Bertram Doppelfeld.«

Augenblicklich war Herbie sehr interessiert. »Was ist mit ihm? Geht es ihm besser? Ist er über den Berg?«

»Bedauerlicherweise nicht. Sein Zustand hat sich leider verschlechtert. Ich rufe Sie an, weil Herr Doppelfeld den dringenden Wunsch geäußert hat, Sie zu sprechen.«

»Ach du je. Natürlich. Gerne. Wann denn? Sofort?«

»Wenn es geht ja. Wie gesagt: Es steht nicht allzu gut um ihn.«

Herbie sah zu Martha Lindt und Julius hinüber. Die beiden saßen schweigend nebeneinander und sahen aus wie ein altes Ehepaar, das sich an Orten wie diesem nichts mehr zu sagen hatte.

»Okay, ich beeile mich. In fünf bis zehn Minuten kann ich losfahren. Und dann brauche ich noch etwa zwanzig Minuten bis zu Ihnen. Halbe Stunde also ungefähr.«

Als er zum Tisch zurückkam, fand er eine Martha Lindt vor, die sich in der Zwischenzeit ein paar Dinge zurechtgelegt hatte. »Hören Sie, diese wilden Vermutungen und Verdächtigungen, die Sie da vorhin geäußert haben ... Gibt es dafür irgendeinen Beweis?«

»Das nicht, aber ...«

Sie schnitt ihm das Wort ab. Sie sprach schnell mit mühsam gedämpfter Wut. »Ich habe mit der Familie Noethen so meine Probleme, das mag sein. Man hat es nicht eben mit Wohlwollen aufgenommen, dass Johann eine neue Gefährtin gefunden hat. Irgendwie kann man das ja auch verstehen. Wenn Sie aber jetzt glauben, dass dadurch für die Familie die Welt unterging, dann sind Sie auf dem Holzweg, mein Lieber. Glauben Sie etwa, durch mein Auftreten wäre da plötzlich Gefahr im Verzug gewesen, oder was? Ja, meinen Sie etwa, die hätten ihren eigenen Vater aus dem Weg geräumt?«

»Nun ja, es geht immerhin um ein nicht unbeträchtliches Erbe.«

»Na und?«, zischte sie. »Natürlich wäre ich nach unserer Hochzeit erbberechtigt gewesen. Na und? Na und? Dann ist es jetzt eben anders gelaufen. Ich komme auch so durch.«

»Eine wichtige Frage noch: War Johann Noethen im Notariat Fischenich? Gernot Fischenich?«

Sie stutzte und weitete die Augen. »Ja, wieso?«

»Hat er dort so etwas wie einen Testamentsentwurf in Auftrag gegeben?«

»Ja, aber ... Woher wissen Sie das?«

»Ich habe Sie gesehen.«

Ob du das aber jetzt unbedingt hast erwähnen müssen, weiß ich jetzt aber auch nicht so recht, mein Teuerster. Julius schürzte die Lippen und schüttelte missbilligend den Kopf.

»Gesehen? Wo?« Sie verengte die Augen zu schmalen Schlitzen.

»Im Auto. Ich habe noch gedacht, was für ein ungewöhnliches Paar. Sie und Herr Noethen. Also ich meine, der Altersunterschied und so ...«

Sei doch jetzt am besten einfach still.

»Altersunterschied? Na und! Ich weiß ganz genau, was Sie jetzt denken! Die Schlampe hat sich einen reichen alten Sack geangelt und will ihn noch ordentlich ausnehmen, bevor er abnippelt. Das ist es doch, was Sie denken, oder?«

Herbie hob abwehrend die Hände. »Aber nein, überhaupt nicht!«

Aber ihre Wut war nun entfacht. Sie wurde lauter, als das an einem öffentlichen Ort wie diesem passend gewesen wäre. Ihr Lachen klang schrill und gequält. »Ein bisschen rumhuren für die Kohle, das werden Sie sich gedacht haben, oder? Macht die Beine breit für den alten Idioten. So in etwa?«

»Schschscht. Nicht so laut! Das stimmt doch gar nicht. Es gibt doch Liebe, die kennt gar keinen Altersunterschied, das weiß ich doch auch ...«

»Ach Quatsch, du Idiot! Du hast ja keine Ahnung, wie schwer das ist, so einen Knacker noch mal einigermaßen in Gang zu bringen! Jeden Cent habe ich mir verdient, das kannst du mir glauben. Wenn das mit meinem Zeichenatelier besser liefe, wüsste ich tausend Dinge, die ich lieber täte!«

»Aber ich dachte, Sie haben ihn gelie...«

Sie sprang auf und packte wütend ihre Handtasche und ihre Jacke. »Du hast uns beschattet! Bespitzelt! Wer bezahlt dich? Die verdammten Noethens? Du bist doch nie im Leben ein Jagdfreund von Johann! Du Arsch!«

Noch bevor Herbie überhaupt begriffen hatte, welche Verwandlung sich gerade vor seinen Augen vollzogen hatte, hatte sie ihre Cappuccinotasse genommen und schüttete den noch verbliebenen Rest in sein Gesicht. »Wichser!«, zischte sie, zog sich im Gehen die Jacke über und stürmte zur Glastür hinaus.

Die wenigen Gäste des Cafés hatten die letzten Brocken der turbulenten Unterhaltung mit Interesse verfolgt. Herbie erhob sich langsam und breitete die Hände in einer hilflosen Geste aus.

Julius erhob sich ächzend von seinem Stuhl und rückte sich sein Halstuch zurecht. *Ach weißt du, sei nur froh, dass der Cappuccino schon ein bisschen abgekühlt war.*

Thea kam augenblicklich mit einem feuchten Lappen und begann, ihn sauber zu tupfen.

»Das war wohl kein besonders erfolgreiches Rendezvous«, sagte sie säuerlich lächelnd, während sie versuchte, die braune Brühe aus seinem Hemd zu schrubben.

»War nicht mein Typ«, murmelte Herbie. »Hat keinen Funken Temperament, die Frau.«

* * *

Ihm blieb keine Zeit, in der Küche des *Landcafés* das Hemd zu trocknen. Der Gedanke daran, dass Bertram Doppelfeld möglicherweise im Krankenhaus mit dem Tod rang und ihm eine letzte Botschaft zukommen lassen wollte, trieb ihn an. Die Luft war gesättigt mit der Nässe des unerbittlich niedergehenden Nieselregens. Die Schneeberge an den Straßenrändern ragten noch fleckig grau in die Höhe, aber es konnte nicht mehr lange dauern, bis die wärmer werdende Luft an ihnen lecken und sie bedächtig, aber unaufhaltsam wegschmelzen lassen würde. Auf dem eiskalten Straßenbelag verwandelte sich der Regen in einen hauchdünnen, tückischen Film zwischen Frost und Nässe.

»Vorsicht auf der A40 zwischen der Anschlussstelle Kerken und dem Autobahnkreuz Moers! Auf der Fahrbahn liegt ein Einkaufswagen. Wir melden es, wenn die Gefahr vorüber ist.«

»Was werden sie wohl als Nächstes melden? Ein Himmelbett? Eine Wäschespinne? Einen Beichtstuhl?«

Einen Sarg, wenn du nicht ein bisschen langsamer fährst.

»Du hast recht. Höllisch glatt ist das.«

Sie hatten die Abzweigung zum Arnulphusberg, dem bizarren Schauplatz von Johann Noethens bitterem Ende, schon passiert. Das Auto quälte sich von Zilsdorf aus eine leichte Steigung bergauf. Beiderseits der Straße reckten sich kahle Baumwipfel in die Höhe.

»Aber was ist, wenn wir zu spät kommen? Was will uns dieser Doppelfeld nur sagen?« Sein Atem schlug sich auf der

Windschutzscheibe nieder, und er versuchte verzweifelt, sich mit der flachen Hand wenigstens ein einigermaßen ausreichendes Fleckchen freier Sicht zu verschaffen. »Diese verflixte Heizung!«, fluchte er. »Warum funktioniert die nicht?«

Fragen über Fragen. Ich hätte da auch noch eine.

»Und die wäre?«

Die Scheibenwischer zuckten quietschend über das Glas.

Hast du dir schon mal die Frage gestellt, woher das Krankenhaus in Daun überhaupt weiß, dass du im Landcafé hockst und beim tête-à-tête traulich mit dieser Tussi turtelst?

»Was?« Herbie warf einen überraschten Blick in den Rückspiegel. Obwohl es erst etwa vier Uhr war, hatte sich eine trübe Dunkelheit über dem Land ausgebreitet, und Julius war nur noch schemenhaft auszumachen. »Wie meinst du das?«

Du hast erzählt, jemand vom Krankenhaus habe angerufen und habe nach dir gefragt, weil er dir von Bertram Doppelfeld ausrichten soll ... Grundgütiger, kannst du dieses elende Radiogedudel nicht leiser drehen?

Herbie griff nach dem Lautstärkeknopf, und als er drehte, gab es ein kurzes krachendes Geräusch in den Lautsprechern, dann erstarb der Discorhythmus, der noch Augenblicke zuvor das Auto geschüttelt hatte, und das Licht der Senderskala erlosch.

Herbie fluchte mit zusammengebissenen Zähnen. Der Geruch von etwas Verschmortem breitete sich langsam aus. »Keine Ahnung! Woher soll ich denn wissen, wie die mich ausfindig gemacht haben?«, zeterte er. »Noch so eine kluge Frage?«

Zur Linken lag der Ort Niederehe in der Senke, und vor ihnen ging es in Serpentinen den Obereher Berg hinunter. Herbie brach schon jetzt der Angstschweiß aus. Wenn er sein Fahrzeug jetzt nicht mit äußerster Vorsicht durch die engen Kurven manövrierte, konnte das eine ganz schöne Rutschpartie werden. Erst im letzten Winter war hier ein Sattelzug mit den obligatorischen Sommerreifen mächtig ins Rutschen geraten und erst in der guten Stube eines Wohnhauses wieder zum Stehen gekommen.

Weitere Fragen? Natürlich habe ich noch eine: Wie kommt Bertram Doppelfeld denn überhaupt darauf, dir etwas sagen zu wollen? Weiß er denn überhaupt, dass du herumschnüffelst wie ein viertklassiger Philip Marlowe?

»Mein Gott, bist du klug, Julius!«, rief Herbie mit mühsam unterdrücktem Zorn. »Könntest du mich jetzt bitte für ein paar Minuten in Ruhe lassen, damit ich mich auf die Straße konzentrieren kann?«

Könnte es vielleicht sein, dass dich jemand beobachtet hat und dich hier wissentlich auf eine falsche Fährte zu locken versucht?

Natürlich hatte Julius recht.

Nur nützte ihm diese Erkenntnis nun nichts mehr, denn die Katastrophe bahnte sich bereits ihren Weg.

Als Herbie den Schatten am rechten Fahrbahnrand wahrnahm, war es bereits zu spät. Eine dunkle, formlose Gestalt jenseits des verschneiten Straßengrabens bewegte sich mit weit ausholenden Gesten wie ein Wachholderbusch, der von einem heftigen Wintersturm gebeugt wurde.

... oder in eine Falle.

Was nun geschah, dauerte nur wenige Sekunden.

Ein großer Schneeklumpen zerplatzte mit einem donnernden Geräusch auf der Windschutzscheibe und nahm ihm augenblicklich jegliche Sicht. Herbie schrie auf und verriss, indem er instinktiv zusammenzuckte, das Steuer.

Das Fahrzeug antwortete auf der Stelle, indem es sich querstellte und ins Rutschen geriet. Durch die Windschutzscheibe, auf der die Scheibenwischer ächzend die Schneebrocken zur Seite kratzten, sah Herbie undeutlich Baumwipfel und Straßenpfosten um sich herumkreisen. Er trampelte auf den Pedalen herum und riss das Lenkrad hin und her, ohne zu wissen, was er überhaupt tat, und ohne dass das Auto auf irgendeine erkennbare Art und Weise auf seine hektischen Bewegungen reagierte.

Plötzlich blendete ihn gleißendes Licht, und er erkannte voll nackter Panik, die sich mit eisigem Griff in seine Kopfhaut krallte, dass ein LKW den Berg hochgeschlichen kam. Erneut riss er das Lenkrad herum, wie ein verzweifelter Steuermann, dessen Schiff das wütende Meer mit grausamen Hieben inmitten der Klippen auf und nieder peitscht.

Der LKW ließ sein Signalhorn aufheulen, als könne er damit irgendwie Einfluss auf Herbies Fahrtrichtung nehmen.

Die Lichter verschwanden wie weiße Streifen nach links, die dunkle Silhouette des Lastwagens schoss an Herbie vorbei, der Straßengraben verlief plötzlich quer vor dem Fahrzeug, und Herbie wurde in dem sich aufbäumenden Gefährt hin und her geschleudert. Eine Schneewand tauchte wankend vor Herbie auf, und ein Feuerwerk explodierte, als Herbie mit elementarer Wucht mit dem Kopf gegen die Scheibe knallte. Im nächsten Moment bohrte sich der Kühler seines Wagens mit einem knirschenden Geräusch in das Grau hinein.

Das Motorengeräusch erstarb auf der Stelle. Es zischte von irgendwo her, und Herbie sackte entkräftet auf seinem Sitz zusammen.

»Was war das?«, hauchte er mit geschlossenen Augen. Ein bestialischer Schmerz bohrte sich durch seine Schädeldecke. Blut rann ihm in das rechte Auge.

Julius beugte sich zwischen den Vordersitzen zu Herbie hinüber. Er hatte schon heiterer ausgesehen. *Wer war das? So müsste die Frage richtigerweise lauten. Du hast da was auf der Stirn.*

Plötzlich war da ein Gesicht an der Seitenscheibe. »Alles in Ordnung bei Ihnen?« Der schwer keuchende Mann hatte eine Schirmmütze aus speckigem schwarzen Leder auf dem Kopf und war unrasiert. Seine Stimme klang kraftlos und zittrig.

»Bei mir ja. Und Ihr LKW?« Herbie öffnete unter heftigen Schmerzen die Fahrertür. Ein grässliches Quietschen fuhr ihnen bis ins Mark. Dann fiel die Tür ab und rutschte auf dem Schnee ein paar Meter weiter den Hang hinunter.

25. Kapitel

»Kopf hoch, Köbes, das wird schon wieder. Guck mal, die Sonne scheint auch schon! Da sieht die Welt doch gleich viel freundlicher aus.« Herbie sprach diese Worte nur reichlich halbherzig aus. Er hatte das unbestimmte Gefühl, dass hier irgendwas falsch lief. Immerhin war er es gewesen, der gestern Nachmittag mit knapper Not dem Unfalltod entgangen war, aber sein Freund Köbes war nun derjenige, der am Frühstückstisch saß, mit mechanischen Bewegungen in einem Teller Müsli herumplatschte und offensichtlich beschlossen hatte, an einem Tag Ulrikes kompletten Rumtopf zu leeren.

Herbie sah in den Spiegel über der Anrichte und tupfte das Pflaster wieder fest, das die Platzwunde auf seiner Stirn abdecken sollte. Köbes hatte ihn am Vorabend verarztet, nachdem er ihn und das Auto von der Unfallstelle abgeholt hatte. Herbies Golf stand jetzt auf dem Vorplatz von Köbes' Behausung und hatte im vorderen Bereich eine Verformung erfahren, die in überraschendem Einklang mit den üppig verteilten Rostflecken stand.

»Hallb so willd«, hatte Köbes am Vortag beim Anblick des verbeulten Wagens gelallt, und Herbie und der LKW-Fahrer hatten besorgte Blicke ausgetauscht. Der Alkoholduft konnte sowohl aus der sich langsam entleerenden Scheibenwaschanlage des Unfallautos als auch aus Köbes kommen.

Und Lena war auch gekommen.

Er hatte sie angerufen, als sie sich gerade auf der Rückfahrt von Trier befand.

Als sie an der Unfallstelle ankam, hatte sie voller Entsetzen die Augen über das verbeulte Fahrzeug und die abschüssige Straße wandern lassen, hatte dann Herbie angestarrt und hatte mit zitternder Stimme geflüstert: »Mein Gott, du könntest tot sein.« Sie hatte kopfschüttelnd mit einem Tempotuch an seiner Platzwunde herumgetupft.

Und dann hatte sie ihn geküsst.

Köbes, der eigentlich einen durchaus wohlwollenden Charakter hatte, hatte darauf gänzlich anders reagiert, als es Herbie erwartet hätte. Statt ihm zu der neuen Eroberung zu gratulieren, hatte er nur verächtlich gegrunzt und weiterhin versucht, die Abschleppstange irgendwo an der verformten Karosserie zu befestigen.

»Wir sehen uns! Morgen Abend, ganz bestimmt«, hatte er Lena versprochen und hatte ihr erklärt, wo die Reise mit dem verbeulten Auto hinging.

Dann war er von Köbes in dessen Zuhause in Zingsheim geschleppt worden und hatte sich schließlich sogar zu einer Übernachtung überreden lassen. Und dann hatte Köbes eine Flasche Ouzo geöffnet und hatte begonnen hemmungslos zu weinen.

Es ging, wie schon seit Jahren, um seine Frau Ulrike. Das Schicksal hatte Köbes wieder einmal hart gestraft. Wofür auch immer.

Tunlichst hatte Herbie an jenem Abend vermieden, etwas zu erwähnen, das mit Lena zusammenhing. Dabei platzte er vor Stolz und Glück. Lena hatte ihn nur widerwillig mit Köbes ziehen lassen, und Herbie hatte ein paar Tränen entdeckt, die verstohlen aus ihren blauen Augen kullerten.

Er liebte sie.

Und er hatte ein schlechtes Gewissen bei dem Gedanken daran, dass er ihren Chef mit kriminellen Aktivitäten in Verbindung brachte und ihr gegenüber zunächst kein Sterbenswörtchen davon erwähnt hatte.

Irgendwann musste er sie einweihen, daran bestand kein Zweifel.

Die Sache wurde langsam gefährlich, wenn man bereits versuchte, ihn mit seinem Auto den Berg hinunterzuschicken.

Julius' Einwand, es könne sich doch auch um einen freundlichen Gruß seiner russischen Freunde oder ein launiges Abschiedsgeschenk seiner italienischen Kumpels handeln, hatte er geflissentlich überhört.

Weder Lena noch Köbes gegenüber erwähnte er die geheimnisvolle Gestalt, die sein Auto mit dem Schneebrocken torpediert hatte. Vermutlich würde ihm ohnehin niemand Glauben schenken.

Von Zingsheim aus hatte er dann das Krankenhaus in Daun angerufen. Er musste all seine Überredungskunst anwenden, musste mehrfach berichten, dass er in Oberstadtfeld den Lebensretter gespielt hatte, um in Erfahrung zu bringen, dass Bertram Doppelfeld bis dato immer noch nicht aus der Bewusstlosigkeit erwacht war.

Hinter dieser Sache steckte weit mehr, als es zunächst den Anschein gehabt hatte, da war er sich sicher.

Und jetzt saß Köbes da und hatte den Blues.

Ich glaube kaum, dass die Sonne, die sich in der zerborstenen Scheibe deines Wracks spiegelt, imstande ist, das Gemüt deines Freundes aufzuhellen. Julius steckte seine Nase in den Rumtopf. *Sind das Johannisbeeren oder Käfer?*

»Sie ist weg«, lallte Köbes. »Was nützt mir die Scheißsonne?«

»Du solltest nicht zum Frühstück schon das da zu dir nehmen.« Herbie setzte sich ihm gegenüber und deutete auf den Rumtopf.

»Wieso? Dassis Obst. Dassin Vitamine.«

Die Johannisbeeren, die er aus dem Topf in ein Glas schöpfte, sahen wirklich aus wie Käfer. »Die haben wir vor nem halben Jahr auf dem Reiterhof von Ulrikes Cousin gepflückt. Das issin Düren.« Das Wasser schoss ihm wieder in die Augen. »Und jetzt issie bei ihrem Cousin, der gar nicht ihr Cousin ist, sondern ihr Beschäler, und seine Johannis... hicks ...beeren sinbei mir. Scheiße!«

Eigentlich solltest du ihm gratulieren. Seine tiefschürfenden Gedanken um den Umstand, dass seine Ehefrau nun schon ungewöhnlich lange bei ihm geblieben ist, und die damit verbundene Sorge dürften ja nun endlich ein Ende gefunden haben.

»Mach wenigstens mal fröhlichere Musik, Köbes.« Die obligatorische Filmmusik hätte vielleicht sogar Tante Hettie zum Weinen gebracht.

»*Jane Eyre* von John Williams issochsoschön ... ach, und guck mal, die Walderdbeerchen ... da hamwir im Sommer im Wald ...« Er warf sich mit dem Oberkörper auf den Küchentisch und verbarg schluchzend das Gesicht im angewinkelten Arm. Neben ihm stand ein hässliches, wulstiges, durch zahlreiche Schweißnähte vernarbtes Gebilde aus Eisen, das er auf den Namen »Ulrike« getauft hatte.

Nun ja, da wäre ich vielleicht auch durchgebrannt.

Herbie hielt den Tränenausbruch seines Freundes für eine glänzende Gelegenheit.

So leise es ging, erhob er sich von seinem Stuhl, huschte aus der Küche und angelte sich Köbes' umfangreichen Schlüsselbund vom Sideboard im Flur.

Kameradenschwein!

»Er kann in seinem Zustand ohnehin nicht fahren. Und ich brauche dringend ein Auto! Außerdem kann er sich nun in Ruhe seiner Schrottkunst widmen.«

Unter die melancholische Musik mischte sich Köbes' Schluchzen. Herbie zog die Tür leise ins Schloss und lief auf den kleinen japanischen Bus zu, das einzige Auto inmitten einer unglaublichen Ansammlung von halb ausgeschlachteten und vor sich hinbröckelnden Autos, von dem er sicher sein konnte, dass es fuhr. Schließlich war er am Vorabend selbst damit abgeschleppt worden.

Als er vom Hof fuhr, sah er noch das verdutzte Gesicht seines Freundes hinter der Scheibe des Küchenfensters.

Die Sonne präsentierte einen Vorgeschmack dessen, was sie an einem der künftigen Frühlingstage zu leisten imstande sein würde. Die Schneedecke lag beinahe überall noch geschlossen, was in Anbetracht der vergangenen winterlichen Wochen nicht eben wunderte. Das Licht ließ den Schnee hell aufgleißen und trotzte selbst den schmutzigen Schneewällen entlang der Straßen noch einen Anflug von Erhabenheit ab. Die Eifel glich an solchen Tagen mitunter einer Kulisse aus einem kitschigen Märchenfilm.

»Ich muss immerzu an diesen schmierigen Notar denken. Wenn hinter dieser Geschichte ein System steckt, dann ist er der Mann, bei dem die Fäden zusammenlaufen.«

Ein System? Erkläre mir das bitte genauer, Verehrtester.

»Es mag sich völlig verdreht anhören, aber nehmen wir es mal als Tatsache hin, dass alle drei Toten im Begriff waren, ihr Testament zu ändern. Jeder Familie wäre ein beträchtliches Erbe durch die Lappen gegangen.« Er befand sich auf der Straße von Tondorf nach Hümmel. Irgendwo hier musste am Straßenrand ein Hinweis auf den Beerdigungswald zu finden sein. »Alle drei Familien haben sich zum Zeitpunkt des Todes der Erblasser zusammengerottet und sich gegenseitig unerschütterliche Alibis verschafft. Niemand kann sie mit den Todesfällen in Verbindung bringen. Erst recht nicht, weil jeder Todesfall auf den ersten Blick ein völlig natürlicher ist.«

Was du anzweifelst.

Herbie fuchtelte mit der Hand in der Luft herum. Allemal. Zumindest bei Frau Doppelfeld ist es sogar sicher, dass jemand nachgeholfen hat. Muss ich dich daran erinnern, dass ihr Körper draußen auf der Treppe gefunden wurde?«

Kannst du dir sparen. Weiter.

»Es ist doch allgemein bekannt, dass in Deutschland erschreckend selten obduziert wird. Angeblich soll fast jedes zweite Tötungsdelikt unentdeckt bleiben. Gerade bei den Senioren wird selten nachgeforscht. Jemand ist alt ... jemand stirbt ... Kiste zu.«

Verzeihung, habe ich das richtig verstanden? Du siehst den Notar als meuchelnden Finstermann durch die Gegend streifen?

»Nicht Notar Fischenich, nein. Ein Handlanger. Jemand, der die Drecksarbeit erledigt und mit dem er sich das Geld teilt.«

Gibt es irgendeinen Beweis?

Herbie schwieg. Es gab keinen. Keinen noch so winzigen.

Plötzlich tauchte ein schmuckloses Hinweisschild am Straßenrand auf, und Herbie bremste ab. Hier ging es zum Ruheforst. Er lenkte den Wagen rechts in einen Waldweg und erreichte schon nach wenigen Metern einen Parkplatz, auf dem etwa zehn Fahrzeuge standen. Die meisten mit Dauner und Euskirchener Nummernschildern. Er entdeckte auch den Toyota mit der Werbeaufschrift von Martha Lindts Grafikstudio, das am Vortag auf dem Parkplatz in Kerpen gestanden hatte.

Ich wiederhole meine Frage nur zu gerne: Gibt es irgendeinen Beweis?

»Herrgott noch mal, nein!« Herbie stellte den Wagen ab und stieg aus. »Aber ich werde schon noch einen finden!«

Kann es sein, dass du in letzter Zeit eine besondere Vorliebe für Begräbnisse entwickelt hast? Was willst du heute hier?

Herbie versuchte, sich zu orientieren und schlug den rechten Weg ein, der in den Wald hineinführte.

»Ich will ihre Gesichter sehen, Julius. Ständig spukt mir dieses Bild vom Freudentanz am offenen Grab im Kopf herum. Ich will sehen, ob sie lachen oder lächeln oder schmunzeln. Heimlich oder offen heraus. Vielleicht sehen sie auch einfach nur besonders zufrieden aus oder nur schlecht gespielt traurig. Das reicht mir. Dann weiß ich Bescheid.«

Du hast dich ganz schön rausgeputzt für diesen Anlass: ein Hemd voll Cappuccino, Blutspritzer auf dem Parka ... Très chic.

Nebeneinander spazierten sie den geräumten Waldweg entlang. Rechts und links pladderte Schnee von den Bäumen, den der Sonnenschein mit zärtlicher Kraft von den Zweigen gelöst hatte. Wer Julius hätte sehen können, hätte den zufriedenen Spaziergang zweier erwachsener Männer beobachten können. Ein Winteridyll.

Der Weg zur Begräbnisstätte war wesentlich länger als Herbie erwartet hatte. Er führte tief in den Wald hinein. Irgendwann wurde das Gelände abschüssig, und er glaubte bereits, eine Abzweigung verpasst zu haben. Die Fußspuren leiteten ihn jedoch geradeaus. Die Richtung stimmte.

Der Gedanke, dereinst vor dieser romantischen Kulisse zur ewigen Ruhe gebettet zu werden, reizte Herbie durchaus. Er hatte viel über diesen Wald in den Zeitungen gelesen. Man bekam eine Verleihungsurkunde über das Nutzungsrecht des Baumes, den man sich ausgesucht hatte. Und mit einer Eintragung im Grundbuch war dann der Baum, zu dessen Füßen man in eingeäscherter Form vergraben wurde, neunundneunzig Jahre lang gegen eine etwaige Abholzung geschützt.

Wer hier lag, verließ diese Welt im vollkommenen Einklang mit der Natur. Kein kitschiges Grabmal, keine schmiedeeisernen Lämpchen oder bizarre Allerheiligengestecke, nur eine schlichte, winzige Plakette an einem prachtvollen alten Baum. Und ein Blätterdach und Vogelgezwitscher und wohltuende Einsamkeit für die, die kommen, um sich an den Verstorbenen zu erinnern.

»Wer wohl bei mir stehen wird, Julius?« Herbie setzte ein nachdenkliches Gesicht auf. »Köbes vielleicht? Harald? Theo?«

Auf mich wirst du leider verzichten müssen.

»Was ist, wenn das mit Lena ernst wird?«, fragte Herbie unvermittelt. »Was wird dann mit dir?«

Es hatte eine Zeit gegeben, in der Herbie mit seiner Cousine Nina in München gelebt hatte. Ohne Julius. Das alles lag nun so lange zurück, dass es Herbie schon ganz unwirklich vorkam.

Ich? Och, mach dir da mal keine Sorgen. Ich guck ein bisschen rum, hänge mal so richtig ab. Bisschen cruisen, bisschen chillen, wie die Jugend das heute so ausdrückt.

Herbie grinste beinahe gerührt. Julius mochte solche Gedanken anscheinend nicht.

»Würdest du mich vermissen?«

Wir sind da.

Sie sahen schwarze Mäntel und feierliche Gesichter zur Linken, etwas weiter unterhalb zwischen den Bäumen.

Es hätte auch eine Grundsteinlegung oder der Ortstermin einer Straßenbauplanungsgruppe sein können. Kein Bläsercorps, kein Berg von Kränzen, nur ein schwarzes Loch im weißen Schnee zu Füßen einer riesigen Buche, ein geradezu winziges Häufchen aufgeworfener Erde und eine Handvoll schweigender Menschen drumherum.

Herbie achtete auf ihre Gesichter, so, wie er es sich vorgenommen hatte. Sie waren unbeteiligt, abwesend, grüblerisch und gelassen. Die der Enkelkinder – sie mochten beide um die zehn Jahre alt sein – drückten eine gewisse unheilvolle Ratlosigkeit aus. Das von Martha Lindt spiegelte Verdrossenheit wider.

Ein Bestatter hantierte mit der Urne herum, und etwas abseits stand ein Mann in Loden und Cord, der einen Spaten festhielt und allem Anschein nach die forstwirtschaftliche Fachkraft darstellte, die die gesamte Zeremonie überwachte.

Ein etwa Fünfzigjähriger, dem Herbie verschiedentlich in Hillesheim begegnet war, sprach etwas in getragenem Tonfall. Noethen Junior. Rudolf Noethen, soweit sich Herbie erinnerte. Er verstand die Worte »Arbeit«, »aufopferungsvoll«, »Jagd« und »Schicksal«. Den Rest dazwischen konnte er sich leicht zusammenreimen.

Da steht die Frau mit der zu knapp geratenen Unterwäsche und mogelt sich unter die Familie. Vielleicht ist sie es ja auch, die die Strippen zieht? Julius tat so, als könne er sich hinter einem dünnen Buchenstämmchen verstecken. Er juxte: *Sieht man mich?*

Martha Lindt? Konnte sie die treibende Kraft sein? Herbie bezweifelte das.

Sie war es, mit der du im Café verabredet warst, bevor jemand mit dir eine Schneeballschlacht begonnen hat, die dich beinahe das Leben gekostet hat.

Herbie schüttelte langsam den Kopf.

Er fixierte die Trauernden. Was war mit ihnen? War es die Scharade, die er erwartet hatte? Wo war das Zucken in den Mundwinkeln? Wo blieb das Taschentuch, das die Krokodilstränen wegwischte?

Im Geäst über ihnen zeterte eine Krähe, und ringsumher rutschte der Schnee von den Ästen. Der Sonnenschein fiel in großen glänzenden Strahlen zwischen den entlaubten Ästen hindurch.

Und dann merkte Herbie plötzlich, dass er mit dem rechten Fuß den Halt verlor.

Eine kleine Rutschpartie? Da sag ich nicht nein!

Herbies glatte Sohle glitt mit einem Mal auf dem Schnee voran wie ein frisch gewachster Schlittschuh. Er versuchte noch, sich an einem Zweig festzuhalten, der aber bog sich, brach auf der Stelle durch und brachte mit einem lauten, nassen Knacken die gesamte Trauergesellschaft dazu, simultan ihre Köpfe zu ihm umzudrehen.

Er sackte wie in Zeitlupe nach hinten weg, als auch sein anderer Fuß zu rutschen begann, fiel mit einem dumpfen Geräusch in den Schnee und glitt, mit den Armen rudernd, auf dem Rücken talwärts, direkt auf die schweigenden Leute zu, die ihn mit ernsten Blicken anstarrten.

Etwa fünf Meter vor ihnen blieb er liegen. Die schwarzen Standbilder vor ihm verfolgten stumm seine hilflosen Versuche, wieder auf die Beine zu kommen.

»Entschuldigung«, murmelte er kaum hörbar, als er wieder aufrecht stand und senkte den Blick. »Bitte vielmals um ...«

Martha Lindt kam auf ihn zugestapft und schleuderte ihm hochgiftige Blicke entgegen.

»Bist du jetzt total durchgeknallt, du Idiot?«, zischte sie aus dem Mundwinkel, ganz offensichtlich darum bemüht, die anderen nicht hören zu lassen, was sie ihm zu sagen hatte. »Was ziehst du hier für eine Show ab, du Penner?«

An der Grabstätte fuhr jetzt Noethen Junior nach einem ausgedehnten Räuspern damit fort, seine Worthülsen aneinanderzureihen.

»Ich mache hier Schönwetter, damit wenigstens am Ende doch noch ne Kleinigkeit für mich rausspringt, und du spielst hier den Schmalspurschnüffler.« Ihre schwarz funkelnden Augen waren kochendes Pech. »Verpiss dich, aber auf der Stelle. Das hier ist eine Veranstaltung der Familie.«

Holla. Sie würde dich am liebsten mit ins Loch stopfen.

Herbie hob beschwichtigend die Hände. »Bin ja still«, wisperte er.

»Zieh ab!« Ihr Tonfall war drohend wie das Knurren eines tollwütigen Hundes. »Jetzt!«

Herbie blickte zu Julius hinüber, der mit dem Kopf in die grobe Richtung des Parkplatzes deutete. *Lass gut sein, mein Teuerster. Man muss erkennen, wann man sich besser verkrümeln sollte.*

Mit einem resignierenden Seufzer wandte er sich um und stieg vorsichtig die Böschung hinauf, die er vor wenigen Minuten noch im eleganten Freistil hinuntergerutscht war.

Er strauchelte noch ein paarmal, und dann hatte er den Weg zurück erreicht und ging bergauf in Richtung Auto.

»Das ist eine Veranstaltung der Familie«, imitierte er ihren ätzenden Tonfall. »Hast du das gehört, Julius?«

Nein, ich war so sehr in die ergreifende Trauerrede vertieft.

»Tut so, als gehöre sie dazu. Bah, wie billig. Zuerst angelt sie sich den Alten, und nun versucht sie noch ein Almosen von den Erben rauszuschlagen. Ich kann nur hoffen, dass die diesem Früchtchen die passende Antwort auf ihr Ansinnen geben werden.«

Wovon man meiner unmaßgeblichen Meinung nach ausgehen kann. Erbschleicher genießen im Allgemeinen wenig Sympathie.

Herbie stapfte missmutig den Waldweg entlang, die Hände in den Taschen seines Parkas.

Sie brauchten zwanzig Minuten, bis sie die ersten Autos am Ende des Weges erkannten.

Herbie blieb plötzlich stehen und hielt den Atem an. »Das ist doch ...«

Im nächsten Moment huschte er nach rechts zwischen die Bäume. »Der Mann, Julius. Siehst du den Mann?«

Er stand an einem silbernen Mercedes-Cabrio mit Dauner Kennzeichen und hielt etwas in der Hand, das Herbie aus der Entfernung unmöglich erkennen konnte. An seinem linken Arm baumelte ein Regenschirm.

»Er war auf der Beerdigung von Oma Doppelfeld. Auf dem Parkplatz habe ich ihn gesehen, bei den Autos! Die Größe, die strohblonden Haare, ein rötliches Gesicht. Das ist er, ganz sicher.«

Na und?

»Ich glaube, ich habe ihn noch mal gesehen. Vorgestern Nacht, auf dem Platz vor meiner Wohnung.«

Bist du sicher? Du warst doch völlig benebelt vom Liebesrausch, und es war dunkel, und ...

»Er ist es, Julius! Hundertprozentig! Was macht er da, Julius, was macht er da nur?«

Er steht da rum.

»Er hat was in der Hand. Was ist das? Ein Umschlag? Ein großer Briefumschlag?«

Könnte sein.

»Jetzt bückt er sich! Was tut er da?«

Der große blonde Mann ging in die Hocke und richtete sich im nächsten Augenblick wieder zu seiner beachtlichen Größe auf. Als er den Kopf hin und her drehte, um zu prüfen, ob ihn nicht möglicherweise jemand bei seinem Tun beobachtet hatte, drückte sich Herbie tiefer ins Gesträuch.

Jetzt sah man deutlich, was er in den Händen hielt: Es war in der Tat ein bräunlicher DIN-A4-Umschlag, den er einmal der Länge nach zu einem länglichen Päckchen zusammenfaltete und in der Innentasche seines dunkelgrauen Mantels verschwinden ließ. Dann machte er sich auf den Weg und überquerte den Parkplatz in Richtung Straße.

Herbie sprang aus seinem Versteck. Mit schlingernden Bewegungen fasste er auf dem rutschigen Untergrund Fuß und lief los. »Sein Auto, Julius! Er kann nur mit dem Auto hier sein. Wenn wir das Nummernschild erkennen können, haben wir gewonnen. Köbes kennt die Leute beim Straßenverkehrsamt.« Er keuchte und schniefte, und immer wieder glitt er mit den Schuhen weg und geriet gefährlich ins Trudeln. Als er den silbernen Mercedes erreichte, konnte er gerade noch einen roten Seat Ibiza erkennen, der rückwärts aus einer Parklücke setzte und auf dem Waldweg in Richtung Straße verschwand.

»Ein Bitburger Kennzeichen«, ächzte Herbie, der sich in gebückter Haltung dem Parkplatz genähert hatte. »Gewonnen, Julius, gewonnen!«

Er fischte sein Handy aus der Tasche und wählte Köbes' Nummer. »Pass auf, Köbes, das mit deinem Auto erkläre ich dir später! Ich brauche dringend deine Hilfe, hörst du? Verstehst du mich? Gut, also: Kannst du für mich herausfinden, wem das Auto mit folgender Bitburger Nummer gehört?« Dann nannte er die Buchstaben und Ziffern des Seat.

Das Cabrio war zweifellos das von Noethen Junior. DAU-RN ... Rudolf Noethen.

Als er sich an der Stelle bückte, an der sich auch der große blonde Mann noch vor einigen Minuten gebückt hatte, schoss ihm etwas anderes durch den Kopf. »Noch was, Köbes ...«

Er sah sich um. Was war hier zu sehen? Warum hatte sich der Mann gebückt? »In meinem Auto findest du hinten im Kofferraum ein kleines Bündel ... Hörst du mir überhaupt zu?«

Was suchst du denn da unten?

Im Radkasten des Mercedes sah er etwas aufblitzen. Es lag auf dem Reifen des Autos. Ein Schlüssel.

»Du nimmst dieses Bündel und packst es vorsichtig aus ... Nein, halt, zuerst machst du dir mal einen schön starken Kaffee, und dann ...«

Es war der Autoschlüssel des Mercedes.

»Köbes?«

Ein fester Griff klammerte sich in diesem Moment um seine linke Schulter, und er fuhr herum.

Drei Gesichter blickten zu ihm hinunter. Das von Julius konnte ihm nur noch selten einen Schrecken einjagen, aber da waren noch zwei andere: das eine ölig lächelnd, das andere mit einer beängstigenden Mischung aus Blödheit und Brutalität.

»Guten Morgen«, sagte Wassili träge und kehlig.

»Er kann ein paar neue Worte«, erklärte Kurbskij. »Er ist so gelehrig.«

Wassilis Mützenohren wippten rauf und runter.

Ich staune immer wieder. Gegen ihn sehen die Klitschko-Brüder aus wie zwei Hochschulprofessoren.

Herbie hob das Handy wieder ans Ohr. »Lass gut sein, Köbes, lass gut sein.« Dann unterbrach er die Verbindung.

Kurbskij strich sich mit der flachen Hand die Haare zurück. »Schön, Sie zu treffen, Herr Feldmann. Wir haben einen kleinen Winterspaziergang gemacht, mein Wassili und ich.«

Sie nahmen ihn in die Mitte und schritten langsam über den Parkplatz.

Wer hätte das gedacht? Vorhin hast du noch daran gedacht, wie das wohl sein könnte, hier ein Grab sein eigen zu nennen, und schwups, schon wird dein Traum Wirklichkeit.

Julius schritt neben ihnen her, die Hände auf dem Rücken gefaltet.

»Sag ihm, was du noch kannst, Wassili.« Kurbskij lächelte mit einer Art väterlichem Stolz.

Wassili deutete mit der behandschuhten Rechten auf eine Krähe in einem Baumwipfel. »Vogel.«

Dann wies er mit dem Zeigefinger auf eine unbestimmte Stelle des sie umgebenden Waldes. »Baume.«

»Schön, nicht?«

»Ich bin überwältigt«, sagte Herbie tonlos. »Ein Genie.«

Kurbskij beugte sich zu ihm hinüber und sagte im verschwörerischen Ton: »Aber er hat auch böse Wörter gelernt.«

»Böse Wörter?« Herbie beschlich ein ungutes Gefühl.

Wassili grunzte amüsiert. Und dann sagte er dröhnend: »Schmerz!« Er packte Herbie mit einer Hand am linken Ohr und zog daran.

Kurbskij verzog das Gesicht, als sei er es, den in diesem Moment ein höllischer Schmerz quälte, und nicht Herbie. »Ooooh«, jammerte er. »Ooooh, ooooh, ich mag es gar nicht, wenn er diese Dinge tut. Oooh, er ist so aufbrausend und gnadenlos, der gute Wassili.«

Wassili zog unbarmherzig das Ohr in die Höhe, und Herbie tänzelte, vom Schmerz gepeinigt, auf den Zehenspitzen.

»Ist gut«, stöhnte er. »Aufhören, bitte aufhören.«

Kurbskij wand sich hin und her wie ein Aal. »Wassili, Wassili, wenn er erst einmal in Fahrt ist, kann man ihn kaum noch aufhalten.«

Der Schmerz trieb Herbie die Tränen in die Augen, und Herbie ächzte und schnaufte. Sein Kopf war mittlerweile purpurrot.

So, mein Teuerster. Das sehe ich mir aber jetzt nicht mehr länger mit an! Julius setzte einen verärgerten Gesichtsausdruck auf und kam mit seinem Gesicht ganz nah an das von Herbie heran, so als sei es noch nicht Qual genug, mit einem Ohr in luftiger Höhe im Schraubstock zu hängen. *Denkst du nicht, es ist langsam an der Zeit, aufzugeben? Gib ihnen ihren blöden Dolch und lass sie ziehen.*

»Heute Abend!«, quiekte Herbie. »Fest versprochen!«

Augenblicklich legte Kurbskij seinem Begleiter beschwichtigend die Hand auf den Arm, was diesen veranlasste, loszulassen.

Entkräftet fiel Herbie auf die Knie und presste sein gemartertes Ohr in den Schnee. »Heute Abend«, hauchte er noch einmal zur Bestätigung. Ihm war es gleich, ob diese Kerle mit dem Dolch seines Onkels davonzogen oder nicht. Er war es leid, der Watschenheini für alle möglichen Leute zu sein. Sollten sie doch glücklich werden mit ihrem dämlichen Dolch!

Und dann blickte er zu den beiden hoch und fragte unvermittelt: »Könnten wir bei der Gelegenheit vielleicht noch einen anderen Deal durchziehen?«

26. Kapitel

Udo Erschfeld?«

»Ja, Udo Erschfeld.« Köbes' Stimme klang ausgesprochen undeutlich.

»Mann, Köbes, du bist kaum zu verstehen. Was hast du im Mund?«

»Weissnich. Irgendwas aussm Rumtopf. Tut man Kartoffeln in einen Rumtopf, Herbie?« Es rauschte in der Leitung. Jetzt kam auch noch ein Funkloch. Im nächsten Moment war die Verbindung weg.

Udo Erschfeld aus Neuerburg in der Westeifel. Herbie versuchte, sich die Adresse zu merken, die ihm Köbes durchgegeben hatte. Es gab nichts, mit dem er sich Notizen hätte machen können. Wie erwartet hatte es keine Schwierigkeiten mit der Beschaffung der Adresse gegeben. Keine halbe Stunde war seit seinem Anruf bei Köbes vergangen.

»Braubachstraße. Ich war in meinem Leben noch nicht in Neuerburg. Wie lange werden wir bis dahin brauchen?« Er blickte in den Rückspiegel. Wieder saß Julius auf der Rückbank. In welchem Fahrzeug auch immer, Julius bevorzugte die hinteren Sitze. Herbie hatte bis heute nicht herausgefunden, was der Grund dafür war.

Sein Begleiter zuckte mit den Schultern. *Keine Ahnung. Wenn du noch nicht in Neuerburg warst, war ich auch noch nie da.*

»Wer ist Udo Erschfeld? Was wissen wir von ihm? Er ist groß, strohblond, ist immerhin auf zwei der fraglichen Beerdigungen aufgetaucht und schleicht nachts vor meiner Wohnung rum.«

Du hast ihn einmal dort gesehen. Nein, halt, du hast jemanden gesehen, der im Dunkel so aussah wie er.

Herbie überhörte den Einwand geflissentlich. »Er hat einen Mercedesschlüssel auf den Reifen von Noethens Mercedes gelegt. Vorher hatte er einen Briefumschlag in der Hand, dessen Inhalt er geprüft hat. Was sagt uns das?«

Mal überlegen. Der Schlüssel war im Briefumschlag ... Der Briefumschlag war im Radkasten ... Der Autoreifen war im Briefumschlag ...

»Quatsch! Der Briefumschlag war im Auto, und der Schlüssel lag auf dem Reifen bereit, damit sich dieser Udo Erschfeld des Umschlags bemächtigen konnte, während die Familie am Grab steht.«

Mysteriös.

»Ich verwette ...«

Nicht das Hemd! Es ist voller Cappuccino! Und es ist seit mindestens einem Jahrzehnt völlig aus der Mode!

»... dass bei der Beerdigung von der alten Oma Doppelfeld genau dieselbe Nummer abgelaufen ist.«

Schlüssel, Radkasten, Briefumschlag?

»In genau dieser Reihenfolge. Geld, wenn du mich fragst. Bezahlung für eine ... na, nennen wir es mal Dienstleistung. Wie viel passt in so einen Umschlag rein, dass man ihn noch zusammenfalten und in der Innentasche verstauen kann? Fünfzig Scheine? Sechzig? Hundert vielleicht sogar? So was lässt man sich ja gerne üppig bezahlen. Meine Güte, Julius, von drei Toten wissen wir Wie viele mögen es noch sein?«

Dein Ohr leuchtet immer noch grellrot.

»Es glüht geradezu. Als Raucher bräuchte ich jetzt nicht mal den Zigarettenanzünder zu benutzen.«

Sie fuhren die B51 in Richtung Trier.

Bei Blankenheimerdorf bog Herbie ab, was seinem Freund ein Stirnrunzeln entlockte. *Hast du es dir anders überlegt?*

»Nur ein Abstecher zum Tierheim, keine Sorge.«

Elfi Auel hockte im strahlenden Sonnenschein vor dem Maschendrahtzaun des Geländes und war offensichtlich damit beschäftigt, ein Loch zu flicken.

»Kommen Sie jetzt öfter?«, fragte sie lachend. »Kann ich Ihnen nicht vielleicht ein Hündchen andrehen? Oder wenigstens einen Wellensittich?«

Hasselhoff hüpfte um sie herum und hechelte vor lauter Lebenslust.

Herbie stieg aus. »Haben Sie die Fotografien noch?«

»Die von Fred, meinem Ex? Klar. Im Schuppen.«

»Prima. Packen Sie mal bitte mit an. Wir laden sie in den Bus ein, und dann werde ich mal sehen, ob ich damit nicht vielleicht eine kleine Finanzspritze für Ihr Unternehmen auftreiben kann.«

Sie fragte überrascht, was er denn mit den Fotografien vorhabe, doch er schenkte ihr als Antwort nur ein sibyllinisches Lächeln. »Wir werden sehen. Ich habe heute Abend bei einem Freund in Zingsheim ein kleines Rendezvous. Danach wissen wir mehr.«

Die Bilder standen im Schuppen an die Wand gelehnt, zwischen Säcken voll Trockenfutter und gestapelten Büchsen.

Die Art, wie Elfi Auel mit ihnen umging, machte deutlich, wie sehr sie an den Erinnerungsstücken von ihrem früheren Mann hing.

»Was ist das?« Sie deutete auf das Pflaster auf seiner Stirn, nachdem sie wenig später die großformatigen Bilderrahmen im Auto verstaut hatten, begleitet vom munteren Gekläffe von Hasselhoff.

»Kleines Malheur. Nichts Dramatisches.«

»Und was ist mit Ihrem Ohr?«, fragte sie breit grinsend. Sie schien ihn zu mögen. Jetzt, wo er ihr Geld in Aussicht stellte, mochte sie ihn offensichtlich noch mehr.

»Die russische Krankheit«, murmelte Herbie. »Ist ziemlich nützlich, wenn der linke Blinker ausfällt.« Er wollte gerade einsteigen, als ihm noch etwas einfiel: »Als wir uns kürzlich über Oma Finchen und ihre Testamentsänderung unterhalten haben,

haben Sie mir gar nicht erzählt, ob sie tatsächlich beim Notar war, um dann auch die entsprechenden Schritte einzuleiten.«

Er erwartete, dass sie jetzt sagte, dass Josefine Doppelfeld tatsächlich ein Vorgespräch in dieser Richtung geführt hatte. Stattdessen sagte sie: »Nein, das hat sie nicht. Sie wollte warten, bis Dr. Neumeyer aus dem Urlaub zurück war.«

»Wer?«

»Der Notar, der seit Jahr und Tag die Dinge ihrer Familie regelt. In Schleiden. Sie sagte, dass er der Einzige sei, dem sie so etwas anvertrauen könne.«

Es tut mir immer wieder weh, wenn ich sehe, wie eine deiner grandiosen Theorien zu Staub zerbröselt.

»Sind Sie sicher?« Herbie konnte es kaum fassen.

Elfi Auel grinste immer noch. »Sie haben sie doch auch gekannt, oder? Haben Sie sie als besonders vertrauensselig in Erinnerung?«

»Vertrauensselig?« Er schüttelte betrübt den Kopf. »Nein, tatsächlich nicht.« Dann klopfte er mit der flachen Hand von außen auf das Blech der Fahrertür. »Also denn, bis heute Abend. Ich habe jetzt noch etwas in Neuerburg zu erledigen und bin zum Abend sicher wieder zurück. Seien Sie bitte pünktlich. Die Geschäftspartner sind reichlich ungeduldige Kameraden.«

Dann wendete er und fuhr zurück zur B51.

Finchen Doppelfeld hatte also nichts mit Fischenich zu tun gehabt. War alles nur eine simple Zufälligkeit gewesen? Vom Zufall hatte Herbie Zeit seines Lebens nie sonderlich viel Gutes erwartet. Er hatte sich die Geschichte mit Fischenich so schön zurechtgelegt, und nun machte ihm ein einziger kleiner Denkfehler einen Strich durch die Rechnung.

Etwa vierzig Kilometer weiter hatten sie bereits Prüm hinter sich gelassen. Herbie mahlte grimmig mit seinen Kiefern.

Nach einer Weile wechselten sie dann auf die Autobahn und fuhren wenig später auf der Höhe von Feuerscheid ab.

Sie passierten Waxweiler. Die Eifel wurde rauer, hügeliger. Es ging über stolze Bergrücken und in tiefe Täler hinunter.

Entlang eines Baches, der schon jetzt, noch bevor das wirkliche Tauwetter eingesetzt hatte, erstaunlich viel Schmelzwasser mit sich führte und sich betrug, als sei er ein ausgewachsener Fluss, folgten sie der Straße, die sich durch ein langes, gewundenes Tal schlängelte, und schließlich erreichten sie Neuerburg.

Eine stattliche Anzahl von historischen Gebäuden war rechter Hand in den Hang gebaut worden und hatte die Jahrhunderte mehr oder weniger unbeschadet überstanden.

Eine erhaben über dem Ortskern thronende barocke Kirche, eine Burg weiter oben, zwischen winterlich entlaubtem Wald, Türme und Türmchen, Weißgetünchtes und uriges Gestein, die Historie schien hier allgegenwärtig. Hätte die Anreise sie nicht entlang der üblichen Supermärkte und Firmenhallen gelenkt, wäre der pittoreske Zauber des Ortes gänzlich ungetrübt gewesen. Das kleine Städtchen schien voller Energie zu stecken, die sich hier im schlanken Tal angesammelt hatte. Der Winterschlaf, so schien es, würde schon bald zu Ende sein.

Herbie fand zwischen zwei Reisebussen einen Parkplatz auf dem Platz am Fuße der monumentalen Kirche. Ihre roten Stützpfeiler leuchteten in der Wintersonne.

Die Braubachstraße, so stellte er nach der ersten Erkundigung bei einem Passanten fest, war nur einen Steinwurf entfernt, jenseits des nahen Marktplatzes.

Schlug sein Herz auch bei jedem Schritt, den er in die Richtung lenkte, in der die Heimatadresse des geheimnisvollen blonden Mannes lag, ein wenig schneller vor Aufregung, so wurde er doch am Ziel bitter enttäuscht.

Das Haus, an dem die Nummer auf einem alten blauen Emailleschild angebracht war, war allem Anschein nach nicht bewohnt. Der Verputz war von großen Rissen entstellt, an deren breiteren Stellen das nackte Mauerwerk hervorlugte. Die

Fenster waren mit Gardinen verhangen, die schief und gelblich sicherlich schon Jahre in ihrer Position verharrten. Aus dem Briefkasten in der Tür quoll ein Wust von Werbeprospekten, verblasst und morsch, der sich längst auf den Boden ergossen und in den Ecken des Hauseinganges als modrige Masse festgesetzt hatte.

»Wollen Sie das kaufen?«, fragte eine brüchige Stimme von oben. Im angrenzenden Haus hatte es sich in einem der Fenster des ersten Stocks ein Rentner bequem gemacht. Er hatte die Arme auf einem bunten Sofakissen verschränkt, dessen Zipfel über den Fensterrahmen hinausragten, und beobachtete, was sich so tat in seinem Revier.

Kaufen? Er ist sicher fast blind, sonst würde er sehen, dass du nichts kaufen kannst.

»Tun Sie das besser nicht.«

»Wieso?« Herbie musste den Kopf in den Nacken legen, um den alten Mann sehen zu können.

»Alles kaputt. Decken morsch, Wände feucht. Müsste langsam mal abgerissen werden.«

»Wohnt denn keiner mehr dort?«

Der Alte begann zu kichern. »Ganz schön trockener Humor, Jüngelchen.« Er rückte sich die Brille zurecht. »Da kann man doch nicht mehr drin wohnen.«

»Gehört es einer Familie Erschfeld?«

»Erschfeld, stimmt. Der Paul ist vor etwa zwanzig Jahren bei einer Sprengung im Steinbruch gestorben, die Änni vor acht oder neun Jahren an Krebs, und der Udo, der wohnt irgendwo anders und kümmert sich nicht drum.«

Kann man kaum verstehen. Hat hier einen tadellosen Familienbesitz und treibt sich in der Weltgeschichte rum. Beste Lage, fließend Wasser in allen Räumen ...

»War der Udo in letzter Zeit mal hier?«

Der Alte schüttelte wortlos den Kopf.

»Wo wohnt er denn jetzt?«

»Keine Ahnung. Meine Frau ruft, ich muss jetzt Kaffee trinken gehen, und dann fängt ›Richterin Barbara Salesch‹ an.« Er begann damit, das Kissen wegzuräumen und das Fenster zu schließen.

»Ich müsste den Udo aber dringend sprechen«, rief Herbie verzweifelt.

Was hüpfst du so? Das sieht ja albern aus.

»Dann fragen Sie mal beim Lavreysen nach. Bei dem hat der Udo früher gearbeitet.« Mit einem letzten Nicken schloss der alte Mann das Fenster. Dann wurde eine Gardine vorgezogen.

Herbie seufzte und warf Julius einen Blick zu, der besagte, dass er sich reichlich überfordert fühlte. Der Alte hatte bei der Erwähnung des Namens Lavreysen mit der Hand auf die nächste Hausecke gedeutet. Dem Wink folgend, gelangte Herbie zurück zum Marktplatz und blickte sich ratlos um.

Ein Geschäft? Ein Büro? Ein Privatmann?

Dein Blondschopf treibt in der Vulkaneifel sein Unwesen, während du hier im Wilden Westen durchs Kurstädtchen flanierst. Wir sollten fahren.

»Nur noch ein Versuch, Julius, bitte.« Kurz entschlossen fragte er in der Papeterie an der Ecke nach, und der Verkäufer konnte ihm tatsächlich weiterhelfen.

»Der alte Lavreysen hatte hier am Markt bis vor ein paar Jahren einen Andenkenladen. Den gibt es aber jetzt nicht mehr. Wenn Sie den Lavreysen suchen, dann könnten Sie Glück haben. Der hat sich vorhin hier eine Zeitung gekauft und wollte zum Frisör gehen.«

Er beschrieb Herbie den Weg und registrierte verunsichert, dass sein Gegenüber ein entschuldigendes Schulterzucken in eine andere Ecke des kleinen Ladens sandte, in der keine Menschenseele zu sehen war.

Sie umrundeten das Gebäude, und Herbie entdeckte in der nächsten Querstraße fast augenblicklich das schmucklose Schaufenster eines kleinen Frisörsalons.

Das kommt mir mehr und mehr wie eine Schnitzeljagd vor. Julius brummte unwirsch. *Mir ist langweilig.*

Als sie durch die in Aluminium gefasste Glastür eintraten, verschlug es ihnen den Atem.

In mehrfacher Hinsicht.

Dichter Pfeifenqualm tauchte den kleinen Frisörsalon in weißlichen Nebel.

Der Salon selber bescherte ihnen beim Eintreten eine kleine Zeitreise.

Donnerwetter. Einmal Pottschnitt bitte. Das ist ja wie im Museum.

Eigentlich war der Raum nur spärlich möbliert. Zwei Frisierstühle, zwei Spiegelkommoden, eine Küchenbank und ein kleiner Tisch. An der dem Eingang gegenüberliegenden Wand, in die auch eine Tür eingelassen war, die offensichtlich in die Privatgemächer führte, hing einsam und verlassen ein kleiner Spiegelschrank mit einer Handvoll Haarpflegeprodukte.

Bodenbelag und Tapete, Mobiliar und Frisör waren Zeugen eines vergangenen Jahrzehnts. Und zwar nicht des zuletzt vergangenen. Alles vergilbt und abgegriffen, und doch unverwechselbar und unnachahmlich nostalgisch.

Auf der Wartebank saß ein älterer Herr, der mit einer zusammengerollten Zeitung nach Fliegen schlug. »Schon Fliegen. Wo hast du die denn her?« Er hatte drahtiges graues Haar, mit wuchernden Koteletten. Seine Haut war ledrig und um die Augen herum von Tausenden von Lachfalten zerfurcht. Seine Pfeife hing ihm schlapp im Mundwinkel. Was immer er darin rauchte, roch erbärmlich.

Das musste Lavreysen sein.

Der Frisör, der von einem der Stühle aufgestanden war, begrüßte Herbie mit der unverfälschten Freundlichkeit, mit der er dies vermutlich bereits viele Jahre getan hatte. Er trug ein weißes Kittelchen und hatte eher grobe Gesichtszüge. Wer ihm auf der Straße begegnet wäre, hätte ihm vermutlich einem anderen Beruf zugeordnet.

»Einmal schneiden?«, fragte er und schwang bereits einen Umhang.

Warst du nicht erst letzte Woche?

Herbie deutete auf Lavreysen. »Er war zuerst da.«

»Ich rauche erst noch mein Pfeifchen«, brummelte der und entrollte seine Zeitung, nachdem er die erlegte Fliege vom Tisch gewischt hatte.

Seufzend fügte sich Herbie in sein Schicksal und nahm in einem der beiden Stühle Platz. Der Frisör schwang ihm den Umhang um die Schultern und knotete am Hals zu.

Erst jetzt bemerkte Herbie mit Schrecken, dass der brave Mann ganz offensichtlich eine Art Tic hatte. Mit wachsendem Entsetzen beobachtete er den Mann im Spiegel und sah, dass er alle paar Minuten von einem unerwarteten Zucken geschüttelt wurde.

Der Frisör griff zur Schere und legte voller Eifer los.

Hilfe suchend sah Herbie zu Julius hinüber, der neben dem anderen Kunden Platz genommen hatte und durch den Pfeifendunst zu ihm hinübergrinste.

Keine Sorge, mein Teuerster. Das mit deinem glühenden Ohr ist gleich überstanden.

»Zu Besuch?«, fragte der Frisör und schnippelte, dass die Haare nur so durch die Luft wirbelten. Es war ihm deutlich anzumerken, dass er seinen Beruf liebte.

Herbie nickte.

Der Frisör zuckte.

Alles lief glatt.

»Heute wollen es alle ganz kurz. Früher wollten die jungen Leute alle lange Haare. Die kamen hierher, weil ihre Eltern sie geschickt hatten und weil es sonst Ärger gegeben hätte.«

Um das linke Ohr herum gab er sich offensichtlich besondere Mühe.

Vielleicht beeindruckt ihn die Farbe.

»Und dann haben sie gesagt, nur ein bisschen beischneiden. Dabei haben die Eltern immer schon vorher hier angerufen und gesagt: Egal, was der Junge sagt, ein ordentlicher Fassonschnitt, sonst nichts!« Er kicherte und zuckte.

Auch Lavreysen lachte, dass die Pfeife in seinem Mundwinkel tanzte.

»Sie scheinen ja beide echte Ureinwohner zu sein«, sagte Herbie mit einem unschuldigen Lächeln. »Ich suche jemanden mit Namen Erschfeld.«

Augenblicklich wurde es still. Nur das Klappern der Schere und Lavreysens schmatzende Geräusche waren zu hören, wenn er an der Pfeife saugte.

Der Frisör sah zu ihm hinüber, und Lavreysen blickte von seiner Zeitung auf.

»Wie alt?«, brummte er.

»So Mitte dreißig vielleicht.«

Der Frisör nickte Lavreysen zu. »Aha, Udo.«

»Ja, Udo«, brummte Lavreysen und sah wieder auf seine Zeitung. »Der ist weg.« Und nach einer Weile: »Ist auch gut so.«

»Hat er denn Ärger gemacht?« Herbie ließ nicht locker. Wenn er irgendeine Chance hatte, etwas über Erschfeld herauszufinden, dann hier!

»Von Udo kam nix Gutes. Hat seine Mutter früh ins Grab gebracht.« Der Frisör schüttelte den Kopf und zückte ein Rasiermesser, um sich mit Herbies Nackenstoppeln zu beschäftigen.

Warum schwitzt du denn plötzlich so?

»Udo hat bei ihm gearbeitet.« Bevor er die Klinge ansetzte, deutete der Frisör mit ihr zu Lavreysen hinüber.

Herbie versuchte, besonders überzeugend zu wirken, als er sagte: »Was für ein Zufall!« Jeder Eingeweihte hätte angesichts seiner Schmierenkomödie mit den Augen gerollt. So wie Julius jetzt. *Deine Ermittlungsmethoden werden immer fadenscheiniger, mein Bester.*

»War ein Nichtsnutz«, brummte Lavreysen und blätterte um. »Langer, strohblonder Lulatsch. Wie so'n Schwede. Ganz der Vater, der im Steinbruch gestorben ist. Ich hab noch versucht, dem Jungen eine Chance zu geben. Wo er doch schon mal erwischt worden war. Automaten aufgebrochen und so'n Mist.« Er seufzte abgrundtief. »Na ja ... umsonst. Als es dann passiert ist, hat es keinen gewundert.«

»Passiert?« Herbie spürte, wie seine Aufregung ins Unerträgliche wuchs. Er klammerte seine Hände um die Armlehnen des Frisörstuhls. »Was denn?«

Was Lavreysen sagte, klang so beiläufig, als habe Udo Erschfeld falsch geparkt oder im Supermarkt eine Tüte Gummibärchen geklaut: »Er hat die alte Engels die Treppe runtergestoßen. Wegen hundertfünfzig Mark, die sie im Haus hatte.«

»Schrecklich«, hauchte der Frisör. Die Klinge kratzte deutlich hörbar über Herbies Nacken.

Bingo! Julius nickte anerkennend und zeigte ein Victoryzeichen. *Ich gebe es ja nicht gerne zu, aber das überzeugt mich.*

»Jetzt sitzt er im Knast, wo er hingehört. Dummer Kerl, hatte eine liebevolle Mutter, hatte seine Freundin, die Helli, hatte einen guten Job bei mir ... was wollte er mehr?«

Udo Erschfeld war ein Killer, daran hegte Herbie nun keinen noch so schwachen Zweifel mehr.

»Wie lange sitzt er?«, fragte Herbie.

»Weiß nicht.« Lavreysen ließ die Pfeife von einem Mundwinkel in den anderen tanzen. »Zehn Jahre oder so. Die alte Engels hat er die Treppe runtergestoßen, als er in ihr Haus eingestiegen ist. Wenn nicht zufällig ein Nachbar gesehen hätte, wie er zur Kellertür wieder rausgeschlichen ist, hätte wahrscheinlich jeder gedacht, dass die Alte gestolpert ist. Da hat er einfach Pech gehabt, der Udo. Und jetzt atmet er gesiebte Luft. Geschieht ihm recht.«

Herbie wäre am liebsten laut herausgeplatzt und hätte berichtet, dass Erschfeld längst wieder auf freiem Fuß war. Er hätte ihnen zu gerne von den neuesten Untaten berichtet, aber das hätte die beiden Herren vermutlich nur in tiefe Verwirrung gestürzt.

»Er ist einfach schlecht, der Udo«, sagte der Frisör und betrachtete mit schief gelegtem Kopf sein Werk. Als er Herbie schließlich den Spiegel hinter den Kopf hielt, damit der das Resultat der Sitzung begutachten konnte, zuckte er noch einmal wie zum Schlussakkord.

Herbie nickte ausgesprochen zufrieden. »Wunderbar«, sagte er mit Nachdruck. Eine Welle der Euphorie brandete durch seinen Körper.

Der Haarschnitt war erfreulich gut gelungen, und er hatte endlich etwas in Erfahrung gebracht, was seine Theorie massiv untermauerte.

»Nun, wenn er im Gefängnis sitzt, kann man halt nichts machen«, sagte Herbie, als der Frisör ihn seines Umhangs entledigte.

Zufrieden zahlte er einen geradezu lächerlichen Preis und bedauerte es fast, dass er so weit weg wohnte. In die Hände dieses Herrn würde er sich jederzeit wieder begeben.

»Was wollen Sie denn von Erschfeld?«, fragte der Mann, als er Herbie das Wechselgeld aushändigte.

»Ach, nur so eine Erbschaftsgeschichte«, sagte Herbie beiläufig.

»Erbt der etwa?« Lavreysen guckte unwirsch auf.

Herbie winkte ab. Das zu erklären, würde eindeutig zu weit führen. »Nein, nicht Erschfeld. Jemand anderes. Es geht nur um Formalitäten.«

Wenn es darum geht, vages Gewäsch von sich zu geben, bist du einfach unschlagbar, mein Bester. Julius hatte sich ebenfalls erhoben und betrachtete noch einmal fasziniert den Frisörsalon.

»Das wäre ja was gewesen. Wenn der Udo rauskommt, hat der nichts mehr. Das Haus ist baufällig, in Neuerburg kriegt er kein Bein mehr auf die Erde, und seine Freundin, die Helli, die ist auch längst weg. War so 'ne Nette. Und hatte ein gutes Einkommen beim Notar.«

Herbie, der bereits den Türgriff in der Hand gehabt hatte, hielt ruckartig inne und drehte sich langsam um. Ein klammes Gefühl kroch ihm in diesem Augenblick die Beine hinauf.

»Helli?«, fragte er.

»Ja, die Helena. Von Ewens Richard die Tochter. Meine Güte, der Richard ist auch schon vier Jahre tot. Die wohnt jetzt auch woanders.«

»Helena?« Herbie spürte, wie sich ihm plötzlich der Magen herumdrehte.

Auf wie viele Arten kann man diesen Namen verstümmeln? Helli, Hella, Leni ... Lena ...

»Ja, so ein blasses, zierliches Geschöpf. War auch so ein nordischer Typ. Udo und Helli sahen immer aus wie zwei schwedische Touristen.« Lavreysen lachte rasselnd.

Als der Frisör bemerkte, wie Herbie sich auf dem Türgriff abstützte und um Fassung rang, fragte er sorgenvoll: »Ist Ihnen nicht gut?«

Es war, als balle sich in seinem Magen eine riesige Faust zusammen. Ein Rauschen füllte mit einem Mal seine Ohren, und er begann, leicht zu schwanken.

Mit Mühe konnte er noch die Worte »Kann ich mal Ihre Toilette benutzen?« herauspressen.

27. Kapitel

Udo Erschfeld beendete die Telefonverbindung. Um den Mund des großen blonden Mannes hatte sich ein verkniffener Zug in sein Gesicht gegraben. Er starrte noch eine Weile wie in Trance auf das Telefon und bemühte sich beharrlich, seine Gedanken in die richtige Bahn zu lenken.

Damit war nicht zu rechnen gewesen. Sicherlich hatte es in der Vergangenheit immer wieder heikle Situationen gegeben. Bei der alten Engels war er sogar richtig auf die Schnauze gefallen, aber das hier ...

Wieso schnüffelte dieser elende Pinscher plötzlich hinter ihm her? Was suchte er in Neuerburg?

Erschfeld hatte in letzter Zeit wieder begonnen, an den Nägeln zu knabbern. Das war kein gutes Zeichen.

Wenn Lena nicht von ihrer Tierfreundin erfahren hätte, dass er nach Neuerburg gefahren wäre, hätten sie vermutlich nicht mal gemerkt, dass sich langsam eine Katastrophe anbahnte.

Nicht einmal der Unfall hatte ihn gebremst.

Er guckte auf die Uhr.

In Zingsheim, aha.

Er hatte nicht sieben Jahre gesessen, um sich von so einer kleinen Filzlaus die Tour vermasseln zu lassen.

* * *

Bei einem starken Kaffee hatten die beiden Männer Herbie von der toten Frau Engels erzählt, einem echten Eifeler Drachen, wenn man ihren Erzählungen Glauben schenken konnte.

Die alte Frau hatte allem Anschein nach damit gedroht, ihre Tochter zu enterben, weil sie mit einem farbigen Soldaten von der Airbase in Bitburg durch die Gegend zog, den sie zu heiraten beabsichtigte. Natürlich, so wussten sie zu berichten, wäre da noch immer ein Pflichtteil gewesen, das der Tochter zugestanden hätte, doch war die alte Dame wohl tatsächlich drauf und dran, ihr Erspartes der Kirche zu schenken.

»Im Notfall«, so hatte Lavreysen geknurrt, während er sich die Pfeife neu gestopft hatte, »hätte sie das Geld sogar vom Konto abgehoben und verbrannt. So war die Grete Engels nun mal.«

Dass dann Erschfelds heimliches Einsteigen in ihr Haus und der unglückliche Treppensturz dieser erbrechtlichen Konsequenz zuvorgekommen war, sei für die Tochter am Ende ja fast eine Art glücklicher Fügung gewesen.

Der entdeckte Einbrecher habe der alten Frau einen Schlag auf den Schädel verpasst und sie, um seine Untat zu vertuschen, die elend lange Treppe zwischen den beiden Stockwerken ihres Hauses hinuntergeworfen. So hatte es die Polizei dargestellt.

Herbie wusste es besser, sagte aber nichts. Er kannte das System, mit dem Erschfeld und seine Helferin spielten.

Er dachte daran, dass womöglich auch in Neuerburg und Umgebung schon mehrere Senioren hatten daran glauben müssen, weil es ihren Erben nun einmal so in den Kram passte.

Die beiden Männer hatten all seine Fragen ausführlich, aber nicht ohne eine gewisse Verwunderung beantwortet.

Die Helena, so berichteten sie, die habe eine Ausbildung als Notariatsfachangestellte im Büro des alten Dr. Brünger gemacht, der sie dann auch übernommen hatte.

Dieser Dr. Brünger sei bis zu seinem Tod vor einem Jahr eine Seele von Mensch gewesen, und ihren Erzählungen zufolge, war er alles andere als ein skrupelloser Strippenzieher gewesen, der Morde an alten Leuten in Auftrag gab.

An ihn verschwendete Herbie nun in dieser Hinsicht keinen weiteren Gedanken mehr, wie auch an den Notar Fischenich.

Ein Notar kann noch so unbescholten sein Büro leiten, aber wenn eine Mitarbeiterin, die immerhin Einblick in alle Aktenvorgänge hat, es geschickt anstellt, dann kann sie ihr Wissen durchaus gewinnbringend einsetzen. Nur überflüssige Skrupel darf sie natürlich in diesem Fall nicht haben.

Herbie schauderte, als er an Lena dachte.

Sie war es gewesen, die Erschfeld auf Oma Doppelfeld angesetzt hatte. Schließlich hatte sie über Elfi Auel erfahren, was die alte Frau Unerwartetes mit ihrem Erbe vorgehabt hatte.

Lena war es vermutlich auch gewesen, die Erschfeld verraten hatte, dass er sich im *Landcafé* mit Martha Lindt traf, daran zweifelte Herbie keine Sekunde mehr.

Wann war ihm je eine solche Kaltblütigkeit begegnet?

War alles nur Show gewesen?

Konnte sich jemand so verstellen?

Was für ein Abgrund hatte sich da vor ihm aufgetan!

Während der ganzen Rückfahrt herrschte im Auto eisiges Schweigen. Von Zeit zu Zeit warf Herbie einen verstohlenen Blick in den Rückspiegel, nur um festzustellen, ob Julius überhaupt noch an Bord war. Er saß da, mit halbgeschlossenen Augen, wie eine große, fette Echse, und hinter ihm pladderten in jeder Kurve die Bilderrahmen von einer Seite des Fahrzeugs zur anderen.

Die Bilderrahmen waren ihm egal, die Russen waren ihm egal, ja, wenn Herbie es sich recht überlegte, war ihm sogar die verdammte Sache mit den Erben und den Todesfällen und dem großen Mann plötzlich völlig egal!

Eine bis dahin nicht gekannte, lähmende Enttäuschung erfüllte ihn. Er hatte das Gefühl, in Gelee zu schwimmen, bodenlos, haltlos, hilflos.

Passend zu seiner Stimmung hatte sich unterdessen auch der Himmel wieder zugezogen. Das frühlingshafte Schauspiel schien ein Einakter gewesen zu sein. Ein Blick auf das Thermometer zeigte, dass die Temperaturen allerdings deutlich über den Gefrierpunkt geklettert waren. Was da also in schieferfarbenen Wolken heranrollte, war Regen.

Regen, der den Schnee von den Hügeln der Eifel spülen würde, Regen, der die Bäche und Flüsse aufpeitschen und durch ihre Betten jagen würde.

Regen, der vermutlich wochenlang anhalten würde. Der rasselnde lateinamerikanische Rhythmus ließ in diesem Moment das Handy in Herbies Parkatasche vibrieren.

Als Herbie es missmutig hervorholte und an sein Ohr hielt, ertönte Tante Hetties schnarrende Stimme: »Herbert? Nächste Woche werde ich endlich nach Hause gehen können. Du hast also die Güte, mich am Freitagmorgen, pünktlich um ...«

»Funkloch!«, schrie Herbie aus einem inneren Antrieb heraus, den er sich selbst nicht erklären konnte und warf das Gerät in den Fußraum der Beifahrerseite. Dann bog er hinter Blankenheim auf die Autobahn ab.

Jetzt sind wir aber mit einem Mal ganz schön schlecht gelaunt, was?

»Oh, ja, das sind wir!«, knurrte Herbie, und die ersten Tropfen zerplatzten auf der Windschutzscheibe.

Es war bereits kurz vor sechs.

Über den Hof von Köbes' Behausung hatten sich bereits dumpfe, lichtlose Flecken gelegt, die Vorboten der Nacht, die sich beständig ausbreiteten.

Die Farben der Autowracks waren im Halbdunkel zu einer bizarren Masse undefinierbarer Farbe verschmolzen. Nur die Reste des Schnees auf den metallenen Dächern und verbeulten Kühlerhauben trotzten hier und da der herankriechenden Finsternis und schimmerten grau und trostlos. Als Herbie ausstieg, stach der Regen mit tausend nadelspitzen Tröpfchen kreisrunde Muster in die bereits entstandenen Pfützen.

Julius, der hinter ihm auftauchte, richtete den Blick zum Himmel. *Alles andere als erbaulich, das Wetter.*

»Wir werden noch mehr davon bekommen, das prophezeie ich dir, mein Freund. Regen im Frühling, Regen im Sommer, Regen im Herbst ... Es wird alles nur noch Regen sein!« Er warf die Autotür zu, und der Knall schallte über den leeren Hof. Herbie lauschte ihm mit schief gelegtem Kopf hinterher.

Das ist nur ein Anfall von Schwermut, mein Freund, glaube mir. Wenn du erst einmal ...

»Schschsch!« Herbie hob beschwörend die Hand, und Julius hielt auf der Stelle inne.

Was ist? Sein großer, dicker Begleiter beugte sich zu ihm hinunter und flüsterte.

»Hörst du es?«, zischte Herbie.

Ich höre nichts.

»Eben. Das ist es. Die Stille. Nur der Regen.«

Noch nie hatte es eine Ankunft auf diesem Platz gegeben, die nicht vom tosenden Lärm von einer von Köbes' Filmmusiken begleitet worden wäre. Herbie war hier schon zu den Fanfaren von *Superman* eingetroffen, war von den Pauken von *Der dreizehnte Krieger* empfangen worden und von den beschwingten Streichern irgendeiner französischen Komödie. Aber eine solche Stille hatte hier noch nie geherrscht.

Der Regen machte sein eigenes leises Konzert. Es tröpfelte und tropfte, es klimperte und prasselte auf dem Blech einiger Dutzend Autoleichen.

Langsam ging Herbie auf das Haus zu. Er erkannte, dass die Haustür einen Spalt breit offen stand, und er fühlte sich mit einem Mal beobachtet.

Ausgeliefert.

Im Haus brannte kein Licht. Die Fenster waren schwarz und leblos.

Die Situation strafte all diejenigen Lügen, die behaupteten, echte Spannung könne im Film nur mit Hilfe entsprechender Musik geschaffen werden. Es ging auch ohne.

»Irgendwas stimmt hier nicht, Julius.«

Julius begleitete ihn gemessenen Schrittes. Er spielte wie so häufig an seiner goldenen Uhrkette. Tat er es dieses Mal vor

Nervosität? *Dann lass uns doch mal nachsehen.* Es klang tatsächlich unsicher.

Je mehr sich Herbie der Haustür näherte, umso mehr verlangsamte er seinen Schritt. Er begann zu frieren.

Schließlich blieb er stehen und rief in die Stille hinein: »Köbes?«

Und mit einem Mal antwortete ihm lauter, blecherner Donner.

Jemand hämmerte ungestüm von innen gegen das Garagentor.

Mit weit ausholenden Schritten sprang Herbie über die Pfützen zu der Quelle des Lärms. »Köbes?«, rief er erneut. »Bist du da drin?«

»Ja, ich bin's«, kam gedämpft die Stimme seines Freundes aus dem Inneren der Garage. »Hol mich hier raus. Irgendwer hat abgeschlossen, und ich ...«

Als Herbie in diesem Moment eine Regung an der Haustür bemerkte, nahm er die Stimme von Köbes nur noch mit einem halben Ohr wahr.

Dort stand er, lang wie ein Baum, mit weißblondem, dichtem Haar, das im Halbdunkel aussah wie schmelzender Schnee.

Schau an, da suchen wir ihn in der ganzen Eifel, und wo trifft man sich? Beim Rostlauben-Rohling von Zingsheim! Das muss gefeiert werden!

»Komm her!«, rief Erschfeld. »Komm ins Haus, ins Trockene!« Er blickte zum Himmel. »Ich hasse Regen.«

Herbie blieb zunächst trotzig stehen. Der Regen rann an ihm herab und sickerte durch seine Kleidung. Warum sollte er hineingehen?

»Lena ist auch da. Ich denke, wir müssen reden!«

Er ging nicht wegen Lena hinein.

Nicht um sie zu sehen.

Eigentlich wollte er ihr überhaupt nie mehr begegnen, dieser Lena. Wenn er jetzt hineinging, dann nur, um endlich etwas gegen das mörderische Spiel zu tun, das Erschfeld spielte. Dieser Dreckskerl musste endlich schachmatt gesetzt werden.

Wie wäre es mit einem Sprint zum Auto und einem simplen Anruf bei der Polizei?

Herbie setzte sich langsam in Bewegung und trottete auf Erschfeld zu. »Gut, reden wir.« Er bemühte sich, es zumindest wie Bruce Willis klingen zu lassen.

Lena saß in der Küche an der Stelle, an der am Morgen noch sein Freund Köbes im Rumtopf nach Vitaminen geangelt hatte. Als er nahe am Fenster vorbeiging, konnte er sie undeutlich erkennen.

Beim Eintreten bedachte er sie mit einem möglichst knappen Nicken.

»Hallo, Herbie«, sagte sie. Nichts weiter. Ihre Blicke begegneten einander für einen winzigen Moment. Nachdem er sich von ihr abgewandt hatte, versuchte er angestrengt, den Ausdruck ihrer Augen zu deuten. War da etwas von Bedauern gewesen, ein Anflug von Scham vielleicht? Als sie im nächsten Moment fast wie beiläufig sagte »Es tut mir leid«, schauderte es Herbie.

Erschfeld war hinter ihm in die Küche getreten, und ohne es zu ahnen war er von Julius begleitet worden. Während Julius sich betont lässig gegen den Küchentisch lehnte und mit verschränkten Armen abwartete, was nun geschehen würde, schwang sich Erschfeld einen Stuhl zwischen die Beine, sodass er rittlings darauf zu sitzen kam. Er stützte sich mit den Ellenbogen auf die Rückenlehne und sagte fast heiter: »Und jetzt sag mir mal, was du eigentlich willst.«

Zuerst schwieg Herbie trotzig, aber dann sah er Lena an und ahnte im Zwielicht ihre Sommersprossen und ihre blauen Augen, und dann sagte er: »Ich will, dass ihr in den Knast geht für das, was ihr gemacht habt.«

Erschfeld lachte los. »Okay, das war die Einleitung, das gehört dazu, das verstehe ich. Und jetzt weiter: Was willst du? Wie viel willst du?«

Herbie blickte ihm für einen Moment unverwandt in seine Augen. Auch die waren stahlblau. »Wie ein schwedisches Touristenpaar«, hatte Lavreysen gesagt. Wie wahr.

Er schüttelte den Kopf und wandte sich um zum Gehen.

»He, he, he, langsam, Bursche!« Erschfeld sprang auf und stellte den Fuß so, dass es Herbie nicht mehr gelang, die Tür ganz zu öffnen. »Du bleibst jetzt hier, und wir reden miteinander. Du sagst uns, was du haben willst. Dann denken wir mal drüber nach und werden uns schon irgendwie einig.«

Herbie grinste ihn fast unverschämt an. »Das scheint nicht in deine blonde Birne reinzugehen, was? Ich will nichts von euch. Alles was ich will ist, dass ihr für das, was ihr getan habt, bezahlt, klar?«

Dann versuchte er, Erschfeld mit sanfter Gewalt zur Seite zu schieben.

Aus der Ferne hörten sie, wie Köbes gegen das Garagentor donnerte.

Erschfeld lachte wieder laut los. »Klar, ich verstehe. Lena hat dich ganz kirre gemacht, und jetzt bist du beleidigt, was?« Er schnippte mit den Fingern. »Los, Schatz, entschuldige dich bei ihm.«

»Ich habe schon gesagt, dass es mir leid tut«, sagte sie tonlos.

»Okay, Knabe, war's das?« Erschfeld stand immer noch so, dass Herbie die Tür nur einen Spalt weit aufbekam. Er biss am Fingernagel seines Daumens herum und sah Herbie abwartend an. Als dieser in keiner Form reagierte, griff er in seine Manteltasche und holte etwas hervor, das Herbie nur sehr undeutlich erkennen konnte. Erschfeld begann zu zählen. »Hundert, zweihundert, drei, vier, fünf ... ach was, komm, pass auf.« Er hielt ihm das Bündel Geldnoten hin. »Das sind fünftausend Öre. Wenn du brav bist und keinen Scheiß rumerzählst, kriegst du noch mal so viel. Lena hat mir erzählt, wie du so lebst. So viel Geld siehst du so schnell nicht wieder. Also?«

Herbie verzog spöttisch den Mund. »Ist das alles? War es das wert?«

Erschfelds Gesicht war eine einzige Miene des Triumphs. »Ach was. Es ist viel mehr, Bürschlein. Viel, viel mehr. Und es geht ganz leicht. Ich rufe sie an und sage, was ich in Erfahrung gebracht habe, und was ich tun werde. Ich sage: Wenn ich nicht eingreife, dann ist euer ganzes Erbe im Arsch. Ich rufe noch mal an und noch mal. Und spätestens beim dritten Mal legen sie nicht mehr auf. Da haben sie längst kapiert, dass ich recht habe. Und von diesem Moment an sind sie mit im Boot. Und ab da läuft alles so, wie ich das will.«

»Sie treffen sich alle, um sich ein Alibi zu verschaffen.«

Erschfeld nickte lachend. »Genau! Sie bekommen einen Zettel, auf dem alles steht, was zu tun ist. Alle kommen sie dann zusammen. Alle. Das ganze Pack.«

»Wie bei Noethen? Das Konzert?«

»Sei still, Udo«, protestierte Lena vom Küchentisch her.

»Ach was, lass mich doch. Er ist doch ohnehin so ein schlaues Kerlchen. Hat doch schon so viel herausgefunden ...« Er knabberte am Nagel seines Zeigefingers. »Das mit Noethen war was Besonderes. Ich wusste von seinem Sohn, dass er immer noch zwei, drei Flinten im Kofferraum hat. So ein Schloss ist natürlich ein Kinderspielchen für mich. Da habe ich zuerst den Keiler abgeknallt, und dann ihn. Peng, Peng!« Er lachte laut auf. »Dann die Flinten vertauscht, und fertig war die Laube!«

»Ganz einfach«, murmelte Herbie. »Und schon was Neues in Planung?«

Erschfeld grinste selbstgefällig. »Da rede ich nicht gerne drüber.« Er hielt ihm erneut das Geld hin. »Also?«

Herbie zögerte einen Moment lang, sah kurz zu Julius hinüber, und dann schlug er Erschfeld mit einem lauten Klatschen das Bündel aus der Hand. Die Scheine flatterten zu Boden, und Herbie schloss die Tür, nur um sie im nächsten Moment mit voller Wucht wieder aufzureißen. Erschfeld wurde zur Seite geschleudert.

Mit schlitternden Bewegungen rannte Herbie über die glatten Fliesen des Hausflurs auf die Eingangstür zu. Noch bevor er ihren Griff erreicht hatte, hatte ihn Erschfeld von hinten am Kragen gepackt und riss ihn von den Füßen.

Herbie stürzte zu Boden, und der erste Tritt traf ihn gleich mit voller Wucht in den Magen. Er stöhnte auf vor Schmerz.

Dann zerrte ihn Erschfeld wieder auf die Füße zurück und stieß ihn wieder in die Küche, wo Herbie unmittelbar vor Lena auf den Fliesen liegen blieb.

»Dann eben anders«, knurrte Erschfeld. Er beugte sich zu ihm hinunter und packte ihn am Kragen. »Ab jetzt wird getan, was ich will, kapiert? Du erzählst keinem ein Sterbenswörtchen, sonst bist du tot.«

»Was willst du mir tun?«, fragte Herbie mit immer noch schmerzverzerrter Stimme. »Wieder den Buhmann spielen? Mit Schneebällen werfen?« Er lachte heiser und sah zu Lena hinauf, die jetzt sehr ernst die Augenbrauen zusammenzog. »Meine Güte, du bist doch klug, du bist clever. Was findest du nur an so einem Proleten?«

»Ich mach dich kalt«, zischte Erschfeld. »Mit dieser Hand.« Er hielt Herbie die Faust vor die Nase.

Im Hintergrund reckte Julius den Hals, um zu sehen, was geschah.

Herbie lachte wieder. »Ach was! Du bringst es doch nicht!«, spuckte er Erschfeld geradezu entgegen und begann, sich wieder aufzurappeln. »Alte Omas die Treppe runterschubsen, das kannst du. Dich feige anschleichen und alte Leute observieren, das ist deine Kragenweite.« Er stand jetzt, leicht schwankend, vor Erschfeld und rückte sich den Kragen seines Parkas zurecht. »Für alles andere bist du viel zu feige, du Pfeife.«

»Halt den Mund!«

»Feige!«

Im nächsten Moment traf ihn Erschfelds Ohrfeige, und er taumelte gegen den Küchenschrank. Julius hüpfte zur Seite.

Erschfeld stürzte sich auf ihn und packte ihn an der Kehle. Seine Hände waren eiskalt und steinhart. Sein Griff fühlte sich an wie aus Metall. »Jetzt stirbst du!«, zischte er. Die Hände krümmten sich, und Herbie spürte, wie ihm die Luft wegblieb. Er ruderte mit den Armen, versuchte, Erschfelds Gesicht zu erreichen, ihn zu schlagen, zu kratzen, aber griff ins Nichts. Die Klammer verengte sich weiter unbarmherzig, und ein paar röchelnde Laute waren das Einzige, was Herbie noch von sich geben konnte.

Er sah aus den Augenwinkeln zu Julius, über dessen Gesicht sich milchige Schatten legten. Alles drehte sich, das Blut rauschte in seinen Ohren, und er spürte, dass sein Kopf im nächsten Moment zerplatzen würde.

»Lass ihn los!«, schrie Lena plötzlich. »Verdammt, Udo, lass ihn endlich in Ruhe!« Herbie hörte undeutlich schlagende Geräusche, er vernahm Lenas Keuchen, und der Griff lockerte sich.

Lena zerrte an Erschfelds linkem Arm und schaffte es, ihn von Herbies Hals zu lösen. »Lass ihn los, verdammt noch mal. Ich hab die Schnauze voll davon! Du hast schon genug angerichtet!«

Erschfeld ließ Herbie endgültig los, und kraftlos glitt er am Küchenschrank hinunter.

Halt aus, mein Teuerster. Julius hockte plötzlich an seiner Seite. *Ich glaube, jetzt wird es interessant.*

»Lass mich los!«, herrschte Erschfeld sie an und versetzte ihr eine schallende Ohrfeige. Sie stolperte rückwärts und stürzte mit lautem Gepolter zwischen Tisch und Stühle.

Obwohl ihm der Schwindel immer noch den Kopf umwölkte, trotz der Verachtung, die er für sie empfand, tat es ihm weh, das zu sehen.

»Du hältst dich raus!«, schrie Erschfeld. »Ich hab im Knast gesessen und jahrelang Scheiße gefressen und auf Wände gestarrt und habe dich aus allem rausgehalten! Jetzt bin ich zurück, und wir ziehen das so durch, wie ich das sage, kapiert?«

Sie wimmerte leise und versuchte benommen, sich hinzusetzen. »Es tut mir leid, Herbie«, schluchzte sie. Und dieses Mal spürte er, dass sie es ernst meinte.

Erschfeld schrie auf, holte weit mit dem Fuß aus und trat nach ihr. Sie schrie gepeinigt auf.

»Was ist los mit dir? Sieben Jahre war ich weg, und jetzt solche Zicken? He? Hast du was mit dem? Was?«

Herbie warf sich nach vorne und streckte den Arm nach ihr aus, aber Erschfelds Fuß trat mit aller Kraft auf seine Hand, dass es ein widerlich knirschendes Geräusch gab.

»Ich hab die Schnauze voll«, schnaubte er. »Ich haue jetzt ab! Alleine! Und wisst ihr, was ich vorher mache? Ich schlage euch die Schädel ein, setze euch in eine von diesen Schrottkarren da draußen und schicke euch in die Hölle!« Seine Augen waren geweitet, seine Bewegungen wurden weit ausholend, und Herbie glaubte eine Spur von Irrsinn in seiner Miene aufleuchten zu sehen.

Erschfelds Hand griff nach dem Klumpen Schrott, den sein Schöpfer Köbes auf dem Küchentisch zurückgelassen hatte, und wog es einen Augenblick lang prüfend in der Hand. Dann grinste er diabolisch auf Herbie hinunter und schwang es mit beiden Händen hoch über seinem Kopf.

Arrividerci, alter Knabe, raunte Julius. *Es war trotz allem schön mit dir.*

In diesem Moment ertönte ein dumpfes Geräusch wie von einem heftigen Schlag, und ein Ruck ging durch Erschfelds Körper. Die Metallplastik entglitt seiner Hand und polterte auf den Küchenboden.

Dann sackte Erschfeld in sich zusammen, und die massige Gestalt von Wassili wurde im Halbdunkel sichtbar. Seine Mützenohren wippten heiter auf und ab. Er grinste übers ganze Gesicht und sagte: »Mann schlafen.« In der Hand hielt er einen von Köbes' Kreuzschlüsseln. An seiner Seite tauchte der Kopf von Juri Kurbskij auf. »Wir sind ein bisschen früher gekommen als vereinbart, Herr Feldmann. Ich hoffe, das kommt Ihnen nicht ungelegen.«

Statt einer Antwort robbte Herbie zu Lena hinüber, die noch immer ganz benommen am Boden saß und von Heulkrämpfen geschüttelt wurde. Zaghaft berührte er ihr Haar. Unter ihrem linken Auge war die Haut gerötet und geschwollen.

»Es tut mir leid«, schluchzte sie.

»Ich weiß«, sagte er leise. »Ich weiß.«

Sie saßen eine Weile auf dem Küchenboden, und die Besucher ließen sie alleine, nachdem sie Erschfeld in der Gästetoilette des Hauses eingesperrt hatten.

»Ruf die Polizei an«, flüsterte Lena irgendwann. »Ruf sie jetzt endlich an und erzähl ihnen alles. Jetzt muss alles vorbei sein.«

Herbie schluckte schwer, und dann leistete er ihrer Bitte Folge.

Als er später hinausging, um die weiteren Dinge zu tun, die zu tun waren, sah er sie durch das Fenster am Küchentisch sitzen. Sie hatte den Blick starr auf die Tischplatte gerichtet. Ihre Sommersprossen hatten mit einem Mal ihre Leuchtkraft verloren, wie es schien.

Er spürte nur noch Mitleid.

Während Wassili den immer noch bewusstlosen Udo Erschfeld in Schach hielt, bekam Kurbskij die fotografischen Kunstwerke ausgehändigt.

Wenn mich nicht alles täuscht, ist schwarzweiß genau sein Geschmack. Wo die Russen es doch sonst so bunt lieben. Julius scharwenzelte um sie herum und ließ keine ihrer Bewegungen unbeobachtet.

Es hatte aufgehört zu regnen, und nur von den Schrottwagen und den Bäumen tropfte das Tauwasser in die Pfützen hinunter.

Mit offensichtlichem Kennerblick begutachtete Kurbskij die Bilder und nickte anerkennend. Ohne zu zögern, zückte er seine Geldbörse und zählte die stattliche Summe von vierzigtausend Euro in Herbies flache Hand.

Als Herbie einen Augenblick zu lange zögerte, bevor er das Geld wegsteckte, legte Kurbskij noch weitere fünftausend drauf. »Sie sollen sehen, dass ich ein großzügiger Mann bin, Herr Feldmann.«

»Es ist nicht für mich«, murmelte Herbie. »Es ist für einen guten Zweck.«

Da lächelte Kurbskij klebrig, legte noch einmal fünftausend Euro dazu, und Herbie verstaute alles in einer der Taschen seines alten Parkas.

Und feilschen wie ein persischer Teppichhändler kannst du auch noch. Ich habe dich unterschätzt, mein Teuerster.

»Und jetzt«, sagte der Russe, und seine Augen funkelten, »zum eigentlichen Grund unseres Hierseins. Machen Sie mich zum glücklichen Mann.«

Herbie, dem immer noch sämtliche Glieder schmerzten, nickte ergeben. »Ich bin froh, wenn ich das blöde Ding endlich los bin. Wir sollten uns beeilen. Jeden Augenblick kann die Polizei hier sein.«

»Oh, ja, gewiss. Da ist Eile geboten«, sagte der Russe mit einem unbequemen kleinen Lächeln.

Herbie schritt auf seinen Wagen zu, der unverändert leblos seiner ohnehin zwecklosen Reparatur harrte.

Als er sich daran machte, den Kofferraum zu öffnen, erfüllte plötzlich ein ohrenbetäubendes Gepolter die Abendluft, und es erschien jemand auf der Bildfläche, an den in all der Aufregung niemand mehr gedacht hatte.

Die Metalltür, die in das Garagentor eingelassen war, hatte sich allem Anschein nach aus den Angeln gelöst und war in die Nacht hinausgepoltert.

Der Blechberserker!

Im nach außen rieselnden Lichtschein wurde die Silhouette von Köbes sichtbar. In der Hand hielt er einen Schweißbrenner, dessen fauchende Flamme langsam erstarb.

»So, endlich wieder raus«, lallte er. »Genug gespielt. Was suchst du da, Herbie?«

»Das Bündel ... der Dolch ... Wo, Köbes, wo?« Herbie starrte fassungslos in den leeren Kofferraum.

Anstelle einer Antwort winkte Köbes weit ausholend, und sie näherten sich vorsichtig der Garage.

Überraschung. Julius rieb sich die Hände. *Ich liebe Überraschungen.*

Stolz stand Köbes neben seiner Monumentalplastik und intonierte in Ermangelung einer passenden Filmmusik eine hymnische Fanfare.

Der unförmige, rostfleckige Schrottberg hatte in den letzten Stunden eine unverhoffte Krönung erfahren.

Auf dem Gipfel thronte als Zeichen künstlerischen und alpinen Triumphs gleichermaßen ein Gipfelkreuz.

Meine Güte, wie hat er das nur da rauf bekommen?

Köbes hatte den Dolch gedengelt und gespleißt, hatte ihn verbogen und geplättet, an ihm herumgeschmirgelt und geflext.

Und dort oben prangte er nun, untrennbar und für alle Ewigkeit mit einem monumentalen Haufen Schrott verbacken.

Kurbskijs Kehle entrang sich gequält ein hoher, jammernder Ton.

Als er seine vor Schreck geweiteten Augen irgendwann wieder von der nach allen Regeln der Kunst geschändeten und vergewaltigten Kostbarkeit abwenden konnte, blickte er sich suchend nach Feldmann um. Seine Hände ballten sich instinktiv zu Fäusten.

»Feldmann!«, schrie er, und es hallte durch die Nacht.

Eilige Schritte entfernten sich. Ein Motor wurde gestartet, und Autoscheinwerfer flammten auf.

»Feldmann!«

Ein Auto brauste in die Nacht davon, und wer immer auch darin saß, hatte es verdient, für eine Weile weit weg von allem zu sein.

ENDE

Vielen Dank ...

... an Karl Heup, der mich mit seinen Erzählungen über seine verloren gegangene Heimat überaus fasziniert hat, an Richard Ernst, von dem ich in etwa fünfzig bis sechzig Jahren gerne bestattet werden würde, an den Waidmann Hubert Klünter, der an Jägerlatein gespart und mich stattdessen mit wertvollen Informationen versorgt hat, und an Renate Krumpen, dank deren Mithilfe ich mich jetzt bestens in der Eifelhöhenklinik auskenne.